Chloe Hooper

Die Verlobung

Roman

Aus dem Englischen
von Michael Kleeberg

liebeskind

Die Übersetzung wurde durch den Kunstfonds des Australian Council for the Arts von der australischen Regierung unterstützt.

Australian Government

Australia Council for the Arts

2. Auflage

Die Originalausgabe erschien 2012 unter dem Titel *The Engagement* bei Penguin in Melbourne.

Covergestaltung: Marc Müller-Bremer, München
Covermotiv: Malgorzata Maj / Arcangel Images
Typografie und Satz: Frese Werkstatt, München
Herstellung: Sieveking, München
Druck und Bindung: CPI – Ebner & Spiegel, Ulm

ISBN 978-3-95438-031-2

Für P

TEIL EINS

I

Es begann mit einem Brief, den er mir schrieb, abgeschickt in jenem April an die Adresse der Immobilienagentur meines Onkels. Ein dicker elfenbeinfarbener Umschlag mit meinem Namen darauf in eleganten Typen. Seine Annäherungsversuche hatten immer etwas zu Förmliches, als würde dieser Mann seine Absichten sogar vor sich selbst verbergen. Er mochte höfliche Formen, mir waren sie unbehaglich. War diese ganze Etikette nicht nur eine Art Rüstung, in der er in Sicherheit war, während er mich zum Zweikampf herausforderte? Ich las den Brief neben dem Schredder.

Liebe Liese (oder wie auch immer Sie heißen),

bevor Sie Australien verlassen, um Ihre Reisen fortzusetzen, frage ich mich, ob es Ihren Erfahrungsschatz nicht bereichern könnte, ein wenig vom Leben außerhalb der Stadt zu sehen. Jeder Besucher sollte mal in das Buschland reingeschnuppert haben. Nun liegt Warrowill, meine Schaf- und Rinderzucht im westlichen Victoria, ganz in der Nähe des unberührten Busches, und wilde Tiere gibt es dort auch zuhauf.

Ich schlage also vor, dass Sie für das lange Wochenende vom 11. bis zum 14. Juni mein Gast sind, und hoffe, dass xxxx Dollar ein angemessener Preis für drei Tage Ihrer Zeit wären.

Die Hälfte dieser Summe würde Ihnen an dem Freitagnachmittag, an dem wir uns treffen, in bar ausgezahlt, die andere Hälfte am Montagnachmittag zum Ende Ihres Aufenthaltes auf Ihr Konto überwiesen werden.

Bitte denken Sie gütigst über diesen Vorschlag nach und sagen mir so rasch wie möglich Bescheid, ob die Konditionen Ihnen recht sind.

Mit vorzüglicher Hochachtung
Alexander Colquhoun

Es war eine lächerlich hohe Summe, die er mir da anbot, so viel, dass ich meine Abreise um zwei Monate verschieben konnte, und so war ich dann doch erleichtert, als Alexander, in einem Blazer und einem Business-Hemd, das noch die Bügelfalten aus dem Laden hatte, mich schließlich zur verabredeten Zeit an der Ecke vor dem Büro erwartete. Er löste sich von seinem altmodischen Mercedes, ohne mir in die Augen zu sehen. Er nahm mir den kleinen Koffer ab, öffnete die Beifahrertür und schloss sie hinter mir mit einem ehrerbietigen Kopfnicken. Er war nervös. Ich benahm mich schroff, aus lauter Angst, das Wochenende könnte vom ersten Moment an in eine Schmierenkomödie abgleiten. Die Uhr auf dem Armaturenbrett zeigte vier Minuten nach drei.

Er überreichte mir einen Umschlag. »Möchten Sie nachzählen?«

Darin würde ich Banknoten in diesen leuchtenden Farben finden, die sie aussehen ließen wie Spielgeld.

»Nein, ich bin sicher, dass alles stimmt.«

»Vielleicht spüren Sie das ja mittlerweile am Gewicht.«

»Genau.« Ich drehte mich zu ihm, lächelnd, und war wieder überrascht, als ich in sein Gesicht blickte. Er sah so aus, wie ich mir einen typischen Australier vorstellte: sorglos, ein bisschen sonnenverbrannt, ein wenig anderswo mit dem Kopf. Wenn man jede Einzelheit für sich betrachtete, wie ich das mehrmals für längere Zeit getan hatte, dann gab es Probleme – die übergroße Nase, wulstige, leblose Lippen, und das eine seiner blauen Augen war eine Idee kleiner als das andere –, aber die Kombination von allem wirkte attraktiv, vermutlich mehr, als er ahnte. Er war um die fünfundvierzig, schätzte ich, seine sandblonden Locken wurden langsam grau. Ich hatte Mühe, zu begreifen, dass jemand, der so groß und so dünn war, sich derart für menschliches Fleisch interessieren konnte. Mein Körper, der an den beigen Ledersitz geschnallt war, erwiderte seine scharfen Kanten mit Hüften und Brüsten. Es war ein Körper, der nicht verbarg, woran ihm lag.

»Nochmal danke fürs Mitkommen.«

»Keine Ursache.«

»Ich hoffe nur, dass Sie's genießen werden und dass Ihnen das alles … dass es Ihnen nicht wie Arbeit vorkommt.«

»Das ist sehr fürsorglich.«

»Ich habe ein paar Pläne gemacht.«

Ich wartete. »Gemeinsame Unternehmungen?«

»Ja.« Er räusperte sich. »Unternehmungen, die Ihnen, glaube ich, gefallen werden.«

Wir fuhren die Autobahn entlang, an Industriegebieten und riesigen, von Unkraut übersäten Brachen vorbei, auf die untergehende Sonne zu, und Alexander umklammerte das Lenkrad die ganze Zeit mit beiden Händen. Ich konnte hören, wie er gewissenhaft atmete und sich offenbar ständig ins Gedächtnis rief, immer wieder auszuatmen. Er saß nahe genug, dass ich seine Seife mit dem Zederndurft riechen konnte, und ich wusste, wie seine Haut schmeckte und wo der Geschmack der großen weiten Natur anfing, einen gewissen Hautgout zu bekommen.

Wie oft passiert es, dass sexuelle Lust als Ersatz dafür entsteht, dass man sich nichts zu sagen hat? Direkt unter der Haut spürte ich die altbekannte einladende Hitze. Und plötzlich wirkte es komisch, angezogen zu sein, als erinnerte das zwanghaft an die Momente, als wir es nicht gewesen waren. Diese drei Stunden im Auto würden der längste Zeitraum sein, den wir je miteinander verbracht hatten, und keiner von uns beiden war daran gewöhnt, mit dem anderen zu reden oder wenigstens etwas Konversation zu treiben. Wir hatten vielleicht zwanzig Begegnungen gehabt, und am Anfang waren die meisten in fast völliger Schweigsamkeit abgelaufen. Lange Treffen und darin lediglich mal ein Wunsch oder – wenn er in einer anderen Stimmung war – ein Befehl. Als wir vertrauter miteinander waren, gab es auch ausgesprochene Fantasien, aber das war nur Gerede beim Sex. Danach, wenn wir uns wieder zurechtmachten, stellte ich nicht viele Fragen, und wenn er welche stellte, waren es Banalitäten, die ich als Ablenkungsmanöver nahm. Wir richteten es beide so ein, dass wir die flüchtigen Dinge, die wir soeben im anderen gesehen hatten, wieder vergaßen. Dieser Mann war scheu, und ich spürte, wie in die Luft, die ihn umgab, ein Verhaltenskodex geschrieben war, den zu entziffern und dem zu gehorchen ich mich bemühte.

Hinter den Scheiben tauchten ländliche Ortschaften auf, eine Kirche, eine Kneipe, ein Kriegerdenkmal. Dann merkwürdig schief geschnittenes Bauernland. Krumme Weidezäune, Schafe hielten sich an schräg stehendem Gras fest (als wäre alles instabil und drohte umzukippen). Das Ganze war eine pockennarbige Version des Landes, das ich kannte, der Broads: Moore, die gesamte einfarbige, durchweichte Landschaft von Norfolk. Und bald darauf war auch alles genauso flach. Als wäre irgendwann einmal ein riesiger Bulldozer oder ein Lavafluss darüber hinweggegangen, vor Urzeiten, und hätte jede Bodenerhebung oder Vertiefung nivelliert. Dafür überall Himmel; er drückte die Hügel nieder und ließ keinen Raum für irgendwas anderes. In der letzten Stunde sahen wir so gut wie kein Auto.

»Ist es das, was Sie den Busch nennen?« Es kam spitzfindiger heraus, als ich gehofft hatte.

»Nur Geduld«, erwiderte er.

Ich schloss die Augen.

Der Entschluss, Australien zu verlassen, war plötzlich gefallen, und zumindest im Kopf war ich schon halb fort.

Ich hatte einen neuen und größeren Koffer gekauft, die sperrigsten Sachen, die sich angehäuft hatten, bereits verschifft und mich darangemacht, kleine Geschenke für die Kollegen im Büro zu besorgen. Mit einem Teil des Bargelds in diesem Umschlag würde ich ein Flugticket kaufen. Ich hatte vor, über Schanghai zu fliegen, und während wir fuhren, versuchte ich auszurechnen, wie lange ich dort mit dem Geld würde bleiben können.

Alexander summte vor sich hin, ein nervöser, mechanischer Klang, er schien es gar nicht zu bemerken. Draußen waren Himmel und Erde von derselben düster-gelben Farbe, die Straße war noch immer ein schmaler, gerader Strich. Mitten im Nichts stand ein Schild der Nachbarschaftswache, das sollte wohl eine Art Scherz sein. Nirgendwo war ein Haus zu sehen, außer ein paar verlassenen.

Sobald ich eines davon entdeckt hatte, sah ich auch noch andere, und alle paar Minuten fiel mein Blick auf ein windschiefes, schindelgedecktes Farmhaus, das aussah, als würde es jeden Moment zusammenbrechen, oder eine Hecke aus Bäumen, die Trümmerhaufen einrahmten wie eine Grabeinfassung.

»Was ist mit den Anwesen passiert?«

»Oh.« Alexander wirkte überrascht, dass ich etwas fragte. »Die alten aus Stein waren vermutlich Hütten von Schäfern, die anderen haben ehemaligen Soldaten gehört, die sich hier angesiedelt hatten. Die großen Schafzuchten sind nach dem Ersten Weltkrieg für die heimgekehrten Soldaten zerschlagen worden. Irgendjemand hatte wohl den Wunschtraum, eine Klasse von Kleinbauern einzuführen …« Seine Stimme verlor sich.

Fünfzig Jahre alte Ruinen waren trauriger als wirklich alte. Es tat mir weh, einsame Obstbäume zu sehen, die jemand mal gepflanzt hatte, aber Alexander fand, sie passten nicht hierher. »Meine Familie musste Land abgeben, Hunderte von Hektar. Ganze Wellen von Kleinbauern sind gekommen und auch wieder verschwunden, sie hatten alle keine Chance. Wir sind immer noch da.«

»Wie lange ist Ihre Familie schon hier?«

»Hundertsechzig Jahre. Wahrscheinlich keine sehr lange Zeit, da wo Sie herkommen.«

»Lang genug. Nicht, dass das hier nicht eine hübsche Gegend wäre.«

Wir hatten gerade eine Kuppe überquert und die Berge erblickt. Es war, als wäre ein Theatervorhang hochgegangen, aber womöglich vor der falschen Kulisse. Felswände wuchsen aus dem flachen Grasland empor, tief purpurn schimmernd vor dem dämmrigen Himmel. Der Winkel der Sonneneinstrahlung verbarg alle Details der Felsen, und die gezackten Zinnen erinnerten an die Grafik eines Börsencrashs.

»Da sind sie, die Grampians«, verkündete Alexander.

»Ich dachte, die wären in Schottland. Hat jemand sie versetzt?«

Ein schmales Lächeln. »Der ursprüngliche Name ist Gariwerd.«

»Sind das die Vulkane?«

»Ein paar davon.«

»Wann ist der letzte ausgebrochen?«

»Vor viertausend Jahren. Die anderen Berge sind aus Sandstein, der sich verworfen hat und erodiert ist.«

Ich wartete darauf, dass er noch mehr sagte, den Reiseführer spielte, aber offenbar war er müde von der Fahrerei. Schatten fielen auf die Straße, und sein Gesicht hatte sich in der Dämmerung verändert, ohne dass seine Züge deshalb weicher wurden. Er starrte geradeaus und umfasste das Lenkrad mit Händen, die kräftig waren von der Arbeit auf dem Land. Die Finger waren alle hart rangenommen worden, um jeden Nagel war die Haut vom Sauberkratzen wund gescheuert, wogegen die Manschetten weiß und gestärkt waren.

»Vor dreihundert Millionen Jahren war das hier ein Binnenmeer«, sagte er und blinzelte, als wollte er es sich vorstellen. »Das heißt, es gab Schichten aus Sand und Lehm und Schlick, die dann später von Erdbewegungen nach oben gehoben wurden und sich übereinandergefaltet haben.« Er nahm jetzt endlich eine Hand vom Steuer und beschrieb den Prozess mit einer Wellenbewegung.

Ich legte meine Hand auf seinen Schenkel.

Langsam begann er zu lächeln, und mir fiel plötzlich auf, dass ich mich tatsächlich wohlfühlte. Ich fühlte mich wohl, weil ich bald abreisen würde und dieser Ausflug vor dem Panorama der alten Berge bereits in sentimentales Licht getaucht war. Deshalb wirkten die Schwärme leuchtend pinker Vögel, die seitlich der Straße aufflatterten, auch ungeheuer exotisch, und als dann ein Känguru, von derselben Farbe wie die dunkler werdenden Koppeln, plötzlich wie aus dem Nichts auf dem Asphalt auftauchte und mühelos einen Zaun übersprang, da fühlte sich auch ein Teil von mir sehr leicht.

»Haben Sie das gesehen?« Meine Hand hatte sich nicht bewegt.

»Natürlich.«

»Ein Känguru, wunderbar.«

»Wunderbare Pest. Aber freut mich, wenn's Ihnen gefallen hat.«

Ein Schild kündigte den Grampian Nationalpark an, der ein paar Kilometer weiter begann, aber wir bogen vorher auf eine holprige, unbefestigte Straße ab, und roter Kies spritzte gegen die Seiten des Wagens. Das ganze Land war abgeholzt worden, um Weiden zu schaffen. Ich konnte die grauen Stümpfe gefällter Bäume sehen, und die paar, die übrig waren, sahen aus, als hielten sie Wache. Wenn ich wegsah und dann wieder hin, wirkte es, als hätten sie vor dem Horizont die Position verändert.

»Und wer ist das da oben?« Entschlossen, den geselligen Gast zu geben, deutete ich auf einen Vogel, der auf einer Leitung hockte.

»Irgendein Habicht«, sagte er. »Es ist Jagdzeit.«

»Hat sich ja eine öde Ecke ausgesucht.«

»Wir sind hier übrigens schon auf meinem Land.«

»Entschuldigung.«

»Hab's nicht persönlich genommen.«

Dann kamen wir zu einer niedrigen Mauer aus Blaustein, die einen Zufahrtsweg rahmte. Darüber hing ein hölzernes Schild, auf dem in verblasster schwarzer Kursivschrift stand: *WARROWILL*. Wir beschrieben eine Kurve, und der Zufahrtsweg führte immer weiter, er war mehr eine eigene Straße.

»Das ist also Ihr Zuhause?« fragte ich verunsichert.

Vor uns stand ein steinernes Gebäude mit einem Satteldach, drum herum Landmaschinen.

»Nein, das ist der alte Wollschuppen.« Dann deutete Alexander auf ein fensterloses Holzhaus auf der anderen Seite der Straße, mit einer Reihe von blinden Türen. »Und das sind die Unterkünfte der Schafscherer.«

Dann wurde die Straße zu einer Pappelallee, die dicken Stämme schleuderten Hunderte laubloser Stecken nach oben. Weiße Kakadus klammerten sich an diesen Ästen fest, und die Luft war erfüllt von ihrem Krakeelen; ein grässliches Geräusch, wie ich es noch nie vorher gehört hatte.

Alexander fuhr langsam und ehrfurchtsvoll. Wir bogen um eine Kurve, vor uns lag eine Rasenfläche, und dahinter wuchs das Haus über die nackten Baumkronen empor. Das Obergeschoss kam in Sicht: acht Fenster allein in dieser Etage, und jeder Kamin so fein ziseliert wie ein kleines Mausoleum. Als der Wagen dann auf einen gepflegten kiesbedeckten, kreisrunden Vorplatz rollte, war auch der Rest des Hauses zu sehen. Das Erste, was mich beeindruckte, war seine schiere physische Präsenz: ein großes, viktorianisches Herrenhaus, das aussah wie aus grauschwarzem Vulkangestein herausgemeißelt. Die Einzelheiten des Baus wirkten so komplex wie bei einem Tempel im Dschungel. Offenbar als Hommage an die alte

Heimat erstellt, als Versuch, eines ihrer imposanten Anwesen nachzubauen, besaß das Gebäude all den historischen Schmuck, den man erwarten durfte: einen von Säulen getragenen Vorbau, Kreuzblumen auf dem Dach, Zierleisten aus Stuck um die Fenster – aber zugleich war es von einer schmiedeeisernen Veranda umhüllt, die vermutlich das Erdgeschoss vor der Sommerhitze schützen sollte. Ich fragte mich, wie viel das ganze Anwesen, einschließlich des Landbesitzes, wohl wert sein mochte.

Mein erster Impuls war, loszulachen, ein jugendlicher Reflex, den ich oft habe, wenn ich unsicher bin. Solche Herrenhäuser verlangen eine gewisse Ehrfurcht. Aber ich hatte Lust, darüber zu lachen, wie absonderlich es war, jenes hier inmitten einer wettergegerbten, dreckigen und hartkantigen Umgebung zu entdecken. Dennoch glaubte ich, mein Gastgeber würde diese Reaktion als Beweis dafür nehmen, wie entzückt ich von der Großartigkeit des Hauses war und davon, dass er diesen Moment herbeigeführt hatte, um sich vor mir als Fürst zu entpuppen.

»So, wir sind da.« Alexander betrachtete das Gebäude mit unverhohlenem Stolz. »Willkommen.«

»Danke schön.«

»Ich hoffe, Sie werden Ihren Aufenthalt genießen.«

Das war mein Zeichen, etwas Bewunderndes über sein Haus zu sagen. Obwohl ich ja dafür bezahlt wurde, es ihm recht zu machen, spürte ich mich geizig werden, was Superlative anging, und ich stieg aus dem Wagen, als wäre ich lediglich hier, um den Immobilienwert zu schätzen.

Wir standen unter einem immens weiten Himmel, an

dem jetzt Sterne erschienen. Die Beete und der Kies waren schon taubedeckt.

Er nahm meinen Koffer und führte mich zu dem Vorbau.

Das Haus war absichtlich so gebaut, dass man sich ihm ausgeliefert fühlen sollte. Als ich ihm die steinernen Stufen hinauf folgte, sagte ich mir: Keine Reaktion zeigen. Die Eingangstür war doppelt so groß wie sonst üblich und hatte eine Buntglasscheibe, die mit Vögeln gemustert war. Rechts unter dem Dachvorsprung hing ein Schwalbennest, die Spuren getrockneter Scheiße zogen sich wie ein Band die graue Mauer hinab. Daneben im Glas die juwelenbesetzten Vögel auf ihren smaragdenen Zweigen, Granatapfelbeeren im Schnabel. Vermutlich dachten sie: Ach, vielleicht fliegen wir dieses Jahr doch nicht nach Norden.

Alexander öffnete die Tür, schob mich in die eiskalte Luft hinein und tastete nach dem Lichtschalter.

Meine Augen gewöhnten sich an die Helligkeit, und ich sah, dass wir in einer gefliesten Eingangshalle mit absurd hoher Decke standen, voll aufwendiger Stuckaturen, Bemalung und Tapete – die volle viktorianische Dröhnung. *Keine Reaktion zeigen.* Direkt vor uns lag die Treppe. Sie begann so breit, dass eine ganze Prozession darauf Platz gehabt hätte, und teilte sich dann auf dem Absatz dramatisch in zwei Hälften, die schmäler, steiler und gewunden hinauf in die nächste Etage führten. Über dem Absatz befand sich ein riesiges Bogenfenster aus bläulichem Glas, das die gesamte Höhe des Obergeschosses einnahm.

Wir sahen einander an; hätte ich gewollt, hätte ich ihm jetzt seine Befangenheit nehmen können.

»Sobald ich die Heizung eingeschaltet habe, wird es gleich wärmer werden.« Mittlerweile war ein ganz leichtes Zittern in Alexanders Stimme zu hören. Er räusperte sich und blickte sich prüfend um, ob alles in Ordnung war. »Gut.« Sein Blick wandte sich wieder mir zu. »Ich zeige Ihnen dann Ihr Zimmer.« Er nahm den Koffer und wartete. »Nach Ihnen, Liese.«

Der erste Stock des Hauses war nicht so nobel eingerichtet. Ein langer Korridor, geschlossene Türen auf beiden Seiten. Es sah aus wie eine Anstalt, ein Sanatorium vielleicht, mit nackten Wänden und alten Teppichen. Er ging bis zum anderen Ende und stieß eine Tür auf, die in ein pinkfarbenes Zimmer führte. Darin standen ein Einzelbett mit einer rosenknospengemusterten Patchworkdecke und weiße Möbel. Ich warf ihm ein komplizenhaftes Lächeln zu.

»Na ja«, er blickte auf das Bett, »ich hoffe, Sie werden sich hier wohlfühlen.«

In diesem vertrauten Moment würde er, dachte ich, auf mich zukommen und mich berühren. Aber er blieb, wo er war.

»Brauchen Sie noch irgendetwas?« fragte er.

Was da gerade nicht geschah zwischen uns, hatte eine ganz eigene Körperlichkeit.

»Denke mal nicht.«

»Auf dem Bett ist eine elektrische Heizdecke.«

Ich starrte ihn an. »Danke.«

»Sie müssen sie auf drei stellen«, sagte er in geschäftsmäßigem Ton, die Hände in den Hüften. »Das Badezimmer ist auf der anderen Seite des Flurs, wenn Sie sich frisch machen wollen.«

Als er draußen war, blickte ich noch einen Augenblick lang auf die geschlossene Tür.

Die Sprache des Zimmers war eindeutig. All dieses weiße Mobiliar war ein wenig zu klein: der Schrank gerade mal groß genug, um die Karnevalsverkleidungen eines Kindes aufzunehmen, die Kommode und der Frisiertisch mit einem dazu passenden dünnbeinigen Stuhl wirkten wie für einen Kobold gebaut. Mich überkam jenes mulmige Gefühl, das Kinder in fremden Häusern empfinden: Die Zeit biegt und krümmt sich plötzlich und füllt empfindliche Herzen mit der Ungewissheit darüber, wie sie vergehen wird.

Ich nahm die Banknoten aus dem Umschlag und starrte sie an. So viel Geld hatte ich noch nie in der Hand gehabt. Würde ich es zählen, erführen die Götter, wie wichtig es mir war, also begann ich stattdessen, die Kleidung, die ich für das Wochenende mitgenommen hatte, in die zu kleinen Schubladen zu legen, und versteckte den Umschlag sicher darunter.

Frierend bis in die Haarspitzen überquerte ich den Flur. Das Badezimmer war schon fast unverschämt unrenoviert. Mein Blick fiel auf die reichlich fleckige Toilettenschüssel und dann auf die alte Kette des Abzugs. Alles war dreckig, obwohl einiges darauf hindeutete, dass sich kürzlich jemand bemüht hatte, sauber zu machen. Auf einer rostigen Stange hingen zwei frische weiße Handtücher, und wie in einem Hotel waren neben dem Waschbecken Fläschchen mit Shampoo, Conditioner und Körperlotion aufgereiht. Diese kleinen Aufmerksamkeiten ließen den Raum noch scheußlicher wirken. Ich drehte den Kopf, lehnte mich gegen den Waschtisch und versuchte, tief zu atmen. Auf einem der Wasserhähne war ein roter Kreis, auf dem anderen stand KALT. Aus beiden kam eisiges Wasser. Ich machte mir das Gesicht nass, hob den Blick und sah mich in dem kleinen Spiegel bibbern. Ich fühlte mich wie ein heimlicher Eindringling und sah auch unpassend aus. Ich sah nicht aus wie jemand, der dieses ganze Geld wert war.

II

Vier Monate zuvor hatte mein Onkel mich gebeten, einem möglichen Käufer eine Reihe von Anwesen zu zeigen. »Der Herr sucht ein *pied-à-terre*«, sagte er mit angemessener Verachtung und reichte mir einen dicken Umschlag voller Hausschlüssel, von denen jeder mit einer Adresse versehen war. Ich druckte eine Karte aus. Der Kunde, Alexander Colquhoun, kam ins Büro, dann gingen wir hinüber zum Firmenwagen.

Er sah halbwegs gut aus, zugleich aber auch schlaksig und unbeholfen, hätte er einen Hut gehabt, dann hätte er ihn mit beiden Händen vor dem Hosenstall gehalten und die Krempe in den Fingern gedreht wie ein Bauer in einem alten Film. Im Auto saß er völlig steif da, als könne er nur Knie und Hüften bewegen. Ich fragte mich, ob man ihn nicht gegen seinen Willen in den Sonntagsanzug gezwängt hatte; die steifen neuen städtischen Klamotten verliehen ihm das Aussehen eines zurückgebliebenen Landeis mit abstehenden Ohren – aber trotzdem sah er gut aus, er sah sogar ganz entschieden gut aus.

»Sie sind Engländerin«, sagte er, als würde das irgendeine Verbindung zwischen uns herstellen.

»Ja.«

»London?«

»Zuletzt.«

»Und wie gefällt Ihnen Australien?«

»Oh, großartig.« Ich starrte geradeaus, und während ich durch den Hitzedunst fuhr, spürte ich, wie sehr er ahnte, dass ich kaum wusste, wohin ich eigentlich fuhr.

Obwohl das keine Rolle spielte. Der ganze Witz an diesem Land war, dass nichts wirklich eine Rolle spielte. Verglichen mit London schienen die Straßen Melbournes nur spärlich belebt. Die kritische Masse wurde nie erreicht. Überhaupt kein kritischer Punkt wurde jemals erreicht. Die Leute hatten ständig das Gefühl, mir sagen zu müssen, der *Economist* habe diese Stadt »die lebenswerteste der Welt« genannt. Tausende Meilen von allem entfernt, hielt die Bevölkerung ihre Stadt für verzaubert – ich wünschte mir, dass jemand diesen Zauberstab auch über mir schwenkte.

Ich war hergekommen, um ein neues Leben zu beginnen; die letzten sechs Wochen war ich meinem Onkel nicht von den Fersen gewichen und hatte versucht, von ihm zu lernen. Um es in diesem Job zu etwas zu bringen, war sein Rat, musste man hart arbeiten, ehrlich sein, gut kommunizieren können und vor allem attraktiv sein. Das war die Hauptsache, also fing ich an, eng geschnittene graue Kostüme und hellbraune Pumps zu tragen, und das Plastik-Namensschild *Liese Campbell* prangte auf der Brust meines weißen Hemds. Mein Onkel setzte mich in seine Abteilung für Vermietungen. Ich fuhr also oft in einem frisch geleasten VW Polo voller Immobilienbroschüren los, kam vor dem Haus irgendeines Unbekannten an und hisste meine Flagge in seinem Vorgarten: ZU VERMIETEN. BESICHTIGUNGEN. An orange glühenden Nachmittagen stand ich dann mit einem Klemmbrett da, und herein spazierten Paare, Geschiedene, Studenten, Unglücksraben und flehten lautlos: Nimm mich, schreib meinen Namen auf dein Formular. Hierzulande war »real estate«, wie es genannt wurde, eine Art öffentliches Theaterstück – der ganze Ort glaubte ein Recht zu haben, sich das Haus seiner Nachbarn anzusehen. Und ich stand da, atmete die aufkommende Feuchtigkeit ein und gab Plattitüden über die Buden von mir.

Das war die Grundausbildung. Nach ein paar Wochen schickte mein Onkel mich zu den luxuriöseren Objekten; er dachte, mein Akzent würde etwas Klasse in die Gespräche bringen, irgendein koloniales Echo. Das war wie ein Kursus in Improvisation, und die Leute, die ich traf und die offenbar an demselben Kursus teilnahmen, spielten: Ich brauche ein Heim. Ich spielte: Ich habe alles unter Kontrolle. In einem Haus, das wegen eines Todesfalls neu vermietet wurde, nahm ich Ovid aus dem Regal und fing an, in den *Metamorphosen* zu lesen wie in einem Ratgeber. Irgendwo darin stand die Geschichte einer 35-jährigen Frau, die sich je nach Wunsch in einen Vogel verwandeln konnte oder in ein Reh, oder eine Immobilienmaklerin. Warum nicht? Es hatte etwas, in den Häusern anderer Leute zu sein, ein leichter Anflug von Freiheit. Was pervers ist, nehme ich an. Ich war aus meinem normalen Leben entlassen, stand in zu vermietenden Häusern herum und schwadronierte über Vorgärten, Waschküchen, Parkplätze – ich nannte leichthin Preise, die ich mir nie hätte leisten können, ganz so, als wären diese Zahlen der Gradmesser der wahren inneren Werte meiner Kunden.

Die Mieter – vor allem, wenn es Männer waren – hörten meinem Gequatsche zu und nahmen mich ernst. War ich mit einem Mann allein, sah ich zu, dass ich ihm alle Schlafzimmer gleich zu Anfang zeigte, trotzdem ging oft die halb bewusste Ahnung von etwas Grundsätzlichem zwischen uns hin und her – vielleicht ein beiderseitiges Schaudern angesichts der verbotenen Möglichkeiten. Dann sah er mich an, unterschrieb den Vertrag, danach den Scheck, und ich wusste, dass er sich wünschte, für etwas anderes bezahlt zu haben.

Bei den ersten Wohnungen, die ich Alexander Colquhoun zeigte, hatte er es eilig, wieder wegzukommen, als wären wir irgendwo eingebrochen und er müsse sich dafür schämen, in anderer Leute Einbauschränke zu blicken, selbst wenn sie leer waren.

Wir waren in einem Viertel, in dem sich, soweit ich das beurteilen konnte, gerade erst letzte Woche eine ganze Anliegerstraße voller Apartmenthäuser aus dem Staub einer für Industriebebauung vorgesehenen Brache erhoben hatte. Mein Onkel, der nach Durchsicht der Pläne eine ganze Reihe von Dreizimmerwohnungen gekauft hatte, musste sie jetzt wieder verkaufen, und ich wollte gern mein Repertoire erweitern, außerdem war es etwas Aufregendes, eine Wohnung zu verkaufen. Eine jede davon war mit viel Stilbewusstsein eingerichtet worden, damit potenzielle Käufer das Gefühl hatten, in ihre persönlichen Träume einzutreten. Alles sah aus wie in einem Vier-Sterne-Hotel: funkelnde Oberflächen, straff gezogene Bettdecken, unberührte Handtücher, die unter teuren Seifen hingen – aber in jeder Wohnung fand sich ein Rahmen mit dem gleichen Foto einer jungfräulichen Braut, die ganz in Weiß in einer Pferdekutsche posierte.

Es war die Art von Innenräumen, wie ich sie in meinem früheren Leben gezeichnet hatte. In England hatte ich eine Ausbildung als Innenarchitektin gemacht und davon geträumt, weitläufige moderne Traumhäuser zu schaffen. Stattdessen hatte ich Jahre damit verbracht, gerade geschnittene Wohnungen in Investitionsobjekten zu zeichnen, die dann schnell und billig hochgezogen wurden. Daheim war diese Art von Arbeit fast zum Erliegen gekommen, aber hier hatte es keinen Crash gegeben. In den Worten meines Onkels: Die Leute hier pumpten Rohstoffe nach China und schichteten dann immer höhere Mietshäuser übereinander, in die irgendwelche Ganoven investierten, die sich einen goldenen Arsch mit Rohstoffaktien verdienten und ihr Portfolio diversifizieren mussten.

An diesem ersten Vormittag besichtigten wir drei Apartments, von denen kein einziges Mr. Colquhoun zusagte. Aber ich lächelte dazu und lächelte immer noch, als wir am Nachmittag weitere Objekte besuchten, in denen er mit fast schon königlicher Zerstreutheit in seine Faust hüstelte und erklärte, derart charakterlose Behausungen seien unterhalb seines Niveaus.

Er stand vor einem bodentiefen Fenster in einer Wohnung im 27. Stock, blickte auf ein zwergenhaftes Melbourne hinab, wo Spielzeughochhäuser zu erkennen waren und Spielzeugeisenbahnen an kleinen Gärtchen vorbeiführten, die niemand gewässert hatte, und sagte: »Moderne Städte sehen alle gleich aus.«

»Ich glaube, alte auch.«

»Gibt es da draußen irgendwo ein Haus, das etwas Originelles hat?«

Ich seufzte und dachte: Wahrscheinlich hat er recht, was mache ich eigentlich hier?

Das war eine Stadt, um sein Leben zu vertrödeln, aber nicht um sich selbst zu finden – sofern das kein zu altmodischer Ehrgeiz war. Die Entdeckung des Selbst war doch eigentlich etwas, das in der Dritten Welt passieren sollte, inmitten des Elends der anderen. Eine Stimmung von Unbefriedigtsein überkam mich, darüber, dass ich nicht irgendwo war, wo es exotischer und schwieriger zuging. Hier schienen sogar die Gebäude zufrieden damit, ziemlich uninteressant zu sein.

»Kein Kommentar?« Offenbar wollte er ein Gespräch, spielte dabei aber zugleich den Griesgram.

Zwei Zentimeter vor mir befand sich eine Wand aus nichts als Glas, dahinter der Abgrund. Mir war schwindlig, und auch sonst empfand ich eine gewisse Anspannung. Meine Schulter berührte zufällig seinen Oberarm. »Das ist nicht ganz fair. Es gibt einen Haufen moderner Häuser, die genauso aufregend sind wie jede gotische Kathedrale.«

Er lächelte, als fände er meine Naivität rührend.

Als ich vom Fenster wegtrat, spiegelte ich mich vage darin – ich zog mein Hemd gerade, sodass es über der Brust spannte, mir war klar, dass Alexander hinsah. Ich war kurviger gebaut, als es zu mir passte. All dieses bleiche Fleisch mit rumzuschleppen kam mir vor wie eine Indiskretion, als hätte die Genetik mir ein unzüchtiges Äußeres verliehen. Um dagegen anzugehen, band ich jeden Morgen mein Haar zu einem strengen blonden Pferdeschwanz zusammen und benutzte sehr wenig Make-up; ich hoffte, ich würde dadurch eine attraktive Blässe gewinnen, ohne wiederum auszusehen, als hätte ich Tuberkulose. Jedenfalls wollte ich exotisch wirken an einem Ort, wo alle braun gebrannt waren.

Ich wischte mir eine Strähne aus dem Gesicht und wandte mich der Küchenzeile der Wohnung zu. »Und, was halten Sie davon?«

»Ich bin mir nicht sicher, ob das tatsächlich zum Kochen gedacht ist.«

»Haben Sie die Restaurants hier in der Gegend gesehen?« Ich hielt mich dicht an ihn. »Hier werden Sie gar nicht kochen wollen. Und das neumodische Zeug hier«, sagte ich, um seinen geschmacklichen Konservatismus zu parodieren, »das Ihnen so abstoßend vorkommt, ist einfach ein Teil des Komforts.« Ich berührte seinen Arm und deutete auf die Miele-Geräte: »Hier war noch keiner drin und hat alles kaputt gemacht.«

»Finden Sie nicht auch, dass die Decken furchtbar niedrig sind?«

»Das liegt nur daran, dass Sie so groß sind.«

Alexander durchquerte noch einmal die Zimmer. Sie waren genauso niedrig, wie er sagte, und ich konnte nicht anders, als seinen Körperbau durch seine Kleidung hindurch wahrzunehmen. Er bewegte sich nicht so, wie sich ein Farmer meiner Ansicht nach bewegen musste. Er war schlank und muskulös, aber schien sich in seinem Körper in hohem Maße unwohl zu fühlen. Irgendwas daran, ich nehme an, das Schlaksige, machte ihn verlegen, und wenn er mir die Türen aufhielt, machte er die Andeutung einer Verbeugung – es war ein Verhalten in der Mitte zwischen übertriebener Höflichkeit und Spott. Je mehr er versuchte, seine Natur zur verbergen, desto auffälliger wurde sie. Er roch sogar irgendwie anders. War das der Geruch des Bauernhofs? All seine Höflichkeiten stießen einen umso stärker auf das, was ungeschlacht war an ihm.

Als der Nachmittag voranschritt, veränderte sich sein Verhalten dahingehend, dass er nun eine Wohnung suchte, die für uns beide passen musste, als hätte ich eine Prüfung bestanden und sei nun kein Feind mehr, sondern ein Mitverschwörer. Und, gefiel mir diese vermeintliche Intimität? Zugegeben, ja. Ich versuchte, ihm eine Wohnung anzudrehen, und ich nehme an, dass in einer neuen Stadt, wo ich so gut wie niemanden kannte, selbst so ein Termin irgendwie unter die Rubrik »Verabredungen« fiel.

»Also, das stelle ich mir schön vor«, sagte ich beim Blick ins Badezimmer.

Eine frei stehende Zweierbadewanne, ein an der Wand aufgehängtes Waschbecken, Kalksteinfliesen.

»Sind Sie sicher, dass Ihnen das gefällt?« Er flüsterte, obwohl wir allein waren.

»Sehr sogar.«

»Und die Farben?«

»Sind fein aufeinander abgestimmt und wirken beruhigend.«

Alexander wollte mich offensichtlich nicht mehr enttäuschen. »Na ja«, er zuckte die Achseln und blickte belämmert drein. »Ich wäre ja nie auf den Gedanken gekommen, so etwas zu kaufen, aber vielleicht ist es gar keine so schlechte Idee.«

»Wollen wir weitersuchen?« Es war am besten, sich optimistisch zu geben.

»Und wo schleppen Sie mich jetzt hin?«

»Ich glaube, dieses letzte Objekt wird Ihnen wirklich gefallen.« Ich lächelte zuversichtlich. »Ich sehe Sie darin.«

»Soso, Sie sehen mich darin.« Er blickte mich direkt an. »Und was mache ich gerade?«

»Sie leben Ihre Wohnträume aus, ganz genau so, wie der Katalog es verspricht.«

Alexander lachte lautlos und folgte mir dann in den engen Aufzug und hinein in mein winziges Auto.

Als wir vor dieser letzten Wohnung unserer Runde ankamen, kramte meine Hand im Umschlag auf der Suche nach dem richtigen Schlüssel. Alexander warf mir einen erwartungsvollen Blick zu. Wenn ich den richtigen Schlüssel fand, ohne auf den Anhänger sehen zu müssen, und er diese Tür hier öffnete, dann würden wir beide die Schwelle zu unserem neuen Leben überschreiten.

Der Schlüssel passte nicht.

Jetzt blickte ich auf die beschrifteten Anhänger und zog den richtigen hervor. Ich drehte ihn im Schloss herum, und dann stand ich im Flur und spürte einen leichten Schauder von Déjà-vu. Ich konnte den gesamten Grundriss der Wohnung vorhersagen. Es war genau der gleiche wie die, die ich selbst gezeichnet hatte, bevor man mich einsparte. An meinem letzten Arbeitstag war exakt so ein Plan auf meinem Computerbildschirm gewesen, als der Chef mit einem Kuchen hereinkam – als hätte es sich lediglich um einen Geburtstag gehandelt. Ich aß ein Stück, packte meine Sachen in eine Kiste, und dann brachte man mich und drei andere zur Tür. Das war in der Weltfinanzkrise, jedermann verlor seinen Job. Meine Kollegen hatten ihr Stück Kuchen alle voller Nervosität aufgegessen. Zu der Zeit stellten englische Firmen Zeichner aus Vietnam und Indien ein, und ich hatte meinem Boss leichthin erklärt, ich hätte ohnehin schon seit Längerem vorgehabt, zu kündigen und in Australien zu arbeiten. »Verstehen Sie, ich habe einen Onkel in der Immobilienbranche …«

Also, ich habe Alexanders Arm nicht berührt, ich habe mich nicht getraut, während ich ihn durch den Wohn-Ess-Bereich zum Schlafzimmer führte, auf dessen Bett ein kleines herzförmiges rosa Samtkissen lag (wahrscheinlich war es das, was sich irgendein Innenarchitekt unter persönlicher Note vorgestellt hatte), und dann in das Ankleidezimmer, eine enge, verspiegelte Kammer, in der ich hören konnte, wie sein Herzschlag sich veränderte. Im Badezimmer mit der Duschkabine, die groß genug für zwei war, und einem riesigen marmornen Waschtisch blieb er stehen. Das war alles zu zweideutig – die richtigen Größen und Formen für ganz andere Nutzungen.

Ich führte uns eilig in die Küche zurück.

»Der Herd ist eine gute Marke«, gestand Alexander zu. »Der würde bestimmt gut funktionieren.«

Ich musste an die Art Träume denken, in denen man in einem kleinen Haus plötzlich ein zusätzliches Zimmer entdeckt. Alexander schien solche zusätzlichen Zimmer – die für mich unsichtbar blieben – überall zu finden, und mir wurde klar, dass er auf den Entschluss zusteuerte, zu kaufen.

»Ja«, nickte er und stellte sich vor, in dieser Wohnung zu leben, »vielleicht ist das ja …«

»Wissen Sie«, unterbrach ich ihn, »ich kann verstehen, warum diese Wohnungen einen nicht ansprechen.«

»Nein, nein, ich glaube vielmehr, das könnte funktionieren.« Er blickte mich in der Hoffnung an, ich würde mich darüber freuen.

»Aber sie gefällt Ihnen doch nicht wirklich.«

Alexander richtete sich auf. Er wirkte verwirrt. Er runzelte die Brauen und blickte um sich, als habe er soeben etwas verloren.

»Hier würden Sie nie glücklich werden«, fuhr ich fort und bugsierte uns zurück ins Schlafzimmer. »Da bin ich mir ganz sicher.«

»Der falsche Lebenstraum?« Er wirkte angesäuert, aber er kam hinter mir her.

Die einzige Erklärung ist, dass die Wohnung zu vertraut wirkte. Dass der Anblick ihrer unheimlichen Ähnlichkeit mit all den Grundrissen, die ich in London gezeichnet hatte, und vor allem die ätzende Erniedrigung meiner kürzlich erfolgten Entlassung mir irgendwie den Wunsch eingaben, sie zu beschmutzen. Die ganze Einrichtung war neu und unberührt und schrie danach, verdreckt zu werden. Und das war der Grund, warum ich den nüchternen Mr. Colquhoun zum Doppelbett führte und dann den Reißverschluss meines Rocks öffnete und meine Strumpfhose herunterrollte. Und das war auch der Grund, warum ich mich auf die Matratze legte und auf das kleine rosa Samtkissen, das ich direkt unter meinem Arsch platzierte.

Wie unschuldig oder erfahren war er? Ich konnte seine Hüftknochen spüren, wenn er oben lag. Und wenn ich auf ihm drauf war, dann hielten seine großen, schwieligen Hände meine Hüften, als würde er mich wiegen. Wie lange mochte es her sein, dass er jemanden so berührt hatte? Ich konnte es nicht einschätzen.

Danach, während Alexander sich mit rot angelaufenem Gesicht wieder anzog und seine Manieriertheiten dabei ein wenig übertrieben waren, kramte er in der Tasche seiner Baumwollhose und zog ein Bündel Geldscheine halb hervor. Als er meinen Blick sah, wandte er sich ab. Er fummelte an den Geldscheinen herum.

»Vielleicht sollte ich was zur Reinigung der Laken dazugeben«, murmelte er. »Hier, nehmen Sie bitte hundert.«

»Nur hundert?«

Ich merkte, dass er nicht wusste, wie er sich verhalten

sollte. Irgendetwas an der Art, in der ich das Ganze angegangen war, gab ihm wohl das Gefühl, er müsse dafür zahlen – und mittlerweile hatte ich dieses Gefühl auch. Ich nahm ihm die Geldscheine aus der Hand und rollte zwei weitere Hundertdollarnoten ab. »Ist nur der halbe Preis«, sagte ich, »weil Sie mir sympathisch sind.«

Mit zitternden Händen zog ich das weiße Bettzeug glatt und meine eigene Kleidung auch. Danach, als ich die Tür hinter uns abschloss, gab es nur eine Sache, wegen der ich mich schlecht fühlte: Das kleine herzförmige Kissen hatte jetzt einen Fleck. Ich hatte, während er nicht hinsah, versucht, ihn mit einem Handtuch zu entfernen, und es dann umgedreht auf dem Bett liegen lassen.

III

Ich hasste solche Häuser. Ich schloss die Tür des pinken Schlafzimmers und kehrte in meinen eigenen Spuren durch den dämmrigen oberen Korridor zurück. Pelziger Staub lag auf allem, auf jedem spiraligen oder gekräuselten Ornament: den geschnitzten Zargen um jede der verschlossenen Türen, dem Treppengeländer und der Brüstung. Im College hatten wir viktorianische Architektur so gut wie nicht studiert. Für uns hatte sie etwas leicht Peinliches, zu viel Pomp und versunkene Großspurigkeit, sie war zu historisch. Wenn jemand diese Ästhetik erwähnte, dann mit ironischem Unterton. Aber während ich die steilen Stufen hinabstieg, versuchte ich mir im Kopf über den Grundriss des Hauses bewusst zu werden. Das Obergeschoss war ein einziges langes Rechteck mit Schlafzimmern auf beiden Seiten. Das Erdgeschoss begann mit der Eingangshalle und den beiden großen seitlich liegenden Sälen, und weiter hinten ging von beiden Seiten der Treppe je ein Flur nach links und rechts ab.

Alexander hatte das Licht in der Eingangshalle ausgeschaltet, und in der Dunkelheit setzte ich jeden Schritt sehr vorsichtig, tastete nach den Stufen, bis mein Fuß hart auf dem gefliesten Boden aufkam. Aber in welche Richtung ich jetzt gehen musste, war mir nicht klar.

Ich hielt inne und horchte.

Am Ende des Flurs linker Hand schimmerte schwach Licht. Ich ging darauf zu und kam in den vermutlich ehemaligen Gesindeflügel. Hier war alles enger, die Decke niedriger. Es roch nach Erde.

»Hallo!« rief ich.

»Hier lang«, antwortete Alexander.

Ich ging seiner Stimme entgegen, bis ich in eine Küche gelangte, die groß genug für eine ganze Kochbrigade war und sich seit deren Verschwinden nicht mehr verändert hatte: verkratztes rotes Linoleum auf dem Boden und cremefarbene Schränke bis zur Decke an jeder Wand. In ihrer Mitte war ein antiker AGA-Herd eingebaut – und daneben stand Alexander.

»Sie sind hier«, sagte er sanft und verbeugte sich beinahe. »Sie sind also tatsächlich hier.«

Ja klar, dachte ich. Und ich hätte mir denken können, dass es so aussehen würde; dass das Haus seiner etwas altertümlichen Etikette entsprechen würde.

Er wirkte wie ein hoch aufgeschossener Teenager, der vergessen hatte, auch in die Breite zu wachsen. Die Schürze, die vor seinem langen, dünnen Oberkörper hing, war zu klein. Hinter ihm brutzelte es in einer Pfanne, aber er stand da, als sei er völlig überwältigt, und lächelte ein merkwürdiges, liebes Lächeln. »Sind Sie hungrig, Liese?«

»Bin ich.«

»Und essen Sie Fleisch?«

»Tu ich.«

»Ich hätte besser vorher fragen sollen.« Er versuchte,

beiläufig zu klingen, aber seine Stimme war angespannt. »Es ist ein bisschen improvisiert heute Abend, aber es gibt eine englische Spezialität – Nieren. Morgen werd' ich richtig kochen, versprochen.« Er drehte sich zum Herd um. »Haben Sie etwas gegen einen leichten Pissegeschmack?«

Ich zögerte. »Gibt es denn eine Alternative?«

»Ein weniger pissiger Geschmack.«

»Ah.«

Mir fiel wieder ein, wie er in den verschiedenen Miet- oder Eigentumswohnungen, in denen wir uns getroffen hatten, ab und zu einen Blick in die Küchen der Leute geworfen und in ihren Kochbüchern geblättert hatte.

Nach unserem ersten Techtelmechtel rief Alexander einmal pro Woche an, um mir zu sagen, wann er in der Stadt sein würde. Ich nannte ihm jedes Mal eine andere Adresse. Dann klopfte er an die Tür, und ich führte ihn in ein »geräumiges Stadthaus mit drei Schlafzimmern, genügend Platz für Gäste, außergewöhnlichen architektonischen Details in traumhafter Spitzen-Wohnlage«. Oder in eine »grundsanierte Kirche aus Blaustein, die atemberaubende Wohnmöglichkeiten bietet«. Oder zum Erkerfenster »einer frei stehenden viktorianischen Stadtvilla in bestechender Backsteinoptik mit großräumigem Hintereingang«. (Diese ganzen Beschreibungen klangen wie Kontaktanzeigen.) Dass er mich zu bezahlen hatte, verstand sich ohne Worte. Er überreichte mir dann einen weißen Umschlag mit Bargeld. Ich breitete ein Badetuch auf dem Bett aus, zog zuerst mich, dann ihn aus.

Zu Anfang war er sehr ernsthaft, als befürchtete er, irgendwie Ärgernis zu erregen – selbst in den simpelsten Momenten verließ ihn dieses Brütende nie ganz –, wogegen ich beständig gegen ein Gefühl von Komik ankämpfen musste. Ich spielte mit dem Gedanken, ihm einen Haufen Geld dafür abzunehmen, mich überhaupt berühren zu dürfen und nebenbei eine kostenlose Fellatio spendiert zu bekommen, oder einen Strafzoll zu erheben, wenn er mir das Geld auf eine Weise überreichte, die ich als missgünstig empfand. Warum nicht verschiedene Tarife für verschiedene Niveaus der Penetration und Zusatzkosten für weitere Objekte? Oder eine Gebühr für bestimmte Oberflächen einschließlich einer Konventionalstrafe für Brandflecken?

Verstehen Sie: Ich hatte Geldschulden. Und ich wachte jeden Morgen mit dieser Summe auf, die in meine Lider gebrannt war. Die Schulden bohrten in mir wie ein kleines Insekt, das sich immer tiefer in Richtung meines Gehirns vorfraß. Das einzige Schmerzmittel war Bargeld.

Und so lagen wir dann auf den Laken irgendwelcher fremden Leute, mit deren Fotos und Kram fein säuberlich neben uns auf dem Nachttisch, in dem die Dinge verborgen waren, deren Anblick sie privat halten wollten, und ich dachte die ganze Zeit: Das kann nicht wahr sein, was ich hier tue. Die Grenzüberschreitung bestand darin, diese Zimmer zu nutzen, wogegen es lediglich ein Teil unseres Spiels war, dass ich sein Geld nahm. Zu diesem Spiel gehörte es, die alltägliche Welt zu verlassen und unverletzt wieder in sie zurückzukehren. Wenn ich ins Büro zurückkam, hing das Handtuch, das wir benutzt hatten, aus meiner Tasche, die Kollegen glaubten, ich hätte mit Schwimmen angefangen. Ich nehme an, Alexander wusste, dass er der einzige Kunde war, den ich jemals gehabt hatte. Ich nehme ebenso an, es war ihm lieber, dass ich das nicht erwähnte. Es war ein Spiel, bis es dann keins mehr war. In dem Spiel waren wir x-beliebige Leute, irgendwer. Völlig Fremde, die versuchten, den Namen des anderen zu vergessen. Es funktionierte immer am besten, wenn wir uns vorstellten, dass wir uns nie wiedersehen würden.

»In Ordnung.« Alexander blickte sich in der Küche um und hakte eine unsichtbare Strichliste ab.

In den Regalen der cremefarbenen Schränke hingen zwischen dem Geschirr Prämierungsbänder und -schleifen verschiedener Landwirtschaftswettbewerbe. Es gab auch einen Werbekalender, auf dem der Juni-Pin-up eines preisgekrönten Stiers zu sehen war.

Als er die Pfanne vom Herd nahm, versuchte Alexander, meinem Blick auszuweichen. Er steuerte auf die Küchentür zu. »Kommen Sie bitte.«

Im Flur war die Dunkelheit total, fast wie etwas Lebendiges.

Nach ein paar Schritten berührte ich eine Wand.

»Entschuldigung, hier entlang bitte«, rief mich seine Stimme.

Ich ertastete die Schürzenbänder und hielt mich an ihnen fest, während ich ihm Schritt für Schritt folgte. Gebraten rochen die Nieren jetzt sehr stark. Es stank, als liefen wir durch Müll.

»Ich kenne mich hier mit geschlossenen Augen aus.« Er drückte auf einen Schalter und ein Kronleuchter strahlte auf, hundert schwefelgelbe Tröpfchen, die das Esszimmer in helles Licht tauchten.

Entlang der einen Wand waren die Glastüren von Turnüren in magentafarbenem Samt umhüllt. An den übrigen Wänden ging es voller zu: eine Reihe ausgestopfter Fuchsköpfe, geschnitzte Emu-Eier auf silbernen Haltern, uralte Sportpokale und Stiche von Lieblingspferden, deren Beine so weit auseinandergespreizt waren wie bei Schaukelpferden. In der Mitte des Raums stand ein großer Tisch, an dem zwanzig Leute Platz gehabt hätten, der aber nur für zwei gedeckt war. In einer Vase in der Mitte steckten drei Kamelien, ein etwas plumpes Arrangement.

Alexander stellte die Pfanne mit den Nieren auf dem Sideboard ab, neben einem Toaster und einem Brotlaib. »Setzen Sie sich bitte.«

»Danke.« Mit dem Rücken zu ihm hörte ich, wie er zwei Scheiben Brot abschnitt und in den Toaster steckte.

»Tut mir leid«, sagte er, mit den Fingern auf das Sideboard klopfend, »aber sie werden kalt, wenn ich das in der Küche mache.«

Seine feine Zuvorkommenheit war nicht ohne Charme. Er nahm diese Verführung ernst, aber wir hatten alle normalen Intimitäten bereits umgangen, und als er jetzt hinter mir stand und ein Streichholz anriss, versuchte ich, nicht zu frösteln. Er kam näher, beugte sich über mich und zündete die Tischkerzen an, wobei seine dicken Finger zitterten. Dann schaltete er den Leuchter aus, und der

Raum schien zusammenzuzucken. Wieder hinter mir stehend, goss er mir Wein ein.

Ich spürte, wie er mir beim Trinken zusah und auf meine Reaktion wartete. »Schmeckt wunderbar.«

»Ich wusste, dass er Ihnen gefallen würde.« Der Toaster gab sein elektrisches »Pling« von sich, und Alexander servierte uns die Nieren auf zwei Tellern. »Bitte, fangen Sie an.«

Ich hob die Gabel zum Mund. Das Fleisch war zart und bissfest und dicht und schmeckte *pissig.* »Das schmeckt kräftig«, bot ich ihm als Urteil an.

Er nahm sich die Schürze ab und setzte sich mir gegenüber. »Die Nieren haben drin mariniert.«

Meine Augen mussten sich noch an die Helligkeit gewöhnen. »Wo drin?«

»Im Tier«, sagte er. »Es gibt Leute, die sie in Wein und Gewürzen einlegen, aber ich finde, sie sollen danach schmecken, wo sie herkommen. Warum so tun, als handelte es sich um was anderes? Das Tier ist, wie es ist. Frühere Generationen haben die Tiere respektiert, indem sie nichts von ihnen weggeworfen haben. Herz, Leber, Lunge, ja sogar die Blase.« Über etwas zu reden, mit dem er sich auskannte – nämlich Essen –, schien ihn zu entspannen. Ich fragte mich, ob er das alles ganz ernst meinte oder ob das Metzgersgeplauder dazu diente, die eigene Schüchternheit zu überwinden. Wie auch immer, jedenfalls konnte Alexander seine hoffnungsvolle Miene nicht verhehlen – die Freude eines Introvertierten an der Aussicht, sich preiszugeben. »Normalerweise essen wir nur das äußere Fleisch«, erklärte er ernst, »aber das hier kommt von der Innenseite des Tiers, und deshalb riecht es wie die Innenseite des Tiers. Nieren kriegen kein Licht, keine Luft ab, und sie haben keinerlei Training.«

Das war Pygmalion mit Innereien. »Wie haben Sie kochen gelernt?«

»Ich hatte nicht wirklich die Wahl.« Er zuckte die Achseln. »Kein anderer konnte es.«

Alexander füllte unsere Gläser nach. »Heutzutage holen sich die Leute ihr kleines, säuberlich in Plastik eingeschweißtes Stück Steak im Supermarkt und wissen nicht einmal, welches Stück des Tiers sie da eigentlich essen.«

Ich blickte ihn an, als würde ich ihn das erste Mal sehen. Sein Enthusiasmus hatte etwas Streberhaftes, und sein Gesicht war rot angelaufen – der Eifer war bis an die Oberfläche gedrungen. So was also interessiert dich, dachte ich. Irgendwie war es ja auch rührend. Bis jetzt hatte ich keine Ahnung gehabt, was ihm tatsächlich am Herzen lag.

Eine Uhr schnaufte, als würde das ganze Haus nach Atem ringen.

»Ich denke schon eine ganze Weile darüber nach, Sie hierher einzuladen, Liese.«

»Es tut richtig gut, die Stadt für ein paar Tage zu verlassen.«

»Ich wollte, dass wir mal eine längere Zeit gemeinsam verbringen.«

Ich senkte den Blick, um Verlegenheit anzudeuten.

»Nun gut«, er faltete die Hände, »was ist denn der Stand der Dinge in Ihrer Lebensgeschichte?«

»Na ja …« Ich lächelte, als wäre ich berührt davon, dass er sich für mich interessierte. Er wollte, dass ich mich in ihn verliebte – oder dass ich zumindest so tat, als ob. Er zahlte, damit er um mich werben konnte, das war ein sehr viel verzwickteres Drehbuch als vorzugeben, wir hätten uns noch nie gesehen und würden uns auch danach nie wieder begegnen. Meine Ankündigung, das Land zu verlassen, hatte Alexanders Neugierde auf meine Vergangenheit geweckt, und ich fragte mich, was für eine Vergangenheit jetzt die Dinge voranbrächte – eine voll schmutziger Geschichten oder meine tatsächliche, höchst normale Mädchenzeit in Norwich. Hier im Dunkel konnte ich beide anwenden.

»All das hier« – er wies auf den Raum, als würden wir in einem Palast sitzen – »all das hier muss ja wohl auf Sie sehr … na ja, ich hoffe, es wirkt nicht irgendwie ungemütlich auf Sie.« Er hatte den Kopf leicht schräg gelegt, und sein dünner Hals stak aus dem Kragen seines Hemds heraus. »Was ich sagen will, ist, ich nehme das alles hier nicht so wichtig, ich meine, ich lasse es keine Macht über mich bekommen.«

»Nein, gewiss nicht.«

»Solche Häuser vermögen das nämlich, wenn man sie lässt.« Er machte eine Pause und wartete darauf, dass ich die richtige Frage stellte. Als sie nicht kam, fuhr er trotzdem fort: »Das Haus wurde von meinem Ururgroßvater gebaut, dem Sohn eines schottischen Schmieds.« Er nickte zu einem der Porträts über dem Kamin hinüber. »Er kam her, als er sechzehn war, und machte sich zu einem

Woll-Magnaten. Aus dem Nichts heraus. Als er starb, besaß er 40000 Hektar Land.«

»Und ist er auf einem davon begraben?«

»Auf keinem jedenfalls, der mir noch gehört.« Dieser Gedanke schien ihn aus der Spur zu bringen.

»Und Sie leben hier … für sich?«

Alexander zog eine Grimasse. »Ich bin jedenfalls nicht verheiratet, wenn Sie das meinen.«

Ich lachte, als ob mir der Gedanke überhaupt noch nicht gekommen wäre. »Finden Sie das Haus hier nicht manchmal zu groß?«

»Wieso? Ist das auch wieder so eins, was Sie mir nicht verkaufen würden?«

»Offen gestanden habe ich mehr Erfahrung mit moderner Architektur.«

Er studierte die Tischplatte. »Ich hab gelesen, dass manche Mädchen in Ihrer Branche einen Haufen Geld machen können.«

»Das Immobiliengeschäft ist nur wirklich lukrativ, wenn man oben steht.«

»Sie helfen also aus in der Firma Ihres Onkels.« Sein Ton suggerierte, dass er sich mit Immobiliengeschäften auskannte. »Aber ich meinte eigentlich Ihre andere Branche.«

»Oh.« Also nicht meine Mädchenzeit in Norwich.

»Es gibt ja solche Fälle, die die Universität besucht haben und am Ende sogar einen akademischen Abschluss besitzen und womöglich Investitionsobjekte.« Alexander lächelte kurz und drehte das Weinglas in der Hand. »Jedenfalls, was ich sagen will, ist, dass Ihre unterschiedlichen Jobs das Zeichen einer gewissen Durchsetzungskraft sind, eines Ehrgeizes, und ich glaube nicht, dass daran irgendetwas schlecht ist.«

Ich fragte mich, ob er erwartete, dass ich das als Scherz nahm.

Er blickte zu mir: »Haben Sie schon ein genaues Datum für Ihre Abreise aus Australien festgelegt?«

»Noch nicht.«

»Und das Ticket gekauft?«

»Demnächst.« Sprich: hoffentlich kommende Woche.

»Verstehe. Und wo haben Sie vor, hinzugehen?«

Ich stocherte an den Nieren herum. »Ich würde gern über Asien heimreisen. Ich war nämlich tatsächlich noch nie …«

Alexander setzte sich auf. »Und Sie wollen nicht versuchen, dort zu arbeiten?«

Ich zögerte, denn genau das wollte ich eigentlich. Ein Freund in Schanghai, ein technischer Zeichner, erzählte, dass dort täglich neue Gebäude in die Höhe schossen und dass es kinderleicht wäre, einen Job zu finden.

»Ich frage nur, weil ich mir vorstellen könnte, dass in Ihrem Gewerbe dort eine ziemlich starke Konkurrenz herrscht.«

»Ja, vermutlich.«

»Nicht, dass Sie nicht einiges ins Feld zu führen hätten.« Vielleicht versuchte er, positiv zu bleiben, aber sein gesundes Gesicht wirkte angespannt.

»Danke.«

»Erzählen Sie mir was über das Bordell, in dem Sie gearbeitet haben.«

Hatte ich ihm bei einem unserer Treffen eine Bordellgeschichte erzählt?

Einmal, an einem Montagmorgen, hatte Maria, die Empfangsdame meines Onkels, dem ganzen Büro bekannt gegeben, dass sie übers Wochenende einen Tag der offenen Tür in einem örtlichen Bordell besucht hatte. Alle Frauen hörten sofort mit dem Arbeiten auf, sammelten sich um ihre Box und wollten Details hören. »Machen sie solche Sachen in Australien häufiger?« hatte ich hoffnungsvoll gefragt. (Schließlich konnte man schwerlich erwarten, dieses Handwerk zu erlernen, indem man sich in der Bücherei schlaumachte.) Nein, der Tag der offenen Tür war eine einmalige Sache. Das Bordell, das größte in der südlichen Hemisphäre, war an der australischen Börse notiert, und die Aktion war Teil seiner Werbekampagne. Für die Spende einer »Goldmünze« – ein oder zwei Dollar, die man in ein Körbchen legen musste und die wohltätigen Zwecken zugutekämen, der Hilfe für sexuell missbrauchte Kinder – führte eine ›Hostess‹ mit einer Zigarette in der einen Hand und einem Glas Cola-Rum in der anderen – vielleicht selbst eine Nutte, vielleicht auch nicht – Maria und eine Gruppe von fünfzehn weiteren Besuchern herum.

Es wirkte, als sei die gesamte Belegschaft des Bordells angewiesen worden, die Wörter *Hygiene* und *Sicherheit* so oft wie irgend möglich zu benutzen. In der Wäscherei, die so groß war wie für eine ganze Fabrik, bekamen die

Besucher gesagt, sie könnten ebenso gut im Untergeschoss eines Krankenhauses sein – die gesamte Wäsche wurde gekocht und antibakteriell desinfiziert. Vor dem hellgelben, zwei Meter hohen Mülleimer, in dem die Kondome entsorgt wurden, erfuhren sie etwas über die extra ausgebildeten Sondermüll-Spezialisten; vor der Tür zum Wellness-Bereich, dass es regelmäßige Kontrollen des Gesundheitsamtes gebe. Dann, während sie ein für vier Benutzer maßgefertigtes Bett betrachteten, versicherte man ihnen, dass strikte monatliche Untersuchungen auf Geschlechtskrankheiten durchgeführt würden. Alle nickten sie ernst dazu und wünschten sich vermutlich insgeheim, endlich mal jemanden einfach ficken zu sehen.

»Das Bordell, in dem Sie gearbeitet haben … außerhalb Londons«, versuchte Alexander meiner Erinnerung auf die Sprünge zu helfen.

Ich sagte gar nichts.

»Mussten Sie sich da in einer Reihe aufstellen und auswählen lassen? Ich meine, ich nehme natürlich an, dass Sie immer als Erste gewählt worden sind.«

»So eine Art Laden war das nicht.«

»Verstehe.« Er wartete darauf, dass ich es genauer erklärte. »War es denn ein netter Laden?«

»Es war ein nettes Bordell, ganz genau.«

Er nickte. »Exklusiv?«

»Sehr exklusiv.«

»Aber dann war es Zeit, was Neues zu tun, und deshalb haben Sie sich entschlossen, nach Melbourne zu kommen und auf eigene Faust zu arbeiten?«

»Mehr oder weniger.« Aus irgendeinem Grund konnte ich nicht in die richtige Stimmung kommen. Ich hatte nicht genug getrunken, um Geständnisse zu machen und mich rücklings auf seinen Tisch zu legen und den Rock hochzuziehen.

Er sah mich an, wie er das manchmal in den Wohnungen getan hatte, als forschte er nach einer tieferen Wahrheit. Wir trafen uns immer tagsüber, und einige der Wohnungen hatten weder Jalousien noch Vorhänge. Wenn das Schlafzimmer nicht gerade dunkel gelegen war, sahen wir einander in allzu genauen Details. Deswegen bekam ich Lust, ihm die Augen zu verbinden. Wenn er die Augen nicht schloss, dann ich auch nicht. Letztendlich sah ich aber lieber zur Seite.

»Haben Sie im Laufe Ihrer Karriere einmal wirklich bedauert, mit jemandem gearbeitet zu haben?«

»Hmm.« Ich tat so, als versuchte ich mich zu erinnern. Ich musste mich nicht anstrengen, er war ganz zufrieden damit, dieses Szenario allein durchzuspielen.

»Vermutlich hätten Sie sehr viel Glück gehabt, wenn Sie nicht wenigstens auf einige Kunden mit, ich weiß nicht, mit einer gewissen Bestürzung zurückblicken müssten.« Er nickte, er versuchte immer noch, eine Geschichte zu bekommen. »Ich frage mich eben nur, ob es da einmal irgendwen gab, bei dem Sie es wirklich bereuen, sich mit ihm eingelassen zu haben.«

»Können wir über irgendwas anderes reden?«

Ich hoffte, er würde meine Zurückhaltung als Teil des Spiels verstehen.

»Ich will Sie nicht in Verlegenheit bringen.« Alexander schien in der Kerzenflamme ein verborgenes Rätsel zu betrachten. »Aber – na gut – studieren Sie denn auch?«

»Nee.«

»Ich dachte, Sie würden die Zusatzeinkünfte nutzen, um etwas zu studieren, Kunstgeschichte oder Literatur oder so?«

»Warum?«

»Na, ich meine, mit dem Geld, das Sie in Ihrem Beruf verdienen.«

»Alexander«, ich legte meinen Kopf mit einer koketten Geste schräg, »sind das wirklich die Fragen, die man einem Mädchen stellt, wenn man es zum ersten Mal zu sich nach Hause einlädt?«

Wir hatten die Härten meines vermeintlichen Berufes schon zuvor diskutiert, aber jetzt, wo wir nicht im Bett lagen, merkte ich, wie mich eine ziemlich fest gepanzerte prüde Unlust überkam. »Ich sehe mich selbst nicht in diesen Begriffen«, erklärte ich klar und deutlich. Meine Schlüsselworte waren *Eros, Bargeld, Schuldenabbau.* »Und ich finde, es fühlt sich merkwürdig an, mit Ihnen so darüber zu reden.«

»Tut es das?«

Meine Fingerspitzen berührten mein Schlüsselbein, als ich mein Haar zurückstrich. »Es macht mich verlegen.«

»Tut mir leid. Ehrlich«, sagte er, obwohl er nicht aussah, als täte es ihm leid. Er wirkte vielmehr verstimmt und frustriert darüber, dass ich ihn abblockte, auch wenn es in flirtendem Ton geschah.

Alexanders Blick traf kurz meinen. »Müssen Sie viel von Ihrem Lohn abgeben?«

»Ich versteh' nicht ganz.«

»Einem Zuhälter.«

»Nein«, sagte ich sarkastisch. »Ich bin selbstständige Unternehmerin.«

»Na dann.« Er legte Messer und Gabel nebeneinander auf seinen Teller. »Das muss Ihnen große Freiheit verschaffen. Sie können überallhin. Leute kennenlernen.« Vom Hals aufwärts war er rot angelaufen und wirkte so würdevoll und unbeweglich wie der Mann auf dem Gemälde. »Schön für Sie, Ihr eigener Boss zu sein. Wer will sein Leben schon in einem Büro verbringen?«

In meinem alten Leben hatte ich jeden Morgen um sieben in der U-Bahn Richtung East End gesessen. Zehn Stunden am Tag starrte ich auf einen schwarzen Computerbildschirm und manipulierte die roten und grünen und gelben Linien des computerunterstützten technischen Zeichnens, um mit ihnen Wände und Böden und Fenster zu erschaffen. Das Programm infizierte alles, was ich tat. Ließ ich etwas auf den Boden fallen, dachte ich: Control Z, was der Kurzbefehl für »Rückgängig machen« war. Wenn ich die Straße entlangging, verwandelten sich die Bäume vor mir in 3-D-Linien, als sei ich gerade dabei, die Schichten ihrer Kronen zu zeichnen. Und wenn unwillkommene Besucher in meine Gedanken eindrangen, zeichnete ich einen Papierkorb um sie und drückte auf »Leeren«.

Ich streckte die Hand über den Tisch hin zu der Alexanders aus, aber er rührte sich nicht.

»Sie müssen sehr tapfer sein, um in Ihrer Branche arbeiten zu können«, sagte er mit grimmiger Großzügigkeit.

»Vermutlich.« Im Obergeschoss hatte ich entdeckt, dass mein Mobiltelefon hier kein Netz hatte. Meinem Onkel – der Erste, der bemerken würde, wenn ich fehlte – hatte ich gesagt, ich wollte eine Wanderung mit einer alten Schulfreundin unternehmen.

Alexander schien meine Gedanken zu lesen. »Gewiss weiß immer jemand, wo Sie gerade arbeiten.«

Mein Gesichtsausdruck zeigte offenbar, dass das keineswegs so war.

Er stand auf und blickte auf mein Messer und meine Gabel, die in anderer Ordnung dalagen als bei ihm. Das kalt gewordene Fleisch hatte jetzt einen Körpergeruch. »Tut mir leid, dass dieses Essen nicht besser angekommen ist. Ich verspreche, dass ich Ihnen das nicht noch einmal vorsetze.«

»Es war lecker. Ich war bloß nicht sonderlich hungrig.«

»Die Hunde werden sich über die Reste freuen.« Er wischte die Handflächen an den Hosenbeinen ab, bevor er meinen Teller nahm. Dazu lächelte er mit geschlossenen Lippen. »Sie mögen vielleicht lieber einen Nachtisch?« Er wartete eine Sekunde an der Tür. »Nein. Dann vielleicht Tee oder Kaffee? Ich lass Ihnen einen Moment, um sich das zu überlegen.«

Ich blieb an dem langen Tisch sitzen.

Die Kerzen brannten runter. Ich streckte die Hand aus, um zu verhindern, dass ein Tropfen Wachs auf das Holz fiel.

Um als Innenarchitektin in Australien zugelassen zu werden, hätte ich nur einen kurzen Kursus zu machen brauchen. Es hätte ein Wochenende gedauert, und danach hätte ich mehr Geld verdienen können als damit, Mieter und Käufer durch Wohnungen zu führen. Aber ich fand immer neue Gründe, es zu verschieben. In Wirklichkeit hing mir die Art von Arbeit, die ich getan hatte, zum Halse heraus. Die meisten meiner Kunden hier wollten dagegen nicht einfach ein Dach über dem Kopf, sie wollten einen Tempel, der ihnen selbst geweiht war, eine Küche, um ihren Geist zu füttern, und ein Badezimmer, in dem sie ihre Seele pflegen konnten.

Warum war es so viel einfacher, diese Räumlichkeiten zu verkaufen, als sie zu zeichnen? Weil alle diese Gebäude bereits gebaut waren, die Farben und Materialien ausgewählt, und ob sie gefielen oder nicht, machte für mich keinen Unterschied. Und das Geld, das Alexander mir gab, machte mehr aus als die Einkommens-Differenz. Dazu kamen: kürzere Arbeitszeiten und Zugang zu Orten, wo wir uns treffen konnten.

Jedes Mal, wenn wir uns trennten, schloss ich eine andere Tür hinter uns ab und verspürte intensive Erleichterung, kurz darauf gefolgt von einem Hochgefühl, aber auch dem hilflosen Bewusstsein, dass diese Sache aufhören musste. *Obwohl*, spottete eine innere Stimme, *wem schadet es denn?* Er hatte seinen Spaß. Ich ebenso – und jeden Tag standen neue Schlagzeilen in den Zeitungen über die schrumpfende Weltwirtschaft, über die Menschenmassen in Übersee, die ihre Jobs und Häuser und Ersparnisse verloren. Es war wirklich nicht der Zeitpunkt, um eine Arbeit auszuschlagen.

»Lebe deinen Traum!« Sie hören nicht auf, dir das zu sagen, auch nachdem du gefeuert worden bist und man deine Kreditkarten eingezogen hat. Aber keiner sagt, welchen Traum man leben soll: den guten oder den bösen? Alexander zu treffen linderte die Bürolangeweile, machte sie prickelnd. All die beschrifteten Schlüssel, die an der rückwärtigen Wand hingen, bekamen etwas Magisches, jeder öffnete einen neuen Zauberwald. Heißt das, ich hätte mit dem Gedanken gespielt, meine Kreise auszudehnen? Nein.

Es gab ein Detail vom Tag der offenen Tür in jenem Bordell, das mir nicht aus dem Kopf ging:

Die Gruppe hatte in einem grün beleuchteten Zimmer gestanden. Der Teppich, obwohl neu, war rund ums Bett bereits abgewetzt. Dem Wachmann, der sich dem Rundgang angeschlossen hatte, hing ein Rattenschwänzchen blond gebleichten Haares im Nacken, und er trug eine umlaufende verspiegelte Sonnenbrille, die er wie ein schlechter Komiker hochschob und wieder runterließ, um Blicke auf die attraktiveren Besucherinnen werfen zu können. Er erzählte der Gruppe, dass jedes Bett mit einem versteckt angebrachten Panikknopf ausgerüstet sei, falls einmal etwas schieflaufe. »Das heißt natürlich, wenn die Mädchen dann noch drankommen«, fügte er mit einem Grinsen hinzu.

Ich erhob mich vom Esstisch.

Die Tür stand halb offen. Alexander hatte das Licht in

der Eingangshalle eingeschaltet, und ich ging durch die Kälte in Richtung Salon. Gegenüber von dessen Tür befand sich ein hoher, rechteckiger Spiegel mit vergoldetem Rahmen, und der gesamte Raum – und jeder, der ihn betrat – wurde in seiner Reflexion gefangen.

Hatte ich jemals zuvor schon mit dem Gedanken gespielt, mich bezahlen zu lassen?

Hatte ich natürlich. Sogar schon, bevor ich gefeuert wurde. Jeden Monat rollten die Rechnungen in immer bedrohlicheren Wellen heran, und trotz meines täglichen Pendelns zu jenem Computerbildschirm in Hoxton reiste ich tiefer und tiefer ins Land der Schulden. Der Regen zeichnete Ausrufezeichen an die Fenster: *Tu was! Beweg dich!* Aber die Schulden wuchsen immer weiter an. Sie waren wie ein lebendiger Organismus mit eigenen Gefühlen, eigenem Wetter, ein Organismus, über den ich keinerlei Kontrolle hatte. Nach der einen Kreditkarte wurde mir eine weitere angeboten, und das schien eine Möglichkeit zu sein, reinen Tisch zu machen. Ich wäre ja lieber wegen mehr Mitleid heischender Gründe in den Schulden versunken, aber in dieser Welt kann man schon insolvent werden, nur weil man vorteilhaft aussehen will. Und wie sonst soll man denn einen Partner finden, außer indem man noch ärmer wird, weil man die richtigen Klamotten für die richtigen Klubs anzieht und die richtigen Drinks bestellt, um den richtigen Mann kennenzulernen? Bloß, warum hatte ich all das getan? Glaubte ich denn, ein Partner würde mir aus der Klemme helfen? Oder wollte ich Kinder? Und war ich überhaupt fähig, mit irgendjemandem länger zusammenzubleiben, als es brauchte, um schwanger zu werden? Oder würde jemand so lange bei mir bleiben? Diese unterschwelligen Fragen spulten sich endlos in mir ab.

Wenn dann nach einer typischen kostspieligen Ausgeh-Nacht ein Mann aus meinem Bett stieg und die zwergenhaften Treppenstufen vom Mezzanin meines Studios hinab, dachte ich: Und jetzt gehst du, als hättest du gerade irgendeinen Sieg errungen, aber ich weiß immer noch nicht, wovon ich die Telefonrechnung bezahlen soll. Egal aus welcher Ecke, es waren immer fünf Schritte bis zur Tür. Der Kimono, den ich trug, sah dann plötzlich grell aus. Wenn er seine Klamotten vom Boden aufhob und Münzen aus seinen Taschen fielen, sammelte ich sie ein und zwinkerte. War das Selbstachtung oder Selbsthass?

In Alexanders Salon herrschte eine Atmosphäre von *anything goes*. Wer immer diesen Raum eingerichtet hatte, hatte sich Freiheiten genommen. Die Wände waren von senffarbenen Seidentapeten bedeckt. Viel Geld war in verstaubte Möbel geflossen und in Stil verwandelt worden. Ich stand da, umgeben von orientalischen Vasen, einer Uhr aus Goldbronze auf einem Klavier mit Messingleuchter, exotischen Vögeln hinter einem Glassturz, die einen angemessen gruseligen Gesichtsausdruck hatten. Es war wie in einem Museum in der Provinz, das man nur betritt, weil sonst alles geschlossen hat.

In der Mitte des Raums stand zwischen all den Antiquitäten ein gedrungenes Sofa, gar nicht so unähnlich dem, das bei meinen Eltern stand, mit herbstlich düster gemusterten Kissen. Es sah so aus, als hätte da jemand, dem der flamboyante Lebensstil seiner Vorfahren missfiel, mit Absicht die eintönigsten graubraunen Farben ausgesucht.

Ich hörte seine Schritte.

Er kam mit einer Tafel Schokolade in der Hand in den Raum gestürzt und nahm offenbar meinen höhnischen Blick wahr. »Was ist denn?«

»Nichts.«

»Sagen Sie's mir.«

»Ach«, sagte ich beiläufig, »es ist nur dieses Sofa.« Manchmal hatten wir uns im Haus von Fremden über deren Geschmack amüsiert.

»Was stimmt denn nicht mit dem Sofa?«

Ich schüttelte den Kopf. Wer war ich denn, Urteile über seine Möbel abzugeben? Meine Familie besaß überhaupt nichts mit Vergangenheit außer einem alten Wörterbuch und einer noch etwas älteren silbernen Teekanne. Aber meine Nervosität ließ mich trotzdem abfällig klingen: »Nur, dass es hier irgendwie unpassend wirkt, wo alles andere einen so guten Geschmack zeigt.«

»Bislang hat noch nie jemand irgendetwas darüber gesagt.«

»Jedenfalls ist es bequem«, sagte ich. Dann streifte ich die Schuhe ab und streckte mich mit einer Geste theatralischer Entschuldigung darauf aus, um ihm die Einladung zu suggerieren, die er, wie ich glaubte, erwartete – worum ging es hier denn sonst. Als wäre ich ganz allein, knöpfte ich dann meine Bluse auf, schob meinen Rock hoch und steckte die Finger darunter. Wie leicht es doch war, ihn zu schockieren. Seine Hemmung machte mich an, machte ihn mitschuldig. Wir waren ein Team.

Aber jetzt blieb er an der Tür stehen. »Können Sie eigentlich auch mal an was anderes denken?«

Das war neu.

Ich wandte mich ihm zu. »*Sie* bezahlen mich doch, um Sex zu haben.«

»Tu ich das?« Alexander klang jetzt wirklich wütend. »Ist das tatsächlich das, was Sie glauben?«

»Um Sex zu haben, wenn Sie welchen möchten.«

»Verstehe.« Er versuchte, nicht verletzt zu wirken. »Und *das* glauben Sie also.« Er fuhr mit der Hand zur Stirn. »Hören Sie, ich kann ... ich kann diese Sachen nicht gut. Okay? Sich verabreden und die ganze Show, die man dann abziehen muss.« Er ließ die Hand erschöpft fallen. »Verstehen Sie das denn nicht? Ich will doch nur wissen, wer Sie sind, Liese, wer Sie wirklich sind.«

Irgendwas an der Art, in der er das sagte, war mir unheimlich. »Das will ich auch«, sagte ich kraftlos.

»Wollen Sie das wirklich?«

»Ja.« Meine Stimme war zu hoch.

»Wollen wir dann noch mal von vorn anfangen?«

Ich nickte.

»Ganz von Anfang an und herausfinden, wer der andere ist.«

Ich konnte schmerzhaft spüren, wie isoliert dieser Mensch war. Umgeben vom Krempel seiner Vorfahren, lebte er in einer Zeit und an einem Ort, die abseits lagen, und das erklärte auch einen Eindruck, den ich bereits zuvor gehabt hatte. Unter seinem stachligen Panzer wirkte er schlicht naiv. Naiv und einfach sehr benachteiligt. Die leicht sadistische Ader, die ich während des Abendessens glaubte, an ihm entdeckt zu haben, war nichts anderes als die Plumpheit eines Menschen, der nicht daran gewöhnt war, Zeit mit anderen Leuten zu verbringen. Man musste ihn schonend behandeln. In seinem eigenen Haus wollte er seine Lust nicht sichtbar werden lassen. Und dennoch vermochte ich, als ich auf Alexander zuging, meinen Kopf gegen seine Brust lehnte und er seinen Kopf auf meinen stützte, den Gedanken an Sex nicht abzustellen. Meine Hände glitten quasi ohne mein Zutun abwärts und begannen, seine Hose zu öffnen.

Er schob mich weg.

Als er die Arme verschränkte, wirkte seine Kleidung zu weit für seinen Körper. »Sie müssen müde sein. Es war eine lange Fahrt«, sagte er traurig. »Ich glaube, es ist Zeit, schlafen zu gehen.«

Ich hob meine Schuhe mit einem Seufzer auf und folgte ihm durch die geflieste Halle und die Treppe hinauf.

Meine Bluse war halb offen, und ich spürte die Kälte auf der Brust. Ich musste diesen Abend irgendwie noch umbiegen, um den bisherigen Reinfall zu kompensieren, aber dafür hatte ich doch zu viel Wein getrunken. Als wir in dem pinken Schlafzimmer ankamen, machten die Wände mich wütend. Sie hatten die Farbe der Wachsstifte, mit denen Kinder die Haut weißer Menschen malen.

»Wollen Sie nicht reinkommen?« Ich ließ die Schuhe auf den Boden fallen.

»Nicht so laut.«

Einen Augenblick lang fragte ich mich, ob hier tatsächlich irgendwo ein Kind schlief.

Dann zog ich mir die Bluse und den Rock aus, anschließend meine Unterwäsche und ließ alles auf einen Haufen fallen.

In einem Kinderzimmer waren wir vorher noch nie gewesen. Schmollend: »Wollen Sie mir bitte zeigen, was ich jetzt tun soll?«

Normalerweise hatte irgendeine harmlose Bewegung ausgereicht – sogar wenn ich nur meine Uhr abstreifte – und Alexander war scharf. Ich setzte mich auf das hohe Einzelbett und winkte ihn zu mir. Er kam näher und dann fast widerwillig noch näher, bis er so nahe war, dass ich ein zweites Mal nach ihm greifen konnte, um seine Hose zu öffnen.

»Meinen Sie, wir könnten das Licht ausschalten?« Er klang müde.

Ich sah auf und zu der Reihe von Pferdefiguren auf dem Kaminsims. »Okay.«

Auf dem Weg zum Lichtschalter warf Alexander mir einen Blick zu – sein Gesichtsausdruck wirkte, als habe er gerade etwas gewonnen.

Das Zimmer wurde schwarz, und ich verspürte einen Schauer der Erwartung; die Dunkelheit war wie eine Augenbinde. Ich hob die Hand vors Gesicht, ohne sie sehen zu können, ich lag da und wartete, dass sein Körper mich berührte, und auf seinen Atem auf meiner Haut. Dann auflachend: »Wo sind Sie?«

Keine Antwort.

Er kennt das Haus so genau, dachte ich. Er musste automatisch wissen, wo er sich hinzustellen hatte, welche Dielen keinen Laut von sich gaben, aber ich hörte seinen Atem und ich wartete. Manchmal sagte er zu Anfang wenig und wollte, dass ich die Konversation machte. Wir waren zwar immer in anderen Wohnungen, aber körperlich begann jede Episode auf ähnliche Art und Weise. Er näherte sich mir zunächst zögernd, öffnete dann meine Beine mit den Knien und senkte sich herab. Sein Mund fand die immer gleichen Stellen, und dann, stets in derselben Reihenfolge, bewegten sich seine Hände auf meiner Haut, seine schwieligen Finger berührten mich, als trage er Arbeitshandschuhe.

Und wie ich jetzt hier lag, ausgestreckt und bereit, konnte ich seinen Herzschlag hören und spürte seine Hände Zentimeter von meinen entfernt. Ich war entschlossen, seinen Namen nicht laut zu sagen, nicht diejenige zu sein, die als Erste sprach.

»Alexander.« Als ich den Vorsatz dann brach, klang meine Stimme voll, obwohl er sie wahrscheinlich mädchenhaft-ängstlich wollte. »Alexander, hören Sie auf.«

Ich wartete immer noch – ein ganz leichtes Klirren, als der Wind gegen die Fensterscheiben drückte –, und erst nach und nach wurde mir klar: Das Ticken seiner Uhr war in Wirklichkeit das Ticken meiner eigenen mit ihrem billigen Werk; das Geräusch seines Atems war in Wirklichkeit das Geräusch meines eigenen flachen Atmens, der Herzschlag kam aus meinem Körper. Dieses Zimmer schien plötzlich zu schrumpfen, immer kleiner zu werden, bis es so klein war wie ein Zimmer in meinem Kopf. Er war hier gewesen, aber jetzt war er nicht mehr hier. Alexander hatte das Licht ausgeschaltet, war dann verschwunden und hatte mich ganz allein in der vollkommenen Dunkelheit liegen lassen.

IV

An jenem ersten Morgen lag ich reglos in dem großen Einzelbett und wartete auf einen Beweis dafür, dass ich wach war. Das Zimmer war schmal und kastenförmig und hatte eine hohe Decke aus gepresstem Blech. Über die Jahre hatte das Sonnenlicht die pinken Wände gelb gescheuert, unter dem Licht dieses Landes alterte alles schneller. Ich betrachtete die grüne Wolke einer Zypresse vor dem leuchtend weißen Himmel draußen hinter dem Fenster. Zwar bewegten sich die Zweige des Baums, aber der einzige Klang war der vollkommener Stille oder der des Traums, der mich gefangen hielt. Ich lauschte genauer. Es war unnatürlich still, und ich fragte mich, ob Alexander sich noch im Haus befand.

Ich hatte keine Lust, aufzustehen und das ganze Spielchen wieder von vorn zu beginnen, aber ich erhob mich langsam, der Kälte entgegen, bis ich stand, und ging dann zum Fenster. Ein angelegter Garten umgab das Haus, in der Mitte ein weiter Rasen. Von hier oben konnte ich kreisförmige Flächen erkennen, die kürzlich gemäht worden waren. Der Rasen war von einer Ligusterhecke eingefasst, und dahinter lag, so weit ich sehen konnte, flaches grünes Farmland – keine weiteren Gebäude, nur Weiden, eintönig in ihrer Uniformität, und nirgendwo eine Spur der Berge.

Alte Häuser machen mich unruhig. Ich wusste, dass niemand mich sehen konnte, dennoch spürte ich irgendwo Augen. Ich machte das Bett, zog den ausgefransten Satinrand der Decke glatt, schlug das altehrwürdige Kissen auf – bewunderte bei alledem die Sparsamkeit reicher Leute –, und ich tat diese Dinge, als wäre oben an der Decke eine Überwachungskamera versteckt.

Alles, was ich jetzt tat, war geschauspielert: Ich *bürstete mein Haar, zog mich hübsch an.* Dann *schloss ich die Tür sorgfältig hinter mir* und *stieg die große Treppe hinab*, um dann vom Repräsentationsflügel des Hauses zu den Dienstbotenräumen zu gehen. An der Wand waren immer noch die Klingelzüge angebracht, über denen stand, wo im Vorderteil des Hauses Hilfe gewünscht wurde: WINTERGARTEN, ESSZIMMER, GELBER SALON, ERSTER SCHLAFRAUM, KINDERZIMMER. Hier im hinteren Teil schienen kleine Extrakammern hinzugefügt worden zu sein, als das Personal anwuchs, obwohl heute, soweit ich das überblicken konnte, nur ein einziger Mensch hier lebte.

In der Küche hatte Alexander das Geschirr von gestern Abend gewaschen und säuberlich neben der Spüle aufgeschichtet. Darüber ging ein Fenster auf einen Obstgarten hinaus. Das Gras wuchs hoch zwischen krummen nackten Bäumen. Er hatte eine Notiz an die Scheibe geheftet:

Sehe nach dem Vieh – gegen Mittag zurück – Fühlen Sie sich wie zu Hause. AC

Er hatte sich also nicht getraut, mir ins Gesicht zu sehen. Kein Wunder. Wäre ich ein bisschen gewitzter gewesen, hätte ich schon länger kapiert gehabt, dass der Morgen danach immer angespannt ist. Die Intensität unserer Treffen in der Stadt aufrechtzuerhalten war ohnehin fast ein Ding der Unmöglichkeit. Was hatte ich also erwartet?

Eigentlich ein dreckiges Wochenende, für das ich bezahlt würde.

Ich öffnete eine Tür des Kühlschranks: Gemüse im Salatfach und ein halbes Dutzend Flaschen Champagner. Dann die andere Tür: ein Tiefkühlschrank voll beschrifteter Boxen, jede mit Fleisch darin. Auf die Innenseite der Tür war eine Bestandsliste geklebt, mit Daten und Inhalten, ganz so, als sei gerade eine irrsinnige Kreatur mit zwei Gehirnen, drei Lenden und sieben Hufen besiegt worden. Alexander hatte neben jeden Inhalt kleine Kästchen gezeichnet, einige davon waren angekreuzt.

Die Uhr schlug, und ich zuckte zusammen, bevor ich darüber lachte, um meine Nervosität zu überspielen, ich *lachte laut, als gäbe es keine Probleme.* Es war neun Uhr. Vor ein paar Stunden dürfte er nicht zurück sein, aber ich horchte, und jetzt hörte ich noch etwas. War das eine Tür, die zuschlug?

»Alexander?« rief ich.

Keine Antwort.

Ich spähte aus der Küche hinaus, einen schmalen Korridor entlang. Dann rief ich erneut: »Hallo?«

Die Eingangshalle war leer. Durch ein klares Stück des Buntglasfensters an der Eingangstür konnte ich den kieselsteinbedeckten Kreis der Auffahrt erkennen – dort stand nur Alexanders Wagen. Was immer ich gehört hatte, musste ein Ächzen in irgendeiner Ecke des alten Hauses gewesen sein. Ich drückte die Klinke der Tür und stieß einen lauten Fluch aus. Sie war verschlossen.

Im Schloss war kein Schlüssel, auch nicht auf dem Fensterrahmen oder sonst irgendwo. Ein Wutanfall durchströmte mich, und nachdem er vorüber war, konnte ich etwas anderes spüren: meinen Herzschlag.

Ich ging zurück in den Gesindetrakt. Hinter der Küche fand ich eine Garderobe. Hier gab es eine weitere Tür. Sie war ramponiert, dreckig, die Klinke ließ sich zwar bewegen, aber nicht die Tür.

Ich weiß schon, das war irgendwie krank, aber ich hatte das Gefühl, meine Hände wären gefesselt.

Bei einem unserer ersten Treffen waren wir in einem luxuriösen Schlafzimmer eines Rentnerehepaars, das dauerhaft in sein Anwesen an der Küste zog. Als er neben dem französischen Bett stand, nahm Alexander seine Krawatte ab und knetete sie nervös in den Händen. »Haben Sie einen anstrengenden Tag gehabt?«

Ich hatte Fotos der verschiedenen Immobilien auf die Webseite der Agentur hochgeladen. »War ganz ok.«

Es war eine marineblaue Krawatte mit hellblauen Quadraten darauf. »Viele Abschlüsse?«

Ich hatte keine Lust, zu reden, also streckte ich meine Arme aus.

»Oh«, sagte er. »Ja, natürlich.«

Ich stand da, während er an dem Knoten rumfummelte. »Ich hätte gedacht, ein Farmer müsste so was gut können.«

»Sorry, ist gleich so weit.« Alexander hob den Blick. Er strengte sich ehrlich an, alles richtig zu machen. »Vielleicht, hm, sollte ich Sie besser irgendwo *dran*binden?«

Das geschnitzte Kopfteil des Bettes hatte keine Stangen. Auf der anderen Seite des Zimmers war ein Sessel im Stil von Louis XIV., und wenn ich mich auf den Teppich legte, dann würde der weiche Bettüberwurf unbeschadet bleiben. Das waren die Kürzel, die ich erst noch lernen musste. (Nachdem wir gemeinsam geduscht hatten, verabschiedete ich mich an der Tür von ihm, nur um heimlich wieder in die Wohnung zurückzugehen und gründlichst jedes Wassertröpfchen von der gläsernen Duschkabine zu wischen.)

Ich brachte mich in Stellung, Handgelenke auf Höhe der Stuhlbeine.

Als er sich über mich beugte, sich über mich lehnte, als wollte er ein Schaf anpflocken, dachten wir vermutlich beide, wie miserabel der andere dieses Spiel beherrschte. Ich machte mir Vorwürfe, dass ich die ganze Sache nicht selbst in die Hand nahm oder sie nicht richtig in die Hand nahm. Es ist doch bitte schön so gedacht, dass die Person, die zahlt, die Hände gefesselt bekommt, oder nicht? Und es wäre auch offensichtlich vernünftiger gewesen, sich auszuziehen, bevor man keine Hände mehr frei hatte. Sehr höflich mühte sich Alexander, mir die Kleidungsstücke auszuziehen, die er mir ausziehen konnte, und faltete sie dann ordentlich zusammen, damit sie nicht knitterten.

Danach machte er das Gleiche mit seinen eigenen (und Socken sind noch nie besonders sexy gewesen). Dann ließ er sich steifbeinig auf mich nieder, wie eine umkippende Statue. Es folgte der langsame Aufbau der inneren Überzeugung. Er wirkte zu geradlinig, um mich festgebunden zu lassen, aber da lag ich, ausgeliefert, und fixierte die orientalische Tapete und ihr Muster mit einem kleinen Mann mit spitzem Hut in einer Pagode. Seiner eigenen wertvollen Immobilie.

Aber die verschlossene Tür – ich starrte noch immer darauf.

Hatte Alexander »vergessen«, dass ich hier war?

Ich drehte mich auf dem Absatz um, und meine Schritte hallten vor einem Selbstvertrauen, das ich nicht hatte. Trotz des Drecks und seiner komischen Seiten kannte dieses Haus noch immer seine Macht. Und die gesamte Einrichtung, die Friese, der Stuck wirkten wie eine gekonnte Ablenkung, ganz ähnlich wie das Benehmen meines Gastgebers, bei dem einen auch das Ornament vom tatsächlichen Menschen weglockte. Er ließ mir keine Wahl, als herumzuschnüffeln.

Von der großen Eingangshalle gingen zwei Zimmer ab: das Esszimmer und der Salon.

Die Luft im Salon hatte etwas Schimmerndes, eine Form von Lebendigkeit, die, nehme ich an, vom Staub kam. Nachdem er das Haus geerbt hatte, hatte Alexander ganz offensichtlich nichts verändert. Jedes Ding stand pedantisch an seinem angestammten Platz, einschließlich des unförmigen Sofas, auf dem ich am Vorabend begonnen hatte, mich auszuziehen. Die Kissen waren alle wieder perfekt gerade gerückt, ihre Ordnung hatte etwas Anklagendes.

Ein Vogel stieß einen peitschenartigen Ruf aus, ich blickte aus dem Fenster.

Der Garten wurde stumm, nichts bewegte sich.

Als ich mich wieder dem stillen Zimmer zuwandte, wirkten die Kookaburras und Kakadus, erstarrt auf den Zweigen in ihrem Glassturz, zu erschrocken. Erneut sah ich hinaus in den Garten, wo diese Vögel vermutlich auch einmal gelebt hatten, dann wieder auf die unheimliche Einrichtung, die ebenso lebendig erschien wie die Vögel. Aber so verhält es sich mit Antiquitäten – ein Sessel nimmt etwas von der Kraft all der Menschen auf, die je in ihm gesessen haben, eine Vase von den Händen, die sie berührt haben. Sie tragen die Abwesenheit in sich. Die Abwesenheit all jener, die früher einmal die Dinge in diesem Raum benutzt hatten, war körperlich greifbar.

Es brauchte Leute, um sie unter Kontrolle zu halten.

Ich durchquerte die Halle hinüber zum Esszimmer.

Über dem Kamin hing das Porträt von Alexanders Urgroßvater. Koteletten wie Hammelkoteletts, gerötete Haut, stechender Blick. Man braucht nicht gut auszusehen, um eine Dynastie zu begründen.

Die gerahmten sepiafarbenen Fotos ringsherum vermittelten eine australische Geschichtsstunde: von kolonialem Aufstieg zu edwardianischer Ausschweifung. Nachdem der Alte die harte Arbeit geleistet hatte, verbrachten seine Nachkommen ihre Zeit hauptsächlich mit Vergnügungen – beim Schießen, Jagen, Tennisspielen und auf Bällen. *Arabella bei Hofe eingeführt* lautete die handgeschriebene Inschrift unter einem der Bilder. Ich nahm an, dass diese dünnlippige Frau mit Tiara und Abendkleid Alexanders Urgroßmutter war. *Auspacken des Schaukelpferds*: Ihre sechs in Spitzen gekleideten Kinder standen in einem Haufen Stroh rund um das geschnitzte Pferd. *Spaß für alle*: Zwei junge Männer in dreiteiligen Anzügen hielten ein Hüpfseil für Mädchen mit lang gezogenen Gesichtern in weißen Kleidern und mit Hüten. Im Hintergrund ragte das Haus auf und sah zu. Dann gab es eine Serie mit einem Polo spielenden Mann und demselben Mann auf einem Elefanten neben einer lachenden Frau – beide amüsierten sich offenbar köstlich, während das Geld den Bach runterging.

Ich stellte mir vor, wie Alexander in dieses Haus zurückkehrte, nachdem er sich mit mir getroffen hatte, wie er eintrat und sein ganzer Stammbaum ihn musterte. Auch an heißen Tagen war jedes Zimmer hier kühl – Balsam gegen alle Gefühle von Unbehagen, die unsere Treffen bei ihm hinterlassen haben mochten. In jedem x-beliebigen Augenblick hätten wir in diesen Wohnungen von jemandem überrascht werden können, der sonst noch einen Schlüssel dazu besaß. Aber er war damit durchgekommen. Er hatte eine Grenzüberschreitung begangen und war unverletzt in sein Leben zurückgekehrt, ohne dass nun irgendwer klüger war als zuvor.

Rechts hinter der Treppe den Korridor entlang entdeckte ich ein Zimmer, das Alexander als Büro dienen musste, in der Mitte stand ein großer lederbezogener Schreibtisch. Gegenüber der Tür befanden sich hohe Aktenschränke, auf denen STEUERN/BUCHHALTUNG, RINDER, SCHAFE, EXPORT/ASIEN, EXPORT/ARABIEN vermerkt war, und auf dem Schreibtisch lagen in säuberlichen Stapeln Kontobücher, Listen zukünftiger Viehauktionen, Erntestatistiken, Währungsumrechnungstabellen und ein Taschenrechner. Es gab auch einen ziemlich neuen Computer, der mit einem Wettersatelliten verbunden war; über den Bildschirm bewegten sich wabernde Wolkenformationen.

An einer Wand standen hohe Bücherregale voller in Leder gebundener Bände, das mittlerweile wie Wildleder aussah. Ich trat ein paar Schritte näher, um die Bibliothek in Augenschein zu nehmen, ganz so, als gelte mein einziges Interesse den Büchern hier. Er schien ein bisschen was über viele Dinge zu wissen, und ich versuchte zu erraten, welche er tatsächlich gelesen hatte. Selbst die neueren Bücher waren mindestens fünfzig Jahre alt. Vielleicht die seines Vaters? Unter den verschiedenen Werken zur Rinder- und Schafzucht fand sich ein dicker Band *Merino*. Der stand in der Nähe von Margaret Meads *Heranwachsen in Samoa*, wogegen in den Reihen außer Reichweite Churchills *Geschichte der englischsprachigen Völker* und eine Menge Bücher über Bergbau von einem Menschen namens Blainey zu sehen waren, die etwas mehr mit der jüngeren Vergangenheit der hier Ansässigen zu tun hatten.

Ich hatte die Wirbelsäule des Ganzen im Blick.

Ich war in seinem Haus, in seinem Element. Um mich

herum befanden sich alle Hinweise darauf, wer Alexander Colquhoun war, und dennoch hatte ich das Gefühl, dass mein Bild von ihm in sich zusammenfiel.

Die wenigen Jungs aus reichem Hause, die ich näher gekannt hatte, schienen alle von einer gewissen Leere umgeben. Sie waren nette, langweilige, glatte Seelen. Obwohl es natürlich auch sein kann, dass ihre Klasse sie davon abhielt, einem Mädchen wie mir ihre verborgenen Schätze zu offenbaren. Alexander war ihr Cousin von den Antipoden. Seine Leere war gewiss nichts anderes als Leere und kein Schleier vor etwas Zusätzlichem.

»Ich war vorher noch nie bei einer Prostituierten«, hatte er nach unserer Bondage-Session gesagt, als wollte er sich für seine Ungeschicklichkeit entschuldigen.

Ich war vorher selbst noch nie eine Prostituierte, dachte ich. Allein schon das Wort schien mich zu einer zu machen.

»Oft habe ich das Gefühl, nicht zu wissen, wer Sie eigentlich sind«, hatte er fortgefahren.

Die Eigentümer mussten jeden Moment eintreffen, und um es kurz zu machen, fragte ich leichthin: »Kennen wir denn andere Leute jemals wirklich?« Ich war, was immer er in mir sah, jedenfalls hatte ich selbst es ganz gewiss aufgegeben, mehr über mich herauszufinden. Es sah so aus, als wäre ich nicht anders als alle anderen. Diese weitere Person in mir herauszuarbeiten – die Prostituierte – kam mir sehr viel lohnender vor. Aber jetzt, in seinem Arbeitszimmer, erkannte ich mein Problem: Ich war in meiner Rolle katalogisiert worden, und das war eine große

Dummheit, denn so war ich blind und taub für die Hinweise, die mein Kunde für mich streute.

Ich nahm seinen Terminkalender in die Hand. Seiten um Seiten, auf denen er offenbar keine Termine gehabt hatte, dann ein kleines ›L‹ an den Tagen, an denen wir uns getroffen hatten, daneben die jeweiligen Wohnungsadressen. Ich faltete Rechnungen auf, die er zwischen die Seiten des Kalenders geschoben hatte, Rezepte für die Agrarchemikalien Omethoate oder Trifluralin oder Ester 680, und suchte nach irgendwelchen verborgenen Zeichen darin. Wer bist *du*? Dann griff ich nach seinen Kontobüchern und betrachtete die säuberlichen Zahlenkolonnen, als sei ich in der Lage, Unregelmäßigkeiten darin zu erkennen. *Wer bist du?* Ich blätterte sogar durch einen Stapel Traktoren-Broschüren im Versuch, irgendeine Frucht von einem der hohen Äste zu schütteln und zu sehen, um welche Art Baum es sich handelte. *Oft habe ich das Gefühl, nicht zu wissen, wer Sie eigentlich sind.*

Warum wusste ich es nicht? Ich wusste es nicht, weil ich mich nicht darum geschert hatte, es herauszufinden. Das war die Wahrheit. Die Leute glauben, dass Sex ein guter Weg ist, den anderen zu verstehen, aber das ist, als wollte man den Schatten von jemandem untersuchen, um herauszubekommen, wie verlässlich oder clever oder selbstsicher oder ehrlich oder klug oder gefährlich er ist. Alexander wirkte »ziemlich normal« – was immer das heißen sollte –, und ich hatte mich nicht sonderlich dafür interessiert, herauszufinden, ob seine Eltern ihn vernachlässigt hatten oder ob er über die Ländereien der Farm gestrolcht war wie ein Barbarenprinz, bis zu dem Tag, als er auf eines *jener* Internate geschickt wurde, eins, das er hasste.

Er hatte solche Sachen bei unseren Rendezvous angedeutet, die vagen Umrisse seiner Geschichte, obwohl ich immer halb das Gefühl hatte, ich hätte selbst auf etwas Ähnliches getippt. Ich hätte Ihnen sagen können, dass er irgendetwas an sich hatte, das die anderen Kinder nicht mochten. Dass er steif und verkopft war und deshalb drangsaliert wurde und die Drangsalierer noch wütender machte, indem er auf ihre Angriffe von oben herab reagierte und sich nicht sonderlich darum zu kümmern schien. Und ich weiß auch nicht, warum, aber ich stellte mir vor, diese Drangsalierungen mussten irgendwas mit den üblichen Internatsgepflogenheiten zu tun haben. Ältere Jungs, die an den Schlafsälen der Kleineren vorüberstrichen und dabei langsam einen Stock hinter sich herzogen. Und die Jüngeren, die sich einpissten, während sie darauf warteten, ob sie verprügelt würden. Und wie sie alle eine perverse Ader davon wegbekamen.

Nach ein paar Fehlstarts, sobald ich ein genaueres Bild davon hatte, was Alexander wollte, trafen wir uns an Orten, die so gemütlich und einladend waren, wie das bei zum Verkauf stehenden Wohnungen nur möglich war. Auf dieser Couchgarnitur, die irgendein Ehepaar mühevoll ausgesucht hatte, oder auf jener marmorbedeckten Küchenarbeitsplatte, den Messerblock in Griffweite, wurde der zugeschnürte, vorsichtige Mr. Colquhoun zu einem anderen Mann. Oder besser gesagt: zu unterschiedlichen

Männern, und das schien mir ein perfektes Arrangement zu sein. Hatte ich irgendwann Sehnsucht nach ihm – ganz gleich, wer er war –, schon kam sein Anruf. Nach oberflächlicher Entdeckungstour durch die jeweils neuen Wohnungen bestand, fand ich, keinerlei Notwendigkeit, so zu tun, als wären wir aus einem anderen Grund hier als aus sexueller Begierde. Begierde und deren möglichst kreativem Ausdruck. Jede Treppenstufe eröffnete uns beispielsweise irgendeine verblüffende neue Position oder einen neuen Winkel, um unsere Körper miteinander zu verbinden. Eine spiegelnde Scheibe war zugleich eine Stütze und eine schwindelerregende Bühne, und danach genügte ein Spritzer Fensterklar, und der Blick auf die Stadt war wieder ungetrübt. Was mich betraf, so erlernten wir die Bedeutung moderner Architektur, indem wir ihr einen Sinn verliehen. Und dann war da noch das Geld, das aphrodisische Bargeld, das jedes Mal am Ende auf mich wartete.

Ich öffnete eine Schublade in Alexanders Schreibtisch. Ich wusste, es hatte keinen Sinn, aber ich tat es trotzdem, um die Beobachter zufriedenzustellen. Die Leute schieben das, was sie verbergen wollen, immer ganz nach hinten, also suchte ich zuerst dort. Alte Scheckformulare und Visitenkarten. Ich spürte, wie mein Herz schneller schlug. Zweite Schublade: weißes Papier, blaue Kugelschreiber, perfekt gespitzte Bleistifte.

Dann öffnete ich die letzte Schublade: die war voller Briefe. Ein säuberlicher Stapel Umschläge, auf allen sein Name in altmodischer Handschrift – *Mr. Alexander*

Colquhoun. Ich wog die Briefe in der Hand und überlegte, ob ich sie lesen sollte.

Ein Geräusch – oder zumindest etwas, das sich für mich nach einem Geräusch anhörte.

Ich legte die Briefe zurück und schloss die Schublade.

Dieser Augenblick kam mir allzu bekannt vor. Ich stand im Haus eines Fremden und wühlte in seinen Sachen. In den letzten vier Monaten war das zur Selbstverständlichkeit geworden: dass ich nackt dastand und Wasser im Kessel eines Hausverkäufers kochte, um postkoitalen Tee zu brühen. Und wenn ich diesen Tee dann trank oder nach einem der grünen Äpfel von dem sorgfältig arrangierten Stapel griff, der zur Dekoration gedacht war, stand vielleicht Alexander mir gegenüber und trug den Bademantel des Verkäufers.

Als ich jetzt wieder auf den Computerbildschirm starrte, verspürte ich eine Welle von Selbstekel.

Plötzlich war mir klar, dass ich mich unter diesem Himmel befand und mich in farbcodierten Fronten über das Wetterradar bewegte. Ich war unterhalb von Alexanders Wolken, seinem Ozon, seiner Atmosphäre. Ein Schwindel packte mich, und ich spürte, dass ich gefangen war.

In der Eingangshalle versuchte ich es wieder an der Türklinke, obwohl ich wusste, dass die Tür verschlossen war. Die Wirklichkeit dieser Lage ergriff mich mit einer Mischung aus Angst – wild, zupackend, intuitiv – und etwas, das beinahe Lachlust war, eine Art kranker Humor, ein Humor, der mich krank machte. Natürlich würde es geschehen, dachte ich, natürlich musste es so kommen. Das war die Strafe für meine eigenen Grenzüberschreitungen. Diesmal war ich wirklich im Haus eines Fremden, und diesmal hatte ich keinen Schlüssel.

Lachend und zugleich mit aufkommender Übelkeit stellte ich mir den Panikknopf eines Bordells vor – die Lektion, die ich nicht gelernt hatte – und drückte erneut auf die Klinke und noch einmal. In der Schule musste ich immer lachen, wenn die Lehrer mich bestraften, meine Nervosität wurde als Wurstigkeit aufgefasst, und die Lehrer wurden noch wütender, und die Absurdität des Ganzen brachte mich noch mehr zum Lachen – ganz genau wie hier jetzt. *Natürlich würde das passieren.* Ich zog an der Klinke, vielleicht hatte ich ja missverstanden, wie sie benutzt werden musste. Nein.

Hatte Alexander damit gerechnet, dass niemand wusste, wo ich war?

Vom Esszimmer aus führten Glastüren, die von mottenzerfressenen Samtvorhängen umrahmt waren, auf die Veranda hinaus. Ich zog die Vorhänge zur Seite, um alle Klinken auszuprobieren, und stellte fest, dass auch diese Türen verschlossen waren. Der Kerzenleuchter von gestern Abend stand immer noch mitten auf dem Tisch, und gerade als ich mich schon sah, wie ich mit ihm eines der Fenster einschlug, entdeckte ich einen kleinen, halb vom Vorhang verborgenen Haken, an dem ein Schlüssel hing. Ich steckte ihn ins Schlüsselloch. Dann stürzte ich hinaus auf die Veranda und sog die frische Luft in vollen Zügen ein.

Ich lief zur Auffahrt, wo der Mercedes, Alexanders bordeauxrote Limousine, geparkt war. Ich trat auf die Fahrerseite und dachte schon währenddessen: Du übertreibst. Es gibt gar kein wirkliches Problem, bleib ruhig. Die Finger auf dem kühlen Griff, versuchte ich, die Tür aufzumachen. Natürlich ließ sie sich nicht öffnen. Und wenn? Ich hätte ja wohl kaum den Wagen kurzgeschlossen. Ich blickte mich um. Nichts als Garten. Ein ruhiger, riesiger Garten.

Ein Vogel flog über mich hinweg, und es war so still, dass ich seine Flügel schlagen hörte.

Vor dem Haus lagen in peinlich genauer Symmetrie die Beete und Wege, die irgendwann einmal sorgfältig entworfen und angelegt worden waren. Jetzt waren sie verwildert, aber ich fand ihren Anblick merkwürdig beruhigend.

Auf dem Rasen standen Bäume verteilt wie Schauspieler auf einer Bühne: eine Ulme, eine Kastanie, eine Eiche, die wie das Haus alle etwas nachzutrauern schienen und denen dabei das Laub abhandengekommen war – und das war alles. Die Bepflanzung stammte aus einem englischen Garten. Ich hätte genauso gut zu Hause in einem Park stehen können, in einem, der nie irgendeinen Besucher sah. Alles war vollkommen leer, abgesehen von drei oder vier Holzbänken, die diskret unter den Bäumen platziert waren, und Vögeln – allerdings den falschen. Graue Papageien mit leuchtend pinken Bäuchen stolzierten über das feuchte Gras.

Eine Böe wehte vorüber und brachte die kahlen Äste

zum Schwingen. Dann wieder Ruhe, alles schien zu warten. Der Ausblick von meinem Zimmer hatte gezeigt, dass sich jenseits des Gartens flaches Farmland ausdehnte, so weit das Auge reichte. Das war eine kleine Lektion in angewandter Zentralperspektive – ich stand genau unter jenen wabernden elektronischen Wolken und war jetzt von lauter Fluchtlinien umgeben.

V

Ich hängte den Schlüssel zurück an seinen Platz und wartete in der Küche. Als ich Motorengeräusch näher kommen hörte, blickte ich durchs Fenster und sah einen schmutzigweißen Kastenwagen heranfahren, auf dessen Ladefläche zwei Hunde angekettet waren, die versuchten, sich gerade zu halten. Alexander stieg auf der Fahrerseite aus, und ich spürte mein Herz in der Brust wie ein fremdes Tier. Von seinem Gezitter wurde mir übel. Ich betrachtete diesen Fremden, dessen Statur durch die dicke Arbeitskleidung massiger wirkte, während er aufs Haus zukam. Seine Bewegungen waren weniger schüchtern. Einer der Hunde, ein junger, nahm ich an, fing an zu bellen. Alexander drehte sich um und knurrte ihn an. Dann ging er weiter, und als das Tier noch mal bellte, fuhr er herum und hob seinen langen Arm. Der Hund jaulte in Erwartung von Schlägen, dann legte er sich auf die Ladefläche und duckte sich.

Gleich darauf öffnete sich die Hintertür und Alexander stand in der Küche, und als ich ihn begrüßte, konnte ich seinen Schweiß und die Hunde und seine Wut riechen. Er war unrasiert, die Haut vom Wind gerötet, er trug dreckige Jeans und eine wollgesäumte Wildlederweste über einem alten blauen Rugby-Sweatshirt. Er hatte die Stiefel abgestreift und stand jetzt mit geradem Rücken und in dicken grauen Socken da, mit trockenen Lippen und einem abwesenden Blick – der König, der in seine Burg zurückgekehrt war. Ich hatte damit gerechnet, er würde mir den gestrigen Abend vorhalten, aber er kam ganz dicht zu mir.

»Hast du auf einen gewissen Jemand gewartet?«

Ich merkte, dass ich immer zu ihm aufblickte und er immer auf mich herunter. »Ja.«

»Das gefällt mir«, sagte Alexander. »Mir gefällt die Idee, dass du hier im Haus bist und wartest. Hast du mich vermisst?«

Ich nickte.

»Aber nur ein bisschen?« Er bemerkte meine Zurückhaltung und schüttelte den Kopf. »Ich habe dich sehr vermisst.« Sein Lächeln war galant und zugleich gedankenvoll. »Und was, wenn ich fragen darf, hast du getan?«

Mein Herz schlug immer noch unregelmäßig in der Brust. »Nicht viel.«

»Dich entspannt vielleicht?« Er wartete.

Ich wartete auch, ich wollte nicht, dass er bemerkte, wie sehr mich sein kleines Spielchen mit den verschlossenen Türen aus dem Gleichgewicht gebracht hatte.

»Verzeih, dass ich dich hier allein gelassen habe. Ich hatte einen arbeitsreichen Vormittag.«

Er goss sich an der Spüle Wasser ein, und das Glas wirkte zerbrechlich in seinen Händen. Die Knöchel seiner rechten Hand waren blutig gekratzt. »Eine Zibbe hat sich verfangen«, erklärte er, als er sah, dass ich es registriert hatte. »Eine ältere Zibbe in einem alten Zaun.« Er stellte das Glas ab, ging zum Kühlschrank und zog drei Plastikbehälter heraus. Ein Picknickkorb stand auf der Arbeitsplatte, und er legte die Behälter hinein. »Liese, ich dachte, ich lade dich zu einem Ausflug ein.«

»Wohin?«

»Na ja, wenn du nichts dagegen hast, in den Nationalpark, obwohl ich dir vorher gerne die Farm zeigen würde. Wenn das in Ordnung wäre?« Er sah aus wie ein harter Mann, aber seine Sprechweise konnte manchmal beinahe weichlich sein. »Du brauchst allerdings andere Sachen zum Anziehen. Kommst du bitte mit?«

Von den unverputzten Wänden der Garderobe hingen reihenweise Öljacken, die steif vor Schmutz waren. Hinter den Jacken waren Fächer voller Reithelme, Arbeitskleidung und alter, staubbedeckter Stiefel. Alexander griff in eines der Fächer und hielt mir ein schweres Kakihemd und ein Paar Hosen vor die Nase. Ich nahm sie und blieb stehen.

Das Gewehr, das natürlich in diesem Haus existieren musste, wie ich mir hätte denken können, lehnte an der Wand. Ein doppelläufiges Ding.

Alexander sah mein Zögern. »Möchtest du, dass ich mich umdrehe?«

Ich zuckte die Achseln.

Nach der vergangenen Nacht war es vorbei mit allem neckischen Getue und allen aufreizenden Gesten, und als er zusah, wie ich mich auszog, war sein Gesichtsausdruck ironisch, aber taxierend, als rechnete er im Kopf den Wert meines Körpers aus: die Muskeln, das Fleisch, die Hautfarbe. Ich stand in Unterwäsche da, in teurer Spitze, die ich mir für meine Rolle ausgesucht hatte, von Gänsehaut überlaufen wegen des kalten Steinbodens unter meinen Füßen, und versuchte, nicht zu zittern, während ich seinem Blick standhielt.

»Du kommst mir nervös vor. Ist irgendwas nicht in Ordnung?«

»Ich erfriere.« Der Augenblick war vorüber, und ich beeilte mich, mir etwas überzuziehen.

Seine Augenbraue hob sich in einer Parodie von Mitgefühl. »Sicher, dass es nicht irgendein Problem gibt?«

Im Kopf wägte ich den dicken Umschlag voller Bargeld oben in meinem Zimmer. »Was sollte denn nicht in Ordnung sein?«

Alexanders Gesichtsausdruck verriet nichts. Er suchte eine Jacke aus, die am Kragen und an den Handgelenken speckig glänzte, und hängte sie mir über die Schultern. Ein Duft von Lavendel und Hund. Sobald ich die Arme in den Ärmeln hatte, hob er mich an, drehte mich um und knöpfte sorgfältig jeden Knopf zu. Er nahm den größten Teil des kleinen Raumes ein, sein Gesicht war dicht vor meinem. Ich hatte ihn noch nie unrasiert gesehen.

Er drehte sich um, um herauszufinden, worauf ich die ganze Zeit blickte. »Keine Angst, ist nicht geladen«, sagte er. »Ach ja, übrigens, es gibt einen Trick, um diese Tür hier aufzukriegen.« Er lehnte die Schulter gegen das schwere Holz, während er den Griff drehte, und zog und drückte zugleich. Die Tür öffnete sich ächzend, die Glaseinsätze bebten. »Obwohl ich sie besser abschließen sollte.«

Draußen konnte man die Rückseite des Hauses studieren: Anbauten, die über Jahrzehnte hin entstanden waren, in unterschiedlichen Stilen, standen vom Hauptgebäude ab, als wäre das gesamte Haus periodischen Mutationen unterzogen gewesen. Gegen die Blausteinmauer gelehnt war ein ganzes Sortiment von Gartengeräten. Ein Arbeitsprojekt, zu dem die Teile eines kunstvollen Betonspringbrunnens gehörten, schien irgendwann aufgegeben worden zu sein.

»Wie soll ich das sagen?« Alexander blieb stehen und knurrte die bellenden Hunde an. Er trug den Picknickkorb, den er jetzt in sicherer Entfernung zu den Tieren auf der offenen Ladefläche befestigte. »Ich meine, ich will ja nicht dramatisch klingen, aber letzthin sind ein paar merkwürdige Sachen geschehen.«

»Was für merkwürdige Sachen?«

Er blinzelte. »Jemand hat mir geschrieben.«

Die Briefe, die ich in der Schublade entdeckt hatte. »Sachen, die du nicht lesen willst?«

»Korrekt.« Er öffnete die Beifahrertür und ich kletterte hinein.

Das Plastikarmaturenbrett war mit einem CB-Funkgerät und einem großen Messer in einer abgewetzten Lederscheide bestückt. Darauf getrockneter Schlamm. Ebenso auf dem Lenkrad, dem Boden und allen Polstern.

Er schloss die Tür, und ich spähte im Rückspiegel nach ihm. Zeigte seine zusammengesackte Haltung schlechte Laune an?

»Wie auch immer.« Er setzte sich auf den Fahrersitz

und lächelte. »Ich hätte dich Zinc und Florence vorstellen sollen.« Als der Motor ansprang, rückten sich die Hunde auf der Ladefläche zurecht und spannten ihre Ketten an.

Ich legte den Gurt an. Er seinen nicht. Wir waren jetzt dichter beieinander, als ich das eigentlich wollte.

Alexander steuerte den Wagen durch ein altes Kutschentor mit zwei hohen Säulen aus Blaustein. Der Garten endete abrupt, und ich starrte mit Augen, die kaum etwas sahen, auf immense gelbbraune Felder, die von Zypressenhecken vor dem Wind geschützt wurden. Es war eine Erleichterung, aus dem Haus zu sein, aber ich fühlte mich nicht wie ich selbst, noch fühlte ich mich wie die Rolle, die zu spielen ich angestellt worden war. Rund um uns her schienen seine Ländereien sich ungehindert in alle Richtungen auszudehnen.

»Du bist sehr still«, sagte er.

»Wo sind die Berge?« fragte ich.

»Wo steht die Sonne?«

»Keine Ahnung.«

»Hinter uns – im Nordosten, das heißt, wir fahren Richtung Südwest.« Alexander steuerte uns einen weiteren Feldweg entlang und hielt dann vor einem eisernen Tor. Er wartete darauf, dass ich ausstieg und es öffnete.

Ich rührte mich nicht.

Auf seiner Seite des Pick-ups war in der Ferne eine Herde schwarzer Rinder zu sehen.

»Okay, darf ich?« Ich gab nach und trat hinaus in Wind und Kälte. Meine Schuhe waren nicht für diesen Matsch gemacht.

»Aufpassen, wo du hintrittst«, rief er über das Motorengeräusch hinweg.

»Warum?«

»Eine Kuh hat hier beim Tor gekalbt.«

Ich sah ihn an.

»Plazenta«, fügte er mit ausdruckslosem Gesicht hinzu.

Bei der folgenden Koppel hielten wir es wieder so, ich stakste vorsichtig voran, um das Tor auf- und zuzumachen. Diese Koppel sah genau wie die erste aus. Kühe und ihre Kälber standen in verschiedenen Gruppierungen herum. In der nächsten Koppel befand sich ein Dutzend Bullen, blauschwarz, mit gelben, verächtlich dreinblickenden Augen. Dahinter kamen sanftäugige Schafe und dann Widder im Galaaufzug, mit angeschraubten Hörnern.

Während der Fahrt hielt Alexander sich nicht mit irgendwelchen Beschreibungen auf, und ich hätte mich ohnehin nicht darauf konzentrieren können. Irgendwas an diesem Anblick hier schockierte mich. Ich vermute, ich hatte mir Tiere mit Häubchen und in Knickerbockern vorgestellt, die unter den Augen eines rüstigen, etwas zerstreuten Farmers ein züchtiges Beatrix-Potter-Leben führten. Die Realität stopfte mir den Mund. Diese Kreaturen starrten uns mit stummem Vorwurf an. Sie wirkten resigniert. Resigniert darüber, ein paar Jahre in solch einer Koppel zu leben, bis ihnen jemand auf den Schädel haute. Nichts zu tun, außer Gras zu fressen, Babys zu bekommen, dazustehen und zu warten.

Es war eine Offenbarung, zu entdecken, dass Alexander seine Tage auf diese Weise mit den Tieren hier verbrachte, jene Tage, die er nicht mit mir zusammen war. Jede weitere Koppel verstärkte mein Gefühl davon, wie dieses Land und seine Arbeit unter unseren Füßen mehr und mehr wurden. Die Elemente teilten Dinge mit, die ich nicht verstehen konnte, und unser Schweigen wurde immer tiefer.

Er zeigte mir sein Land, ganz wie er es in seinem Brief versprochen hatte. Und was war mein Teil dieser Abmachung? Sollte ich verängstigt wirken oder ehrfurchtsvoll oder so tun, als sei ich verliebt? Von einem bestimmten Blickwinkel aus war die Aufgabe, so zu tun, als verliebte man sich in ihn, nicht allzu schwer, vorausgesetzt, man hatte keine Angst vor Alexander – und meine Angst ließ langsam nach, indem ich ihn einfach wieder so hinnahm, wie er war –, und ebenso vorausgesetzt, man mochte seinen Stil, sein Brüten und seinen erheblichen Landbesitz. Wieso hatte er es überhaupt nötig, jemanden zu bezahlen, damit er das Wochenende mit ihm verbrachte? Ich hoffte, der Grund dafür war, dass er gerne zahlte, genauso wie ich mich gerne bezahlen ließ. Eine Affäre ist eine so nebulöse Angelegenheit, man weiß nie genau, wo sie beginnt oder endet oder wo man von einem Tag auf den anderen gerade steht. Hier waren die Bedingungen wenigstens klar und deutlich. Es gab Regeln und daher auch eine Definition des Ganzen.

»Ich nehme an, du hast viele Freundinnen gehabt?«

Die Frage überraschte ihn. »Ein paar.«

»Aber nie die eine Richtige?«

»Die hat sich nicht gezeigt.«

Ich lächelte, als würde ich verstehen. »Also bist du zurück auf die Farm gekommen, nachdem du mit der Highschool fertig warst?«

»Ja.«

»Hast du zuerst eine Rucksacktour gemacht?«

»Eine was?«

»Machen das nicht alle Australier?« Nervöses Kichern.

Er blickte starr geradeaus. »Ich hatte schon von klein auf eine Menge Verantwortung zu schultern. Nachdem mein Vater gestorben war, wurde das hier meins und ich musste es ausbaden … Es gab zu Anfang Probleme.« Sein Kiefer spannte sich an. »Ernsthafte finanzielle Probleme und noch alles mögliche andere, worum ich mich kümmern musste.«

Ich spürte, wie Verbitterung aus dem Boden wuchs wie Getreide.

»Und woher wusstest du, was du hier zu tun hattest? Ich meine, hat dein Dad dir beigebracht, wie man Farmer wird?«

»Wohl kaum.« Alexanders Ton war abweisend. »Seine Generation hatte keine Lust, sich die Hände schmutzig zu machen. Er wurde zu einem Gentleman erzogen, nach Cambridge geschickt, und zumindest in seinem Kopf ist er nie wieder zurückgekommen. Er hatte 8000 Hektar von seinem Vater geerbt, der ein Verschwender gewesen war. Ich habe knapp 3000 geerbt … Nein, irgendwelche hilfreichen Lehren gab es keine. Er hasste das Farmen.«

»Habt ihr euch nicht verstanden?«

»Mein Vater war nie hier, und er war auch nicht der Typ, der Briefe schrieb – nicht mal eine Postkarte.«

Wir kamen an etwa dreißig Kühen vorbei, die dicht gedrängt in einem Gehege standen. Jede von ihnen hatte ein rotes Kreuz auf die Flanke gemalt. »Keins dieser Mädels ist trächtig«, erklärte Alexander mir beiläufig. »Sie kriegen eine letzte Chance. Noch einmal Bespringen, dann müssen sie geschlachtet werden.«

»Wie oft sind sie denn schon ... besprungen worden?«

»Einmal.«

Jede dieser Kühe sah so verletzlich aus – jede hatte ein ganz eigenes Gesicht und Aussehen –, ein paar standen steifbeinig da, andere schlapp und auf unsicheren Beinen. Ihre Stimmen klangen so schmerzlich wie eindringlich und hatten nichts mit dem Muuh-Geräusch zu tun, das Kindergartenkinder lernen. *Ja*, schienen sie zu rufen, *wir finden es hier auch entsetzlich.*

»Hast du je daran gedacht, nicht wieder auf die Farm zurückzugehen? Und dir, sagen wir mal, einen anderen Job zu suchen?«

Alexander seufzte. »Vielleicht hätte ich Jura studieren sollen. Ich interessiere mich für Menschen und was sie tun und für verschiedene Vorstellungen darüber, was recht und was unrecht ist.«

»Du hättest das hier verkaufen und Jura studieren können.«

Mit ernster Stimme: »Nein, hätte ich nicht. Das hätte ich nie tun können.«

Wieder Stille.

»Liese«, sagte er, »wir essen gleich zu Mittag, aber zuerst muss ich diese Damen hier in ein anderes Gehege bugsieren. Würde es dir was ausmachen, die Hunde freizulassen?«

Sie bellten auf der Ladefläche und zerrten an ihren Ketten.

Er steckte den Kopf aus dem offenen Fenster und knurrte: *»Machplatz!«*

Das Gebell erstarb. Er wandte sich wieder zu mir. »Die machen nichts.«

Ein eisiger Windstoß schlug gegen mein Gesicht, als ich aus dem Pick-up stieg. Die Hunde hatten goldene Augen, ein schimmerndes Fell und scharfe Zähne, aber sie saßen ganz ruhig da. Ich schluckte, als ich mich über sie beugte, um erst den einen, dann den anderen Karabinerhaken aufzuklicken.

»Vorwärtsrunter!«

Sie sprangen von der Ladefläche ins Gras.

Alexander rollte hinter den Hunden her und leitete sie mit Rufen wie »Kommgerade!« oder »Gehrein!« und ab und zu einem zornigen »Zurück!« an.

Ich zog die Jacke, die er mir geborgt hatte, dichter um mich. Diese Farm war genauso trostlos und matschbraun wie mein Zuhause – die Fens mit Gummibäumen. Im Flachland von Norfolk war der Wind ein persönlicher Gegner – er versuchte, in dein Hirn zu wehen und dich zur Aufgabe zu zwingen. Genauso war es hier.

Die Hunde trieben die Kühe – deren sanfte Gesichter

verängstigt wirkten und deren schwerfällige Leiber einander anrempelten – in die Koppel.

Ich sperrte sie ein, indem ich den Stahlriegel schloss.

Auf dem Weg zum Wagen wich ich wieder den Kuhfladen und den tieferen Matschpfützen aus – und irgendwas an dieser ganzen Farce und der Art, wie Alexander mit eingefallenen Schultern auf dem Fahrersitz hockte, brachte mich auf den Gedanken: Du spinnst, dieser Mann ist niemand, vor dem man Angst haben müsste. Er ist ein Bauer, der lieber was anderes wäre. Zutiefst einsam, wie die meisten Männer, die für Gesellschaft zahlen müssen, und auf der Flucht vor seiner eigenen Melancholie.

Bibbernd von dem Wind, setzte ich mich wieder auf den Beifahrersitz. Vielleicht waren wir ja gar nicht so unterschiedlich: Wir fühlten uns beide nicht gerade wohl in unserer Haut und hatten es genossen, so zu tun, als wären wir andere Menschen, als wir waren.

Bei der Abfahrt drehte sich Alexander zu mir, und sein Lächeln war voller Erwartung.

Lächle einfach zurück, dachte ich, versuche nett zu sein, und dann nimm dir am Ende die Kohle.

Das einzige Problem dabei war, dass ein Teil von mir begann, sich schlecht zu fühlen bei dem Gedanken, das Geld dieses Menschen zu nehmen. Dabei gefiel es mir, mich bezahlen zu lassen. Es gefiel mir sogar sehr. Nach unserem ersten Treffen, als er zu meiner Überraschung eingewilligt hatte, ein höheres Honorar zu bezahlen, erwischte ich mich dabei, mir pausenlos auszurechnen, wie viele Stunden wir vögeln müssten, bevor ich meine Gläubiger auszahlen konnte. Die Schulden füllten meine Tage mit Arithmetik. Jede einzelne Banknote kam mir wie ein Beleg für unser Abenteuer vor, und um diese Erfahrungen genießen zu können, behandelte ich sie mit ausgesuchter Fürsorge. Die Scheine lebten, wenn ich sie in meine Brieftasche stopfte, und sie lebten immer noch, wenn ich am nächsten Morgen nachsah. Endlich einmal sparte ich Geld. Und dennoch fühlte sich der Umschlag, der im Haus versteckt war, mittlerweile nicht mehr nur wie eine Belohnung an, sondern auch wie eine Strafe. Alexanders Traurigkeit schwitzte durch seine Klamotten hindurch, und ich war mir nicht mehr sicher, ob mein Geld anständig verdient war, ja noch nicht einmal mehr, wenn ich mich hier so umschaute, ob er es sich überhaupt leisten konnte. Aber ich war dem Bargeld genauso in die Falle gegangen, wie man Schuldgefühlen in die Falle gehen kann – trotz all meiner Bedenken, ob ich sein Geld behalten durfte, zweifelte ich doch sehr daran, in der Lage zu sein, so viel davon einfach liegen zu lassen.

»Mein Vater hat schon die Grundlagen nie kapiert – dass nämlich eine Herde von guter Qualität das A und O ist«, erklärte Alexander mir. Er wirkte aufgewühlt, als bringe es ihn von etwas Wichtigerem ab, mir hier Vorträge zu halten. »Was man braucht, sind gute Blutlinien. Ich versuche, alte, bewährte Blutlinien aufrechtzuerhalten, aber auch zu kreuzen. Schau dir nur die Kraft einer Hybridpflanze an!« Er nickte mir zu. »Und dergleichen sucht man auch in einem Tier. Reines Blut ist eine schöne Sache, aber eine zu reine Züchtung bewirkt Schwächung.«

In der Ferne war eine Staubwolke zu sehen. Ein genau gleicher weißer Pick-up kam uns entgegen, und der Anblick eines weiteren Menschen hier ließ ein Lächeln über mein Gesicht wandern.

Der Fahrer streckte den Arm aus dem Fenster und winkte, als er abrupt in einen anderen Feldweg abbog.

»Ist das ein Nachbar?« fragte ich.

Alexander schüttelte den Kopf. »Das ist der Verwalter, der nach Hause fährt. Ich hab ihm das Wochenende freigegeben. Nein, Züchten ist eine Kunst«, fuhr er fort. »Auf freier Wildbahn regelt sich das von alleine, aber auf einer Farm muss man es steuern.« Er blickte mich an und zwinkerte. »Im Prinzip tue ich nichts anderes, als permanent nach der richtigen Paarung zu suchen.«

Bis auf einen schmalen rostroten Fahrweg war das Land, das zu Alexanders direktem Nachbarn gehörte, dem Nationalpark, ungerodet belassen. Vor den Fenstern bot sich zu beiden Seiten ein Anblick von Chaos, die Vegetation war so dicht wie zusammengewürfelt. Wir brausten an leuchtend explodierenden Goldakazien vorüber, an Büschen mit stachligen, hülsenartigen Auswüchsen und knolligen, zwergwüchsigen Bäumen voll langer grüner Stacheln – Pflanzen, die alle in einem wahnsinnigen Laboratorium gezüchtet worden waren. Nirgendwo in England wäre man so schnell aus einer idyllischen Landschaft in solch unübersehbare, wilde Unordnung geraten.

»Emu!« rief Alexander und schlug aufs Armaturenbrett. Ein Stück weit den Weg hinunter verschwanden der gefiederte Rumpf und die Beine des Tiers gerade im Unterholz. »Ich hab dir doch gesagt, ich würde dir das wahre Australien zeigen!«

»Danke … ich würde gern einen Koala sehen.«

»Kann man nie wissen.«

Die Berge waren jetzt näher gekommen, sie rückten von allen Seiten heran. Wir mussten hoch oben sein, oberhalb der Baumgrenze, manchmal konnte ich auf den Felswänden das Gestein und den Bewuchs in allen Einzelheiten erkennen. »Bist du als Kind hierhergekommen?« Ich versuchte, netter zu ihm zu sein.

»Manchmal.«

»Da musst du doch deine Lieblingsorte haben.«

»Ein paar.«

Wir fuhren um eine enge Kehre, und Alexander hielt neben einem einsamen Verkehrsschild an, das ziemlich verbogen war. Die Gummibäume ringsum hatten schwarze Äste.

»Vor ein paar Jahren ist hier ein Feuer durchgegangen«, sagte er.

»Das ist traurig.«

»Warum?« Er ließ die Hunde auf der Ladefläche angekettet, schnallte den Picknickkorb ab und hob ihn herunter. »Die meisten Bäume hier hatten dabei vermutlich die beste Zeit ihres Lebens. Die sind pyromanisch, sogar ihre Blätter sind vollgesogen mit Brennstoff.« Er zog geräuschvoll Luft in die Nase, so wie die Boxer es machen. »Das gesamte Ökosystem hier basiert darauf, dass es regelmäßige Feuer gibt.«

Wir gingen ein paar Minuten, bis wir an ein Gewässer kamen, das von allen Seiten von violetten Berggipfeln eingerahmt wurde. Auf den ersten Blick war die Aussicht überwältigend. Die spiegelglatte Wasseroberfläche zeichnete jede einzelne Falte und Schrunde nach – und auch alle Wolken. Dieser Ort, völlig menschenleer und irgendwie jenseitig wirkend, erinnerte mich an die Landschaften in fantastischen Kindergeschichten. Fehlten nur noch irgendein unwirklicher Lurch, der ans Ufer kroch, oder Zauberer, die sich hinter den Felsen verbargen. Aber wir waren allein.

Alexander stellte den Picknickkorb dicht am Wasser ab. Dann zog er eine karierte Decke hervor, die er mit Gesten von besonnener Dringlichkeit ausbreitete.

»Das ist unglaublich. Wie schön es hier ist.«

»Mach's dir bequem, Liese.«

»Wirklich«, sagte ich und berührte seinen Arm, während ich mich hinsetzte. »Ich hab so etwas noch nie gesehen.«

Zufrieden fuhr er damit fort, den Inhalt des Korbs auszupacken, der unglaublich reichhaltig war. Als wären es religiöse Opfergaben, verteilte er ein großes Sortiment von Sandwiches, Obst und Käse auf Porzellantellern. Kniend, als würde er beten, reichte er mir eine Leinenserviette. »Ich hoffe, du hast Hunger.«

»Was für ein Festmahl«, sagte ich, und »wie lecker« – lauter Plattitüden, die in keinem Verhältnis zur Umgebung hier standen. Im Vordergrund Vogelgezwitscher, darunter ein Geräusch so rhythmisch wie ein Schlagzeug, das Gequake von Fröschen. Alles um uns herum schien zu summen und zu brummen. Die *Lebendigkeit* von Wind und Wasser und Pflanzen und Tieren fügte sich zu etwas zusammen, das die Kompassnadel in meinem Kopf zum Rotieren brachte. Genieße das, forderte ich mich auf. Bald wirst du Australien verlassen haben, und das hier ist es, was du davon gesehen haben wirst. Aber das Schweigen zwischen uns hatte eine neue Form. Wir saßen da, aßen die Gourmet-Sandwiches und schauten auf den See. Ich warf ihm einen Blick zu und lächelte, obwohl die Mühe, die er sich gegeben hatte, mich unwohl fühlen ließ. Die ganze Atmosphäre hier stank in ihrer Idyllik nach einer Falle.

Im Korb lag unter einer Serviette eine Flasche Champagner. »Wollen wir was trinken?« Ich klang zu eifrig.

»Gleich.« Kerzengerade dasitzend und mit ausdruckslosem Gesicht fragte er ernst: »Liese, was willst du am meisten im Leben?«

»Was zu essen, ein Dach über dem Kopf …« Meine Finger, die den Teller hielten, fühlten sich vor Kälte ein wenig taub an.

»Und Glück?«

Ich hasste diese Art Gespräche. »Ja, so wie jetzt ist das Leben glücklicher, oder?«

Er runzelte die Stirn, als müsste er einen Entschluss fassen. »Ich fühle mich oft nicht entspannt genug, um jemandem all das hier zu zeigen.« Er machte eine Pause. »Ich hätte nicht geglaubt, dass das passieren könnte, bei all unseren … unseren Unterschieden, was Herkunft und Erfahrung betrifft. Danke schön.«

»Gern geschehen.« Ich hatte keine Lust, auf seinen Ton einzugehen.

»Nein, ich meine es ernst. Danke schön.«

Der Wind schickte einen Schauder über den Wasserspiegel. Ganz kurz wurde er reptilienhaft, schuppig. Alexander machte mir den Hof, der Haken war aber: Er schien nicht zu schauspielern.

»Ich habe das Gefühl, mit dir kann ich ich selbst sein«, sagte er.

»Das freut mich.« *Aber wer genau wäre das denn dann?*

Jetzt legte er den Arm um meine ohnehin schon versteiften Schultern. Ich saß ganz still da und konnte seinen Atem hören. Ich konnte auch meinen eigenen dämlichen Atem hören. *All das ist eine Rolle. Du wirst bezahlt, um romantisch zu tun*, sagte ich mir, *um das Ausleben seiner Fantasien zu erleichtern.* Fachleute nannten das eine »Geliebten-Erfahrung«. Ich hatte darüber mal was im Netz gelesen. Ein Escort-Girl verhält sich dabei wie das Ideal einer Geliebten: massiert dir den Rücken, lacht über deine blöden Witze, guckt nicht auf die Uhr, während sie dir einen bläst. (Und in besonderen Fällen gestattet sie laut der Chat-Seite auch: UBJ – Ungesattelter Blow-Job, AdQt – An der Quelle trinken, und Tatort-Sex, sprich Koitus während der Menstruation.)

Das Problem war nur: Ich war es nicht gewohnt, jemandes Geliebte zu sein, und deshalb war mir auch nicht recht klar, was ich eigentlich vorspielen sollte. Wenn ich eine Verabredung hatte oder sogar mehrere, dann kam sehr bald das Gefühl auf – so als würde ich zufällig einem alten Bekannten über den Weg laufen –, dass diese neue Liebe nicht funktionieren würde. Über kurz oder lang würden wir uns in einem Restaurant gegenübersitzen und feststellen, dass wir einander nichts zu sagen hatten.

Selbst in meinen besten Augenblicken machte ich einen abwesenden Eindruck. Ich war da und zugleich auch nicht da, häufig erregte mich der Gedanke an Sex mehr als der Akt selbst, oder ich schob gleich zu Anfang meinen Körper vor, als wollte ich sagen: Das kannst du haben, aber sonst nichts. Und dann, sobald der physische Kontakt vorüber war, zerbrach etwas. Beinahe sofort sah der Mann neben mir aus wie von allerlei hässlichen Flecken übersät und auch noch ein wenig übergewichtig und von einem Schweißfilm überzogen. Und vor allem: Er war *da*. Ganz nah. Und ich würde einen auf gefühlvoll machen müssen und so tun, als sei nicht jetzt schon mein einziger Wunsch der, allein zu sein. Die Art bestimmter Männer, nach dem Sex ihr Päckchen aufzuschnüren, brachte mich zum Fremdschämen; wie sie mit einem Mal all ihre ekligsten Verletzlichkeiten offenbarten, ihr Bedürfnis nach Trost und Selbstbestätigung und Augenkontakt – wo das Einzige, wonach ich mich sehnte, doch war, mich auf die andere Seite zu drehen und zu vergessen, dass sie jemals existiert hatten. Ihre fürchterliche Bedürftigkeit gab mir den Gedanken ein, dass ich mich dafür eigentlich bezahlen lassen musste.

Alexanders Arm auf meiner Schulter wurde immer schwerer.

»Kannst du dir vorstellen, länger in Australien zu bleiben?«

»Na ja, es ist eine hübsche Ecke«, sagte ich und wusste zugleich, dass das nicht ausreichend war. »Wunderbares Essen. Alles frisch.« Das sagte jedermann. Ich nahm mir eine dicke, fleischige Dattel, auf die er Camembert gestrichen hatte. »Und die Leute sind alle so nett.«

»Gut, es freut mich, dass du das findest.«

Die Australier latschten die Straßen runter und grinsten sich gegenseitig an, ein Haufen liebenswürdiger, sonniger Vollidioten, die man nicht durcheinanderbringen wollte. Alle anderen wechselten sich damit ab, Kriege zu führen und Wirtschaftskatastrophen zu erleiden.

»Aber ich glaube«, sagte ich schluckend, »ich würde England vermissen.«

»Wir haben besseres Wetter.«

»Ja, normalerweise ist es hier viel wärmer.«

»Weniger Gedränge.«

»Hier draußen ganz bestimmt.«

Er veränderte seine Position. »Wie findest du die Landschaft?«

»Die Landschaft?« Endlich musste ich lachen. »So nennst du das hier?«

Alexander wirkte ungeduldig. »Was ich versuche, dich zu fragen, ist, ob das Land etwas in dir hervorruft?«

Ich musste mich zwingen, mit dem Gekicher aufzuhören. »Es ist toll. Ich meine, es ist schön, natürlich.« Es war allerdings eine sehr herbe Schönheit. Das Buschfeuer hatte bis zum Seeufer gewütet. Und ein Hort der Ruhe und des Friedens war dieser See auch nicht. Ein paar Sekunden zuvor hatte ich gesehen, wie ein Adler aufgeflogen und sogleich jeder kleinere Vogel, der hier irgendwo saß, hochgeflattert war, um Schutz zu suchen. »Ich weiß eben bloß so gut wie nichts darüber.«

»Über die Natur?«

»Ja«, gab ich zu. »Ich fürchte, ich bin denaturiert.«

»Ich finde das sehr traurig.« Er nahm den Arm von meiner Schulter und ich hoffte, er würde nach dem Champagner greifen. »Aber sie kann einem mit der Zeit ans Herz wachsen.« Die Flasche blieb unberührt.

»Gibt es eigentlich Leute hier draußen? Irgendeine … Gesellschaft?« fragte ich. »Man würde hier ja vereinsamen.«

»Wirke ich vereinsamt?«

»Nein, nein, natürlich nicht.« Ich durfte nicht so klingen, als hielte ich ihn für verzweifelt. »Ich meine nur, das liegt hier sehr isoliert, und das könnte einen schon bedrücken, wenn man nicht …« – mit zur Seite geneigtem Kopf und gestikulierenden Fingern, kokett – »so stark wäre wie du.«

»Mir gefällt's.« Er biss in ein Sandwich.

»Na ja, wie gesagt, es ist schön hier … *Hast* du nun Freunde in der Nähe?«

»Ach«, er wartete, bis er aufgegessen hatte, »ab und zu sehe ich Mitglieder der sogenannten großen Familien des Distrikts. Aber ehrlich gesagt, langweilen sie mich.« Er lachte ein wenig abfällig schnaubend auf. »Für die bin ich ein Außenseiter. Ich habe nicht meine Cousine zweiten

Grades geheiratet.« Er hob einen Stein auf, um ihn flach übers Wasser zu werfen, ließ ihn dann aber wieder fallen. »Mein Gott, warum reden wir überhaupt über die?«

Dann beugte sich Alexander zu mir und nahm sehr zärtlich mein Gesicht in beide Hände. Die fast zu zittern schienen. »Liese, ich hab lange über das nachgedacht, was ich dir jetzt sagen will.« Er schluckte schwer und warf einen Blick zum Himmel hinauf. »Ich möchte dich fragen …«

»Schau!«

Ich hatte ihn unterbrechen müssen, und zum Glück erschien in genau diesem Moment hinter einer Schilfböschung ein schwarzer Schwan – ein kühles, graziöses Traumwesen. Sein glänzender Hals hochgereckt wie ein Periskop und wie unabhängig vom restlichen Körper funktionierend. In diesem Augenblick kam der Vogel mir vor wie ein Modell, wie der Prototyp all der kitschigen Ornamente und Figurinen, die ich je erblickt hatte – und plötzlich ergab es Sinn, dass man solche Gebilde anbetete. »Wie überwältigend!«

Alexander atmete hörbar aus. »Es gibt Farmer, die sie alle für eine verdammte Pest halten. Sie fressen die Einsaat, grasen auf den Viehweiden und versumpfen den Boden.«

Ich sah ihn an und spürte, wie schwer seine Erwartung wog. Er strahlte eine solche Bedürftigkeit aus, aber keine, die ich erfüllen konnte.

»Ein Haufen Leute glaubt, dass Schwäne lebenslange Paare bilden. Stimmt aber nicht.«

Er klang fast verbittert. »Nein, die Wissenschaft hat herausgefunden, dass eins von sechs Schwanenjungen illegitim ist. Sofern das Wort in der Natur überhaupt irgendeine Bedeutung hat …« Seine Stimme verlor sich.

»Das heißt, sie kommen fürs Leben zusammen, sind aber einfach untreu?«

»Man könnte sagen, das eine hebt das andere auf.«

»Jeder kann einen Fehler machen.«

Sein Gesicht verdüsterte sich. »Ja, kann man. Sollte man aber nicht.«

Der Schwan beugte sich vor, als wollte er sich hinstellen, und begann dann, über die Oberfläche des Sees zu rennen. Sein Hals war jetzt geradeaus gereckt und parallel zur Wasseroberfläche, und die Flügel sahen aus wie weiß geränderte Propeller.

»Das Männchen muss um das Weibchen balzen. Da geht es sehr formell zu.«

Die Chance, einen weiteren Vortrag zu halten, hatte Alexander aus dem Konzept gebracht. »Sie legt sich flach aufs Wasser, er spreizt über ihr die Flügel, fixiert ihren Nacken mit dem Schnabel, und dann geht es los. Wobei es natürlich darauf ankommt, dass das Weibchen sich« – er suchte nach dem rechten Wort – »*kooperativ* zeigt.«

Normalerweise war ich diejenige von uns beiden, die die Dinge ins Laufen brachte. Ich sandte ihm ein Signal, und dann entfaltete sich die Aktion.

Es war sexuell erregend, hier am Ufer weitab von irgendjemandes Blick zu sein und auch, muss ich zugeben, sich mitten in der Natur zu befinden.

Ich beugte mich zu ihm und legte meine Lippen auf seine.

Ich wollte, dass er meinem Drängen nachgab, damit wir endlich wieder zu dem Teil der Geschichte kämen, den ich verstand.

Er roch nach Farm, und ich erinnerte mich an diesen Geruch auf meiner Haut, wenn wir zusammen waren, sein Körper auf dem Handtuch, wie er die Tagesdecke von irgendwem eindrückte – oder, ein andermal, die Liege von jemandem. Einmal hatte er dabei die Sonne in den Augen gehabt und so verletzlich gewirkt wie nie zuvor. Der Adamsapfel war ganz entblößt gewesen, aber sein Gesichtsausdruck noch immer nicht zu entziffern. Ich lag oben und versuchte, seine Miene zu verändern, ihn etwas zeigen zu lassen. Wie konnte ich ihn dazu bringen, die Kontrolle zu verlieren, bevor ich sie verlor? Es hatte oft etwas von einem grundsätzlichen Kampf, was sich zwischen uns abspielte, bei dem die Rolle des Opfers ohne Warnung wechseln konnte. Zum Beispiel lag er vielleicht gerade auf dem Rücken, und plötzlich, binnen Sekunden, drehte er sich auf mich, und seine langen Arme und Handgelenke und Hände fixierten mich so schnell, wie ein Herzschlag dauert. Und dann redeten wir manchmal über meine erfundene Vergangenheit. Ich erzählte ihm Geschichten über Dinge, die ich nie getan hatte.

Jetzt hielt mich Alexander in einem sehr festen Griff, klemmte mir die Arme an den Flanken fest, sodass ich mich nicht rühren konnte. Zuerst dachte ich, das sei eine Art Vorspiel – bei dem er seine Hemmungen als Aufforderung an mich einsetzte –, und ich rang mit ihm, versuchte, ihn zu erregen, ihn dazu zu kriegen, seinen Mund zu öffnen. Ich brauchte die Gewissheit, hinter dem, was sich jetzt wie die Realität anfühlte, unser Spiel wiederzufinden, nicht etwa die Realität hinter dem Spiel. Aber nichts an ihm wirkte, als spiele er eine Rolle, und als ich aufhörte zu kämpfen, ließ er mich nicht los. Um uns herum war das Gebrumm und Gedröhne von einer Million Wesen, die ihre Wildheit auslebten. Sein Griff war hart. Am Vorabend hatte er lediglich müde oder lustlos gewirkt, jetzt aber spürte ich in seiner Ablehnung mir gegenüber eine echte Bedrohung.

Als ich wieder regelmäßig atmete, begann ich, in die Ferne zu blicken.

Über dem See hatte sich das Licht verändert. Es war jetzt keine Studie in Violett mehr mit all den Lila- und Indigotönen von Mittelerde, sondern erinnerte an eine Schwarz-Weiß-Fotografie – die Berge und der Himmel und also auch der See hatten unterschiedliche Grautöne angenommen. Diese Landschaft war so voller ständig wechselnder Farben und Geräusche, dass mir klar wurde: Ich sah sie gar nicht richtig. Es war alles eine Verkleidung.

»Ich glaube, ich stelle dir meine Frage lieber später«, sagte Alexander sanft und nahm seine Arme weg.

Nur das Schilf behielt seinen Grünton. »Meinst du, dass so dein Land früher einmal ausgesehen hat?« Ich durfte auf gar keinen Fall Angst zeigen.

»Bevor es gerodet wurde? Nein, nicht wirklich. Die Ebenen weiter unten glichen eher Parks. Grasland mit Gummibäumen.«

»Wie hat es dein Vorfahr überhaupt gefunden?«

»Er hat einen Aborigine-Führer angestellt, der es ihm zeigte.«

»Und dann hat er es sich einfach genommen?«

»Worauf willst du hinaus?«

»Nichts«, sagte ich vage.

Warum provozierte ich ihn? Was interessierte mich das denn alles?

Alexander packte bereits wieder den Korb. Das halb gegessene Picknick sah auf den Tellern wie Abfall aus – ein zweites Essen, das nicht funktioniert hatte –, und während er die Reste in einen Behälter kratzte, hatte er einen verschlossenen und verkniffenen Gesichtsausdruck. »Tja, das ist er«, sagte er ohne aufzublicken. »Der Busch.«

»Weißt du, was aus dem Aborigine-Führer geworden ist?« Ich konnte es nicht lassen.

Er machte die Verschlüsse des Korbs zu. »Er hat ein langes und glückliches Leben gelebt und seinem Herrn Jesus Christus dafür gedankt. Ist es das, was du hören willst?«

Ich sagte nichts.

Seine Augen leuchteten hell und hart. »Liese, wir fahren nach Hause und verbringen eine ruhige Nacht, aber erst habe ich noch eine Überraschung für dich.« Er hob den Korb hoch und trug ihn in Richtung Auto, ein paar Schritte vor mir hergehend. Als wir ankamen, bewegten sich die Hunde erwartungsvoll an ihren Ketten. Er ignorierte sie aber und zurrte den Korb wieder fest.

Ich blieb zurück und betrachtete den Boden. Die Bäume ringsum zerrten an ihren Wurzeln und wanden sich, als wollten sie sich befreien. Neben den Wurzeln eines von ihnen entdeckte ich einen kleinen kupferfarbenen Zylinder. Dann sah ich einen zweiten solchen Zylinder, besser gesagt eine Patronenhülse. Jemand hatte hier gejagt, wo die Tiere zum Trinken hinkamen.

Alexander drehte sich um und bemerkte, was ich entdeckt hatte. Er seufzte, aber es war weder ein müder noch ein unglücklicher Seufzer. »Ich bin als Kind hierhergekommen. Hab gecampt, Krebse gefangen, Hasen und Enten geschossen – und nicht auch nur ein einziges Mal hab ich hier eine Menschenseele gesehen.«

»Und was würde jemand hier heutzutage schießen?«

»Vielleicht Kängurus, die über seine Zäune hüpfen und seine Saaten fressen.«

Ich nickte.

Er wartete. »Du hast schon recht gehabt, Liese. Das hier *ist* einer der Orte, die mir etwas bedeuten. Wenn ich mal unter Dampf stehe, komme ich in Gedanken hierher. Ich möchte, dass du lernst, das auch zu tun. Meinst du, du wirst das können?«

»Ja.« Der Wind spielte mit den Blättern in den Baumkronen über uns. »Ich glaube schon.«

Er schenkte mir seinen blauen, stechenden Blick. »Die Berge und das Wasser hier sind so friedvoll. Ich möchte, dass du dieses Gefühl in deinem Kopf bewahrst. Damit du dich daran erinnern kannst. Okay?«

VI

Als wir näher kamen, schien das Haus nur aus Fenstern zu bestehen, die das Blei des dunkler werdenden Himmels reflektierten. Graue Wolken rollten über das Glas und verbargen, was immer dahinter wartete. Das Gebäude hockte in der Dämmerung, erwartungsvoll und wachsam, und gab ein leises bohrendes Geräusch von sich. Jeder Baum in der Umgebung brauste vor Vogelgezwitscher. Hunderte, Tausende der Tiere brodelten in den Zweigen. Sie riefen einander ihre Signaltöne zu, der ganze Garten vibrierte von ihrem Geschrei – während das Geräusch aus einer tieferen Ebene zu dringen schien, aus den steinernen Mauern des Hauses, aus einem seiner Zimmer, tief drinnen.

Die Natur mag eine wunderbare Einrichtung sein, aber wenn man nicht an sie gewöhnt ist, ist sie eine lange Reihe unerwarteter Schreckmomente. Während der Rückfahrt hatte ich ein Spinnennetz entdeckt, das auf der Halterung des Sicherheitsgurtes saß, und musste dann die ganze Zeit ein krabbelndes Gefühl von meiner Schulter wischen. Alexander hielt an, damit ich die Gatter öffnete und schloss. Schwerer Tau war gefallen, und die Eisenstangen fühlten sich feucht an. Ich versuchte, nicht auf meine Uhr zu blicken. Ich musste unbedingt Abstand zu diesem Mann schaffen, und wäre es nur für eine halbe Stunde. Ich musste durch die Hintertür hinein und dann direkt nach oben und mich in dem schäbigen Badezimmer einschließen, bis ich so weit war, eine weitere Nacht mit ihm zu ertragen.

Er parkte auf der Rückseite des Hauses. Hier lag eine völlig verrottete Gartenbank auf der Seite, zerbrochene Terrakottatöpfe waren gegen die Wand gestapelt. Mit kurzen Bewegungen befreite er die Hunde, und sie sprangen von der Ladefläche und folgten ihm wie Schatten in Richtung der Zwinger.

»Warte einen Augenblick«, rief Alexander mir zu. »Ich möchte dir etwas zeigen.«

Ich blieb stehen.

Er sperrte die Hunde in ihre Betonzwinger, verriegelte die Gittertüren und kam dann langsam auf mich zu, ein schiefes Lächeln im Gesicht. »Das ist meine liebste Uhrzeit, um im Garten zu sein, Liese.«

Er spürte mein Zögern, streckte die Hand aus und umfasste meine Finger mit seinen. Dann führte er mich zu einem Obstbaum, der in einer ganzen Reihe weiterer krummer und bemooster Bäume stand.

»So, Beispiel Nummer eins.« Alexander versuchte, beiläufig und locker zu klingen. »Wie du sehen kannst, ist der Obstgarten ziemlich runtergekommen.«

Es wäre mir nicht sonderlich höflich vorgekommen, das zu deutlich zu bejahen. Aber das war genau der Teil des Gartens, den er vergessen hatte zu mähen, und das Gras bog sich unter unseren Schuhen, die Spuren im Tau hinterließen.

»Die Hälfte der Bäume war von Galle befallen«, fuhr er

fort und deutete auf die Lücken zwischen den alten Pflanzungen, wo die kranken Bäume gefällt worden waren. Hier war der Boden ein wenig erhöht, oder ein Trieb wuchs aus dem dicken Gras empor. »Meine Eltern waren nicht gerade das, was man Gärtner nennt. Ich hab versucht, dieses Stück hier neu zu bepflanzen und wieder zum Leben zu erwecken. Ich versuche, alte Sorten zu pflanzen, oft auch welche aus deiner Ecke der Welt: Gravenstein oder Lord Lambourne.« Er kaute auf seiner Unterlippe herum. »Erst vor ein paar Wochen habe ich eine Kentische Kirsche gesetzt.«

Es wirkte, als würde er all dies erzählen, um nicht von dem reden zu müssen, was er tatsächlich auf dem Herzen hatte.

»Na schön. Und jetzt weiter zur Hauptattraktion.«

Er führte mich einen schmalen Weg entlang. Selbst in dem abnehmenden Licht konnte ich sehen, dass die benachbarten Beete voller Unkraut waren, das nicht entfernt worden war, und dass dickes Gras und verwilderte Sukkulenten überhandnahmen.

Wir stiegen zwischen zwei leeren Urnen einige steinerne Stufen hinab. Auf dem Rasen trat Alexander hinter mich und legte mir die Hände auf die Schultern, sodass seine langen, dicken Finger mich festhielten. Ich konnte jedes Mal, wenn er ausatmete, seine Brust gegen meinen Rücken spüren.

»Ich möchte, dass du dir Folgendes vorzustellen versuchst: Der Garten von Warrowill umfasste einmal drei Hektar und beschäftigte zehn Gärtner in Vollzeit. Drei

Hektar, Liese, und zu deiner Linken«, seine Worte flossen meinen Nacken hinab, »in, sagen wir, 200 Metern Entfernung standen Gewächshäuser, in denen seltene Früchte und Blumen gezogen wurden. Und rechts von dir« – er drehte mich abrupt um –, »rechts von dir lag ein Teich, ein künstlich angelegter Teich, für den mein Ururgroßvater weiße Schwäne importierte, um die einheimische Art zu ersetzen, die du so bewundert hast.«

Er hielt den Schlüssel zu diesem magischen Königreich in der Hand und fragte sich wahrscheinlich, ob ich würdig war, eingelassen zu werden. »Auf den Rasenflächen stolzierten auch Pfauen herum, und mein Urgroßvater fügte, als er das Anwesen übernahm, einen Poloplatz hinzu und – warte – japanische Fischteiche! Kannst du dir das vorstellen?« Seine Stimme floss über vor Liebesweh und wurde zugleich geschärft von einer feinen Wut. »Würdest du nicht alles dafür geben, das hier einmal in seiner ganzen Blüte gesehen haben zu können?«

Ich starrte auf den verwilderten Rasen und die struppige Hecke.

»Muss ganz schön beeindruckend gewesen sein«, sagte ich ehrlich.

»Selbstverständlich war damals alles einfacher. Nachdem das Land *übernommen* war …« Alexander unterbrach sich. »Ich meine, natürlich musste der Alte eine Gebühr entrichten.«

Das Ganze schien Form anzunehmen. »Verstehe.«

»Und für diese Gebühr bekam er auch Sträflinge zugewiesen, und das hieß kostenlose Arbeitskräfte.«

»Die Sträflinge haben die Gewächshäuser gebaut?«

»Nein. Zu Anfang haben sie das Land von Steinen gesäubert und Mauern damit errichtet. Wahrscheinlich haben später Ex-Sträflinge das Haus gebaut. Es ist dann zur Zeit meines Großvaters so runtergekommen, der Garten, meine ich, mit der Pflanzengalle und so weiter. Wie ich dir schon sagte, der ganze Mann war so unnötig wie ein Kropf.«

Alexander hatte die Hände von meinen Schultern genommen, aber da er jetzt neben mir stand, konnte er mir nicht in die Augen blicken. Wir verharrten unter einer Zypresse, und er überlegte wohl immer noch, wie er am besten mit mir umgehen sollte. Er wischte sich etwas vom Stiefel. »Manchmal stehe ich einfach hier herum und male mir aus, wie es wohl einmal gewesen sein muss.«

»Erstaunlich.« Ich zwang mich zu einem Lächeln und zog die Jacke enger um mich.

Über uns setzten sich die Vögel im dunklen Laub neu zurecht.

»Es wird langsam reichlich kühl, Alexander.«

»Dann gehen wir einfach schneller.« Mit einer leichten Verbeugung ergriff er wieder meine Hand und hielt sie fest. »Da drüben war der Krocketplatz.« Er deutete auf eine weitere leere Grasfläche, einen weiteren Hektar unbestellten Garten. »Und der Tennisplatz.« Er wies in eine andere Richtung, und ich konnte sehen, dass es dort tatsächlich noch einen Platz gab, der von einem schiefen Zaun umfasst war. Ein Netz war nicht vorhanden, aber in einer Ecke lehnte, halb bedeckt von Schlingpflanzen, eine alte Walze.

»Ich hatte mal den Ehrgeiz, diesen Garten zu seiner früheren Glorie zurückzuführen. Heute denke ich: Leck mich am Arsch.«

Ich war ebenso schockiert, wie ich es mit zehn gewesen wäre: Ich hatte ihn nie zuvor fluchen gehört.

»Ich denk mir, spar dir den Schweiß«, fuhr er fort, »und pflanze lieber einheimische Sachen, die kein Wasser brauchen. Lass es alles wieder zu Natur werden. Denn, ich meine, würde überhaupt irgendwer die ganze Mühe bemerken? Ich könnte Jahre damit verbringen, die Sachen auch nur halbwegs in Ordnung zu bringen, und wer wäre dann hier und würde die Leistung würdigen?« Er fixierte mich auf eine Art, die mir nicht gefiel. »Und du? Gärtnerst du gern?«

»Nein. Ich bin denaturiert. Erinnere dich.«

»Das heißt nicht, dass du nicht eine Meinung haben könntest zu meinem Garten.«

»Sehr hübsch.« Ich wollte, dass er meine Hand losließ.

Er hielt inne, abgeblockt von meiner Gleichgültigkeit. »Liese, ich spüre, dass du dich nicht wirklich wohlfühlst.«

Ich löste meine Finger aus seinem Griff. »Mir ist nur einfach kalt.«

»Nein, du wirkst gelangweilt.« Er schüttelte den Kopf, vielleicht hatte er das Gefühl, dass er auf eine zu harte Probe gestellt wurde. »Deine anderen Kunden müssen angenehmere Gesellschaft sein. Was wollen die denn von dir?«

Es war verwirrend, aber ich will zugeben, dass ich spürte, wie meine Temperatur anstieg.

Er wusste recht genau, was »sie« wollten, weil ich ihm in allen Einzelheiten über eine ganze Palette erfundener Kunden und ihre diversen Bedürfnisse erzählt hatte. Es war ja gut und schön, wenn meine Geschichten ihn erregten – *Anfangs wusste ich nie, was ich tun sollte. Die anderen Zwillinge haben es mir abwechselnd beigebracht* –, aber es war doch besser, nicht zu sehr ins Detail zu gehen, was die genauen Umstände betraf und wie zum Teufel all diese Szenarien jemals tatsächlich erlebt worden sein sollten. Unser Spielchen funktionierte, solange keiner zugab, dass es ein Spielchen war.

»Also sag mir, was die anderen *wirklich* von dir verlangen«, forderte er jetzt.

Ich starrte auf den Rasen. Sollte ich nun seine momentanen Fantasien erraten oder meine eigenen weitersteigern? »Viele Männer wollen einfach nur reden«, sagte ich vage. Mir kam das zweifelhaft vor, aber das war's, was die Leute immer behaupteten. »Du würdest dich wundern, wie viele eher einsam sind als geil …« Der Satz konnte auch ihn beschrieben haben.

»Und worüber reden sie?«

»Ihre Familien, ihre Frauen«, fügte ich rasch hinzu.

Alexander hielt inne und dachte darüber nach. »Und ich? Hörst du mir aus dem gleichen Grund zu?«

»Mit dir ist es was anderes.«

Er begann wieder, vorwärtszumarschieren, mit großen Schritten. Die Brust rausgedrückt, kam er in Wallung, wenn auch anders als ich. »Wie viele andere Kunden hast du parallel zu mir getroffen?«

Ich ging hinter ihm her und wusste zum ersten Mal nicht mehr, was antworten.

Wenn er den Besitzergreifenden jetzt nur spielte, dann durfte ich eine komplette Palette von Liebhabern gestehen, sodass er mir dann ganz, ganz langsam die Details aus der Nase ziehen konnte, während ich einen auf atemlos und beschämt machte. Wenn er es aber ernst meinte, dann musste ich meine relative Keuschheit so bald wie möglich bekennen.

»Ich werde nicht böse sein. Aber ich muss es wissen.«

»Alexander, das sind vertrauliche Sachen.«

»Hat irgendeiner von denen versucht, dich regelmäßiger zu treffen?«

»Jede hat regelmäßige Kunden«, antwortete ich automatisch und lächelte gegen meinen eigenen Willen ein wenig, als erinnerte ich mich gerade an diejenigen, die ich besonders gut leiden mochte.

»Gab es jemals einen Mann, der sich dir über die Maßen zugetan zeigte? Ich meine, mehr als normal?«

»Ich nehme an, der eine oder andere …« Ich zitterte, und nicht nur wegen der Kälte.

»Haben sie versucht, dich außerhalb deiner Arbeitszeiten zu sehen?«

»Wenn mich jemand gefragt hat, ob er mich nach der Arbeit treffen könne, habe ich normalerweise Nein gesagt.«

»Normalerweise?«

Was sollte ich jetzt antworten?

»Liese, ich weiß, wie andere Männer sich in dich verliebt haben.« Er lachte bitter auf. »Ich weiß haargenau, wie es war, wenn sie nicht mehr denken oder arbeiten oder schlafen konnten.«

Ich hoffte nur, wir schauspielerten momentan beide. »Nein, das weißt du nicht …«

»Oh doch«, sagte er scharf. »Und wie ich es weiß.«

In die Hecke war ein schmaler Eingang geschnitten. Ich folgte ihm durch die Öffnung – der Liguster war so alt, dass er meterdick geworden war – in einen anderen Garten, der ein perfektes Quadrat bildete und mit Rosenbüschen bepflanzt war, vielleicht zwölf auf zwölf, unter denen Veilchen wuchsen. Die Rosen waren kürzlich alle extrem beschnitten worden, als ginge es darum, Dornbüsche zu züchten, und aus den knolligen Wurzeln jedes Strauchs sprossen arthritische Triebe, die aussahen wie gekreuzte Finger.

Die Hecke, die doppelt so hoch war wie ich, verbarg die Bäume draußen. Ich fühlte mich wie im Zentrum eines Labyrinths. Es war aufregend, hier zu sein. Und dann, von einer Sekunde zur andern, nicht mehr. Ich sah in einem Aufblitzen, dass ich hier in der Falle saß.

Wortlos ließ sich Alexander auf einer Gartenbank vor einer der Wände nieder. Die weiche Hecke hinter ihm schimmerte unregelmäßig wie das Fell eines Tiers. Er lehnte sich gegen das Gebüsch, das nachgab, und starrte mich an, als erblickte er plötzlich eine große Wahrheit.

»Komm und setz dich«, rief er.

»Das muss unglaublich sein, wenn die Rosen blühen.« Ich streckte mich und gähnte und versuchte, die Situation in ein wenig banalem Geplauder aufzulösen. »Es muss unglaublich duften.«

Er deutete auf den leeren Platz neben sich auf der Bank.

Entlang der Reihen verkrüppelter Büsche ging ich auf ihn zu.

Er blickte mir mit einem Ausdruck ganz besonderer Intensität entgegen. »Hast du mir etwas zu sagen?«

Alexander wusste, bevor es mir selbst klar war, dass ich dieses Wochenende für beendet erklären würde, und dann brachen die Gründe dafür in einem plötzlichen Durcheinander aus mir heraus.

»Hör zu, es tut mir leid«, begann ich und setzte mich. »Ich kann das einfach nicht mehr länger mitmachen. Es fängt an, alles kaputt zu machen.«

»Was kaputt zu machen?«

»Was vorher gut war.«

»Mache ich etwas kaputt, Liese?«

»Nein, natürlich nicht.« Obwohl er launischer war, als ich gedacht hatte – und was sagte es über mich, dass ich diese Entdeckung vier Monate lang vermieden hatte?

Ich konnte ihm nicht in die Augen sehen. »Es ist mehr so, dass ich aufhören muss – wie soll ich das ausdrücken –, mich dir zu verkaufen!« Und mit einem Mal war mir in aller Schärfe deutlich, dass es sich genau darum handelte. Ich hatte mir selbst vorgespielt, es ginge nur um eine erotische Eskapade, aber es war eine Art von Prostitution, zufälliger Prostitution.

»Es könnte gefährlich werden!« sprudelte ich hervor. »Ich meine, so was zu tun hat Konsequenzen, die für keinen von uns gut sind. Was ich sagen will, ist, ich weiß irgendwie, dass das Ganze zu weit gegangen ist. Und das ist meine Schuld, Alexander, ich habe es zu weit getrieben …« Ich schüttelte den Kopf. »Wir können ja immer noch Freunde sein, hoffentlich«, sagte ich und wünschte, diese Worte klängen nicht immer so unehrlich. Ich wischte mir mit dem Handrücken über die Nase. Ich war bereit, ihm eine faire Rückerstattung zu geben, abgerechnet die Zeit, die wir jetzt schon miteinander verbracht hatten, und dann würde er mich vielleicht einfach zu einem Bahnhof bringen.

Der Liguster hinter uns verbreitete einen süßlichen Geruch nach Menthol und Pisse. »Es tut mir so leid«, sagte ich schniefend, »aber ich muss dieses Job beenden.«

Alexanders Lächeln war beinahe unschuldig. »Ob du's glaubst oder nicht, ich warte schon die ganze Zeit darauf, dass du das sagst.« Er nickte in ungläubiger Erleichterung. »Dein Timing ist perfekt.«

Erst als ich das kleine schwarze Lederkästchen sah, verstand ich. Er reichte es mir und sagte, jedes Wort betonend: »Deine Vergangenheit ist mir egal.«

Der Ring auf dem Samtfutter in dem Kästchen war ein altes Stück: ein schmaler Platinreif mit einem quadratisch geschliffenen Brillanten. Licht: der Edelstein versammelte so viel davon, selbst in der Dämmerung, ganze Räume voller Licht.

Ich schaute auf, um nachzuprüfen, ob Alexander scherzte, ob ich irgendwelche Ironie wahrnahm, aber sein Gesicht glühte vor einer Art gebannter Zärtlichkeit. Das

Kästchen zitterte in meiner Hand – war das Erhöhen der Einsätze immer noch ein Teil des Spiels?

»Gefällt er dir?«

Ich konnte kaum atmen. »Er ist schön.«

»Warum ziehst du ihn dann nicht an?« Er gab ein verlegenes Kichern von sich. »Probier aus, ob er passt.«

Wie leicht wäre es, diesen Ring überzustreifen, dachte ich, und wie leicht alles, was sich daraus ergab. Ich wäre meiner Schulden ledig, ich wäre unabhängig von meiner Familie, kein Freund würde mir mehr mit seinem Mitleid auf die Nerven gehen, und das große Haus – ich könnte es renovieren, ich könnte Wände einreißen und es wieder zurück ins Leben holen … Ein Teil von mir hatte sehr große Lust, diesen Ring überzuziehen.

»Das kann ich nicht.«

»Ich glaube doch, dass du das kannst.«

Über mir flatterten Vögel auf, kamen aber nicht aus der Hecke frei. Der Gedanke flog mich an, dass es irgendwo, wo man schnell nach einem Taxi pfeifen konnte, leichter wäre, sein Angebot abzulehnen.

»Leg die Vergangenheit ab«, sagte Alexander.

Ich war mir nicht sicher, ob er versuchte, Witze zu machen.

»Liese, lass mich dir helfen, sie abzulegen.«

Ich lächelte verkniffen: »Ich glaube nicht, dass ich dich bitten dürfte, das zu tun.«

»Bitte, hör auf zu kämpfen und zieh den Ring auf deinen Finger.«

In glücklicher Ungeduld räusperte sich Alexander und

bedeutete mir zu schweigen, obwohl ich gar nichts sagte. »Verstehst du nicht? Du musst nicht mehr davonlaufen.« Er redete wie mit einem anderen Menschen, einem, der schräg hinter mir stand. Als er diese Fremde nun anblickte, sah er gut aus, extrem gut sogar – wie nah doch ein Albtraum bei einem Wunschtraum liegen kann. Ich wünschte mir beinahe, nicht so von Schreck erfüllt zu sein, wie ich es war.

Dieser Fremden sagte er jetzt: »Ich liebe dich. Du bist nicht jemand, den zu lieben ich mir hätte vorstellen können oder den ich mir ausgesucht hätte. Und dennoch ist es so, stelle ich fest.«

»Alexander«, sagte ich Atem holend und mich fragend, wie ich mich jetzt ausdrücken sollte. »Ist dir klar, dass ich nicht wirklich eine Prostituierte bin?«

Er grinste mich nachsichtig an. »Ach, nein?«

»Nein. Ganz unmissverständlich: Ich habe so etwas nie vorher getan.«

Er lächelte immer noch: »Soso.«

»Aber ja!« Ich musste lachen, es war einfach alles zu lächerlich. »Ich habe das nie zuvor in meinem Leben getan – außer mit dir.«

Sein Gesichtsausdruck änderte sich nicht.

Ich versuchte, einen Schalter umzulegen, mittels Ernsthaftigkeit zu ihm durchzudringen. Ich sprach langsam, als müsste ich einem Kind etwas erklären: »Und selbst das war ein Spiel – ein Spiel, das wir doch beide genossen haben, oder nicht?«

»Ein Spiel?«

Ich nickte.

Alexander hielt inne und dachte nach. »Aber mein Geld hast du doch genommen, oder?«

»Ja, aber das war nur, um die Sache irgendwie ...« Ich suchte nach dem richtigen Wort. »... *authentischer* zu machen.«

»Du hast mein Geld genommen, und ich nehme an, du hast es genossen, es auszugeben? Und war dieser Genuss auch *authentisch*? Oder hast du vor, es mir zurückzugeben?«

Jenseits der Heckenwände war jeder Baum erfüllt vom schrillen Lärm Tausender Vögel, die die einfallende Dunkelheit unsichtbar machte. Zwielicht verschlüsselte alles. Die hohen Wände – die an eine rechteckige Kiste denken ließen – waren nicht mehr grün, sondern bleiern, und der dunkler werdende Himmel senkte sich auf uns herab wie ein Deckel.

Mein ganzer Körper fühlte sich ausgemergelt an und war kalt bis ins Mark.

»Du kannst ein Hurendasein nicht auslöschen, Liese. Du kannst nicht das Geld zurückzahlen und ungeschehen machen, was du getan hast.« Alexander stöhnte leise, als er sich auf sein gebeugtes Knie herabließ. Sein Schenkel war angespannt, der dicke Stoff seiner Hose zog sich straff. In der fast völligen Dunkelheit war sein Gesicht dicht vor meinem. Er griff fest nach meiner Hand. Er machte sich nicht die Mühe, seinen Antrag zu wiederholen. »Jetzt«, sagte er streng, zog den Ring aus seinem Kästchen und streifte ihn mir hart über den Finger. »Jetzt bist du mein.«

TEIL ZWEI

I

Ich lag in dem verdunkelten Zimmer. Der Ring war auf meinem Finger. Die kleine Lederschachtel lag auf dem Nachttisch. Wie naiv ich gewesen war, wie lächerlich naiv. Natürlich würde Alexander mich vor meiner erfundenen Vergangenheit retten wollen, würde er all die Männer exorzieren wollen, die es vor ihm nie gegeben hatte. Natürlich würde er versuchen, seine eigene Geilheit als heilig darzustellen, indem er ein Hochzeitskleid von reinstem Weiß wählte … Ich lag auf diesem Einzelbett und wartete und wusste nicht einmal, worauf. Unter der Tür kroch Licht herein, und über mir an der Decke konnte ich die Kante eines Frieses ausmachen, einer Stuckrosette. Langsam wühlte ich meinen Arm unter der Decke hervor und tastete auf dem Nachttisch nach dem Ring-Kästchen. Plötzlich ging das Licht im Korridor aus. Ich drückte das harte lederne Gewicht in meiner Hand und starrte in die Dunkelheit.

Wenn ich mich diesem Mann überließ, konnte er aus mir machen, was immer er wollte, einschließlich eines Niemands. Als seine Frau würde es mir nie mehr erlaubt sein, keine Hure gewesen zu sein. Die Vergangenheit, von der er mich befreien würde, wäre meine wahre Vergangenheit, und dann würde er es nicht mehr nötig haben, sich um meine Vorlieben oder Abneigungen zu scheren, meine Meinungen, Stimmungen, um mich. Er konnte reden, wie und was er wollte, oder auch überhaupt nichts, er konnte verlangen, dass ich über seine Witze lachte, dass ich fasziniert all seinen Geschichten zuhörte. Und auf Wunsch konnte er mich ficken, wann immer, wie immer er Lust hatte, konnte über meinen Körper verfügen, über jeden Teil von ihm und auf alle erdenklichen Arten.

Ich streifte den Ring ab, legte ihn zurück in seinen kleinen samtausgeschlagenen Sarg und knipste den Verschluss zu.

Nach seinem Antrag waren wir aus dem umhegten Garten zum Haus gegangen, und Alexander hatte mich durch die Kälte der Eingangshalle in den Salon gezogen. Alles wirkte völlig surreal – der Raum schien größer geworden zu sein, und seine Hand in meiner war zu fleischig, zu lebendig, und dann nahm er mich in die Arme oder besser gesagt ergriff er meine Hand und legte sie auf seine Schulter, drapierte sie dort, während er mir seine geschwollenen Finger ins Kreuz drückte und mich an sich zog. Er war frappierend dünn. Ich konnte seine Muskeln und Knochen spüren, als wir zu der Musik in seinem Kopf anfingen zu tanzen. In seinen Kleidern hing der Geruch der Farm, ein scharfer, animalischer Moschusduft. *Eins, zwei, eins, zwei*, ein schwankender, langsamer Nicht-Tanz. Als er meinen Körper durch den Saal mit den gelben Wänden und all der sich drehenden Pracht bugsierte, spürte ich, wie sich mir die Kehle zusammenzog.

Ich hatte einmal einen Dokumentarfilm über Männer

gesehen, die Beziehungen zu aufblasbaren Puppen pflegen. Das Kamerateam trifft darin in einem Haus ein und zeigt durch die halb offene Schlafzimmertür eine porenlose, lebensgroße Puppe mit toten Augen, die im Bett liegt, ein Laken bedeckt ihre Plastikbrüste. »Wir hatten einen ziemlich anstrengenden Vormittag«, prahlt der Besitzer der Puppe. Er macht einen auf postkoitale Situation. Offenbar sind sie gerade beim Liebemachen überrascht worden, und ritterlich schließt er die Tür vor dem Anblick ihres runden, offenmäuligen Grinsens. Später kleidet der Mann die Puppe sorgfältig in eine züchtige Bluse und einen Rock und setzt sie dann in einen Liegestuhl auf eine Felskuppe, wo sie ihn beim Paragliding bewundern soll. Irgendwann im Laufe des Films gibt es einen Szenenwechsel zu einem Puppenmacher oder Puppenreparateur, dessen Haus voll von Körperteilen aus Plastik ist, mit denen er die unterschiedlichen Löcher der Puppen stopft. Trotz seiner Arbeit wirkt dieser Mann recht normal und amüsiert von den Obsessionen seiner Kunden, bis er dann direkt in die Kamera blickt und ein Geständnis macht: Einmal musste er eine unglaublich lebensechte Puppe reparieren. Diese Puppe hatte ihn beständig angezwinkert. Sie war so scharf darauf, dass seine Widerstandskraft schließlich zusammengebrochen war und er sie genommen hatte.

Und während Alexander mich jetzt hin und her schob, fühlte ich mich genau wie jene Puppe. Er drückte meinen Kopf gegen seine Brust, und ich blickte zu Boden und sah seine dicken, sich über den Zehen bauschenden Wollsocken auf dem Perserteppich. *Eins, zwei, eins, zwei* – wie verletzlich Leute sind, wenn sie schlecht tanzen. Er führte mit dem Unterleib. Er bewegte sich traumversunken zu seinem Traumlied, und ich wartete, schaukelte herum und wartete. Ich konnte ihn atmen hören, ich konnte seinen Atem riechen. Seine Barthaare streiften über meine Haut, als er sich vorbeugte, um mich auf die Stirn zu küssen, während seine warme Hand immer kräftiger gegen meinen Hintern drückte.

Als er wiederum meine Stirn küsste, blickte er zur Seite.

Da wurde mir klar, dass Alexander uns absichtlich vor dem großen goldgerahmten Spiegel des Salons tanzen ließ. Was er einfing, war aber auch zu herrlich: All die Antiquitäten und ihre exotischen Hölzer und Messing-Girlanden bewegten ihre Umrisse und ondulierten, als gehe es darum, den Betrachter zu verwirren. Und Alexander beobachtete uns in der Mitte dieses Schatzkästleins und ließ uns posieren. Als er mich wieder weiterdrehte, sah ich, wie ein Schimmer von Freude über sein Gesicht lief – er war ein Kind, das ein Geschenk bekommen hatte, das er immer als außerhalb seiner Reichweite empfand.

Das hatte ihn härter gemacht, nicht weicher, und plötzlich fiel mir wieder ein, wie es sich angefühlt hatte, unter seinem Leib festgenagelt zu sein, sodass ich mich nicht mehr rühren und nicht mehr atmen konnte. Das war ein-, zweimal passiert, und als er mich dann schließlich freigab, rollte ich zur Seite und schnappte nach Luft, und er lag da und beobachtete mich. Jetzt schwenkte er mich herum, sodass ich in den Spiegel blickte. Ich sah aus wie ein Opfer, kurz bevor es verschlungen wird.

Ich löste mich von ihm.

Alexander fuhr sich durchs Haar und hob seinen Blick. »Ich hab dich schockiert.«

Ich bekam kaum einen Ton heraus. »Ein bisschen.«

»Es erstaunt mich, dass du erstaunt bist. Du musst doch gewusst haben, was ich empfinde?«

Ich nickte ansatzweise. Das war alles, was ich zustande brachte. *Spiele ich hier immer noch mit*, fragte ich mich. *Bin ich deshalb hier?*

»Liese, fühlst du dich, als ob du schweben würdest?« wisperte er.

»Gewissermaßen.«

»Ich fühle mich so leicht.« Er war immer noch halb in seinem Tanz und völlig ohne Schutzschild. »Wahrscheinlich, weil ich so erleichtert bin …«

»Könnte ich bitte einen Drink haben?«

»… als wär's ein Traum.« Er sah mich wieder an, und zu meiner Erleichterung war ein Hauch Humor in seinem Blick. »Ach ja natürlich, der Champagner.«

Alexander verließ den Raum, und ich sank auf das Sofa, nachdem ich zuvor nach der Kante getastet hatte. Irgendeinen Fetisch muss er doch haben, irgend so was wie als Schulmädchen verkleidete Nutten, überlegte ich. Der Verlobungsring war nur eine Leihgabe, solange er seine Braut-Fantasien auslebte; und das war auch der Grund, warum er mir so viel zahlte.

Diejenigen, die weiter gehen wollten als bis zur Geliebten-Erfahrung, konnte man vermutlich zur Verlobten-Erfahrung upgraden, bei der ihnen ganz schwindlig wurde angesichts eines solchen Vorgefühls des neuen Lebens, ohne den sauren Apfel einer tatsächlichen Heirat. Vielleicht glaubte er, mit mir so was risikolos durchspielen zu können, weil ich bald das Land verlassen würde.

Er kam zurück mit zwei langstieligen Gläsern und der Flasche australischen Schaumweins von unserem Picknick, ein klein wenig stolzierte er.

»Das ist ein gutes Tröpfchen, sehr samtig.« Er schälte die Folie vom Korken, öffnete die Flasche und grinste. »Lass uns auf dein Glück trinken.«

Ich wusste nicht recht, wie weit das Schauspiel getrieben werden sollte, und spielte dementsprechend lausig. »Nein, auf *unser* Glück!« Ich trank zu schnell.

»Er ist gut.« Er wippte ein wenig auf den Fußballen und starrte mit einem Ausdruck verschlagenen Stolzes in sein Glas. »Ich wollte, dass dieser Augenblick perfekt ist. In allen Details.«

Ich hielt mein Glas zum Nachfüllen hin und fragte mich: Muss ich das jetzt noch zwei geschlagene Tage weiterspielen?

»Ich habe mir sehr oft ausgemalt, wie es wohl sein würde.«

Ich versuchte zu lächeln. »Hast du das wirklich?«

»Weißt du, wann ich mich in dich verliebt habe?« Er hob die Brauen. »Es war, als wir uns das erste Mal getroffen haben und du versuchtest, den richtigen Schlüssel zu finden. Ich konnte einen Blick in deine Handtasche werfen, und da war ein Exemplar von Ovids *Metamorphosen.*« Er kicherte bei der Erinnerung. »Und da hatte ich die Eingebung, dass du für mich gemacht bist. Sie muss ziemlich clever sein, dachte ich. Sie muss die ganze Zeit lesen. Dieses Buch, das wird doch immer von allen Leuten zitiert, stimmt's?«

Alexander straffte sich. »Mit den Anforderungen, die die Farm stellt, und den Kindern natürlich, wird es schwierig sein, so oft nach Melbourne zu kommen, wie wir das vielleicht gerne würden.« Er musterte mich, um unmerklich zu prüfen, welchen Eindruck seine Worte bei mir machten. »Deswegen freut es mich, dass du Bücher magst. Und dann ist da natürlich auch noch das Klavier«, er deutete auf die Ecke, wo es stand. »Ich habe schon überlegt, dir Klavierstunden geben zu lassen ... Nein, ernsthaft! Du glaubst, ich mache Witze, aber Klaviermusik hat etwas wirklich Beruhigendes.« Er nickte und sagte in einem angemessen verschämten Ton: »Du könntest dem Baby etwas vorspielen, solange er noch – verstehst du – in dir drin ist. Und dann, wenn er einmal größer ist, kann er es selbst auch lernen.«

Alexander grinste wieder, stolz auf die eigene Milde. Dann legte er die Hand aufs Herz. »Ich gebe hiermit mein heiliges Ehrenwort, dass ich das meiste Kochen übernehme, denn du wirst genug zu tun haben, Liese.« Daraufhin wandte er sich der näheren Zukunft zu. »Ich möchte, dass meine Kinder ganz anders aufwachsen als ich. Meine Eltern stammten im Grunde ihrer Seele aus dem

19. Jahrhundert. Sie waren selbst von Kindermädchen erzogen worden und Kinder von Eltern, bei denen es schon ebenso gewesen war. Meine Mutter litt mit größter Sicherheit unter einer postnatalen Depression, obwohl die Ärzte und Krankenhäuser damals noch nicht einmal das Wort kannten, und Gott weiß, dass mein Vater ihr keine Hilfe war.«

Er zog eine Streichholzschachtel hinter einer Vase auf dem Kaminsims hervor und ordnete, wieder niederkniend, das Anmachholz auf dem Rost. »Meinem Vater war es lieber, wenn Mum tatsächlich eingeschlossen war. Nein, keiner von den beiden konnte seine Liebe zeigen. Ich habe meinen Eltern dafür vergeben, das muss man ja, aber meine Kinder werden sie von mir bekommen. Und nichts da, von wegen irgendeinen Teenager engagieren, der auf die Kinder aufpasst, während die Eltern sklavisch das Dekor wahren.« Alexander schüttelte den Kopf und wandte sich wieder mir zu. »Verstehst du, worum es mir geht?«

Ich hüstelte. »Du scheinst dich ja sehr intensiv damit beschäftigt zu haben.«

»Was andere Leute darüber denken, interessiert mich nicht.«

Einschließlich, fiel mir auf, meiner Ansicht zum Heiraten und Kinderkriegen. Ich saß auf dem Sofa und sah zu, wie er Feuer machte, dabei alle seine Bewegungen studierend und darauf wartend, dass er mit irgendeiner Geste verriet, nur eine Rolle zu spielen.

»Unvermeidlicherweise waren die Au-pairs hier draußen ohnehin ein Graus. Diese Mädchen kamen hier an, Ausländerinnen meistens – frag mich nicht, wo meine Mutter sie aufgetrieben hat –, und nach einem Monat versuchten sie mit allen Mitteln wieder zu verschwinden. Einmal während der Schurzeit flüchtete so ein Mädel mitten in der Nacht mit einem der Schafscherer – jedenfalls reimten wir uns das hinterher so zusammen«, erinnerte er sich grinsend. »Und ich armes Ding! Fünf Jahre alt und verliebt in irgend so eine Neunzehnjährige, die kurz darauf schon wieder fort war … Da wünscht man sich die alten Zeiten zurück. Wenn da ein Dienstbote abhaute, jagte man ihn und schleppte ihn wieder zurück.«

»Wie die Sklaven«, sagte ich leise.

Er drehte sich wieder zu mir um. »Allerdings, genau wie die Sklaven.«

Wir maßen einander mit Blicken.

Er nahm einen Schürhaken auf und spielte mit dem Feuer. »Ich denke, wir sollten nicht zu lange warten, bevor wir versuchen, Nachwuchs zu bekommen. Wir wären nicht gerade junge Eltern, aber das heißt auch, wir bringen ein paar Vorteile mit für den Job. Lebenserfahrung, größere Geduld. Die Frage, wie viele, überlasse ich in erster Linie dir.« Er wandte sich erneut zu mir. »Du bist 33? 34?«

Ich nickte langsam. »Wir könnten mindestens ein halbes Dutzend Babys haben, theoretisch …« Ich spielte mit, um auszutesten, ob es sich tatsächlich noch um ein Spiel handelte.

»Wenn du das schaffst, wunderbar.«

»… und ganz bestimmt ohne Kindermädchen. Ich möchte das alles gerne selbst und ohne Hilfe tun.«

Er stand auf, klopfte sich die Hose ab und sah zufrieden aus. Für Ironie war er nicht mehr empfänglich.

»Nur du und ich und die Kinder alleine hier im Haus …« Meine Stimme verlor sich. Durch irgendeinen perspektivischen Trick hatte der Spiegel uns geschrumpft und den ganzen Saal in ein Diorama verwandelt. Die Frau hinter dem Glas, die mich spielte, saß verkrampft auf dem Sofa, die Hände im Schoß ineinander verknotet, während der Mann seine Pläne entfaltete und sich befreite.

Alexanders Blick fiel auf den Spiegel und entdeckte meinen Gesichtsausdruck. »Du siehst nicht glücklich aus«, sagte er scharf.

Sollte ich mir jetzt mein Honorar verdienen und weiter mitspielen oder das Ganze hier beenden, bevor es noch extremer wurde?

»Es gibt keinen Grund, Angst zu haben.« Es klang wie eine Bühnenanweisung.

»Es ist nur so schnell gegangen, das ist alles.«

Alexander senkte die Hand auf meinen Nacken herab und streichelte ihn. »Sag mir, Liese, was ist los?«

»Nichts.«

»Hat irgendjemand etwas gegen dich in der Hand?«

»Wie bitte?«

»Vielleicht irgendwelche kompromittierenden Informationen?« Sein stoppliges Gesicht hing direkt über meinem, und seine Finger auf meinem Hals fühlten sich an, als wolle er mir den Puls fühlen. Er berührte mich anders jetzt, vorsichtig. Er machte deutlich, dass er etwas respektierte – bloß was? Meinen persönlichen Freiraum? Meine Ehre? Sex war unser gemeinsames Luftloch gewesen, und ohne ihn tauchten wir in gefährliche Untiefen ab. »Vielleicht«, seine Stimme war leise und einschmeichelnd, »vielleicht schuldest du ja Leuten Geld?«

Ich hatte die Reflexe verloren, die es zum Lachen braucht. »Nur Herrn Visa.«

Er schien mich gar nicht zu hören. »Ich könnte dir helfen, sie auszuzahlen.«

Blind gegenüber der Tatsache, die er selbst war, nahm er sein Glas, setzte sich neben mich und lehnte sich in die Sofakissen zurück. »Ernsthaft. Sag mir einfach die Summe. So schlimm kann's doch nicht sein, Liese. Ich schreibe einen Scheck aus, und dann ist der ganze Albtraum vorüber. Hör zu, ich will das hier nicht verderben, indem ich anfange, übers Geschäft zu reden, aber in dem Brief, in dem ich dich hierher eingeladen habe, habe ich versprochen, dass ich am Ende des Wochenendes einen Prozentsatz deines Honorars auf dein Konto überweisen würde. Obwohl wir jetzt verlobt sind, halte ich mein Wort.« Er räusperte sich und sah beinahe verlegen aus. »Wenn du das nicht anmaßend von mir findest, möchte ich gerne, dass du diesen Betrag als deine Mitgift ansiehst.«

»Meine Mitgift?«

»Genau. Ich will nicht, dass du dir Sorgen um Geld machst, Sorgen um …«, er zögerte, »… die Diskrepanz zwischen unserer jeweiligen finanziellen Situation. Deshalb schlage ich vor, dass ich dir eine Dotation zahle.« Er griff nach der Champagnerflasche, um unsere Gläser nachzufüllen. »Sofern alles auf eine allseits befriedigende Weise vorangeht.«

Das Feuer erinnerte mich daran, was Hitze bedeutet.

»Was verstehst du unter allseits befriedigend?«

Ein Zucken lief über Alexanders Gesicht. »Das scheint mir doch sehr klar zu sein.«

»Ja?«

»Ich würde erwarten – nein«, er verbesserte sich mit einem Nicken, »ich würde mich *freuen*, wenn du deine bisherigen Dienste weiterführen würdest und dich darüber hinaus um den Haushalt kümmerst und die Betreuung unserer Kinder regelst.«

»Verstehe.«

»Gut.« Er stand auf und wischte sich die Hände an den Hosenbeinen ab.

»Das heißt, die Heirat ist ein Arrangement, bei dem du Sex mit dem Babysitter haben kannst?«

Er atmete beherrscht aus. »Potenziell kann es sehr viel mehr sein als das.«

»Alexander«, sagte ich vorsichtig – denn mein Anspruch, mich irgendwie aufs hohe Ross zu setzen, war nur sehr schwach – »ich könnte niemals in einer Ehe glücklich sein, die nur eine verbrämte Art von geschäftlicher Transaktion ist.«

»Ich habe dir doch schon gesagt, ich liebe dich«, brauste er gereizt auf. »Was willst du denn noch?«

»Du kennst mich ja noch nicht einmal.«

Er war zu einem Schreibtisch auf der anderen Seite des

Raumes gegangen. »Doch, das tue ich, und was ich noch nicht weiß, werde ich kennenlernen. Wir werden uns gemeinsam kennenlernen.«

Er zog eine Schublade nach der anderen auf, als ob er etwas Bestimmtes suchte.

»Mir ist klar, dass du viel von der Welt gesehen hast, dass du alle möglichen Arten von … Leuten kennengelernt hast, welche, das will ich hier zu deinem und meinem Besten nicht vertiefen. Aber trotz alledem, trotz der *Situation*« – sein Gesichtsausdruck war wieder verzerrt – »in der du dich befindest, hast du dir eine gewisse Selbstbeherrschung erhalten, ja sogar eine Unschuld, die ich bewundere.«

Wütend rammte er die letzte Schublade zu und wandte sich noch mehr von mir ab, wobei er sein Gesicht mit der Hand beschirmte. »Außerdem«, seinen Rücken durchlief jetzt ein ganz leichtes Beben, »weiß ich mehr über dich, als du glaubst. Ganz offen gestanden sogar mehr, als ich selbst gern wüsste.«

Von draußen kamen die rhythmischen Geräusche der Frösche bei ihrer Nachtschicht.

»Weinst du?« fragte ich tastend.

Alexander wischte sich über die Wange und versuchte zu lächeln. »Ich stelle mir nur manchmal vor, was du durchgemacht haben musst.«

Seine Tränen erschreckten mich. »Wie bitte?«

»Ich liege dann wach und denke an diese Männer und ihre Hände überall auf deinem Körper und wie sie dich zwingen, alles zu tun, was sie wollen … Ich meine, ich bin auch nur ein Mensch, natürlich werde ich da eifersüchtig.

Ich liebe dich, da ist es doch wohl normal, dass ich eifersüchtig reagiere, oder nicht?« Er verzog sein Gesicht zu einer Grimasse, schloss die blutunterlaufenen Augen und gab einen langen, langsamen Klagelaut von sich. »Ich versuche es mir nicht auszumalen, aber manchmal kann ich nicht damit aufhören. Ich kann die Bilder von dir mit ihnen allen nicht aus dem Kopf kriegen. Immer wieder und wieder sehe ich diese Dinge, die zu tun sie dich gezwungen haben …«

»Entschuldige, ich brauche ein Glas Wasser.« Ich stand auf und verließ den Raum.

Ich konnte das nicht mitmachen. Ich konnte einfach nicht. Selbst wenn das eine Fetisch-Geschichte war, es hatte alle Grenzen überschritten, es war ein Hirnfick geworden. Mir wurde klar, dass ich diesen Mann zwar körperlich, aber sonst nicht gut kannte. Andererseits war ich mir sicher, ihn gut genug zu kennen, um zu wissen, dass er nicht verrückt war.

Offensichtlich hatte ich einen schrecklichen Irrtum begangen, indem ich meinem einzigen Kunden sagte, ich wolle das Land verlassen. Ich hatte gehofft, ihm mit dieser rechtzeitigen Vorwarnung wenigstens so viel Höflichkeit zu erweisen, wie er auch umgekehrt mir erwiesen hätte. Außerdem hatte ich vermeiden müssen, dass er das Büro meines Onkels aufsuchte und nach einer anderen Nutte fragte. Hatte ich mit dem Gedanken gespielt, dieses Wochenende im Vorhinein abzusagen? Nicht wirklich. So fixiert wie ich auf die Bezahlung war, hatte ich mich sogar sehr konzentriert auf die Reise vorbereitet. Ich hatte von der Unterwäsche an die passende Kleidung ausgewählt, in Gedanken, während ich in meiner Box saß, den Kugelschreiber untätig in der Luft haltend und einer Art persönlicher Version von *Belle de Jour* entgegenträumend.

Alexander folgte mir jetzt durch das eiskalte Gehege des Hauses. Die Lichter waren ausgeschaltet, und der Geruch in einigen Ecken schien von einer Feuchtigkeit zu kommen, die sich in Schimmel verwandelt hatte.

»Liese, du musst diese Dinge nicht mehr tun!« rief er besorgt tuend. »Nichts mehr davon!«

»Ich werde tun, wozu ich Lust habe«, schnappte ich und tastete an der Küchenwand auf der Suche nach einem Lichtschalter umher, wobei ich immer härter gegen den Blaustein klatschte. Wenn ich Lust darauf hätte, Hunderte und Aberhunderte Fremder zu ficken und sie dafür zur Kasse zu bitten, dann würde ich es verdammt sicher auch tun. »Schon mal von so was wie freiem Willen gehört?«

Er griff über mich und drückte auf den Schalter. »Nicht in solchen Fällen.«

An der Spüle goss ich mir ein Glas Wasser ein.

»Und ich habe eine ganze Menge gelesen über Frauen in deiner Situation.«

»So? Aber da du derjenige bist, der dafür hat zahlen müssen, sollte nicht ich um dich weinen?« Ich knallte das Glas hin, ohne zu trinken. »Ich will nach Hause.«

»Na ja, heute Abend kann ich dich nicht mehr fahren. Nicht nach dem Champagner.«

Ich starrte ihn an. »Ich möchte, dass du mich morgen zu einem Bahnhof fährst.«

Er nickte ernst, als sei das ein erfüllbarer Wunsch, dann öffnete er die Kühlschranktür. »Wie viel Hunger hast du?«

Nachdem ich die lieben und traurigen Gesichter der Tiere auf den Weiden gesehen hatte, konnte ich kein Fleisch mehr essen. »Das Beste für mich ist im Moment vermutlich Schlaf, denn morgen früh möchte ich gehen.«

»Aber ich hatte vor, etwas für dich zu kochen.«

»Ich habe keinen Appetit.«

»*Okay.*« Er zog beide Brauen hoch. »Würdest du dich denn wenigstens herbeilassen, mir Gesellschaft zu leisten, während ich zu Abend esse?«

Ich antwortete nicht, aber ich ging auch nicht weg. Methodisch holte er Zutaten aus dem Kühlschrank, schlug Eier in eine Schüssel, rieb Käse hinein, gab Milch dazu. Das schwache Licht ließ alles körnig erscheinen, als hätte meine Sehkraft plötzlich nachgelassen. Ich saß am Tisch und betrachtete genau den Raum, als könnte mir all das ererbte Geschirr Auskunft über Alexanders Geisteszustand geben – und darüber, ob er tatsächlich alleine lebte in diesem Haus. Kein einziger Gegenstand darin schien von ihm ausgesucht worden zu sein. Ich erwartete halb, dass einer seiner Eltern den Raum betrat und Alexander dafür ausschimpfte, dass er mit dem Schmuck seiner Mutter gespielt hatte.

Als ich die Hände hob, um meinen Kopf zu halten, meinen pochenden Schädel, bemerkte ich den Widerschein des Brillanten auf der gegenüberliegenden Wand.

Alexander machte Feuer unter einer Pfanne. »Ich habe diesen Ring überall mit mir herumgetragen und mich zu

Tode geängstigt, du könntest das Land verlassen. Ich hätte alles dafür getan, dich hierzubehalten. Ich konnte an gar nichts anderes denken, und ich wollte, dass dieser Tag perfekt wird.« Er goss seine Mischung in die heiße Pfanne. »Natürlich war das naiv von mir, denn schließlich ist ja nichts so, wie man es sich vorher vorgestellt hat, nicht wahr?«

Er tat mir beinahe leid. »Es war trotzdem ein netter Tag, Alexander.«

Als sein Omelett fertig war, nahm er sich einen Teller und tat sich auf. Er saß mir gegenüber und begann schweigend zu essen.

Der Duft des Essens war appetitanregender, als ich gedacht hatte. Ich versuchte, keinen Hunger zu verspüren.

»Wir könnten wenigstens probieren, über irgendwas zu reden«, sagte er mürrisch.

»Na gut, worüber?«

»Politik, Geschichte ... einfach ein wenig Konversation.«

»Was ist aus deinen Eltern geworden?« Ich hatte im Haus nichts bemerkt, was direkt auf sie hindeutete, bei den Fotos der Ahnengalerie waren keine von ihnen dabei.

Er hielt inne. »Autounfall.«

»Wie ist es passiert?«

»Es war Silvester 1986. Eine unbeleuchtete Straße. Wahrscheinlich waren sie beide betrunken.«

»Das muss sehr hart gewesen sein. Hast du Geschwister?«

»Eine ältere Schwester.«

»Habt ihr ein enges Verhältnis?«

»Nicht wirklich.« Er stand auf, erhob sich zu voller Höhe und trug seinen Teller zur Spüle. Eine unsichtbare Wand hatte sich um ihn aufgebaut. »Ich möchte nicht, dass du meiner Mutter die Sachen, die ich dir über ihre Krankheit erzählt habe, zum Vorwurf machst. Sie war ein wunderbarer Mensch, und unsere Verlobung hätte sie über alle Maßen glücklich gemacht. Obwohl sie in eine sehr privilegierte Umgebung hineingeboren wurde – ihrer Familie gehörte zu einer gewissen Zeit quasi der halbe Distrikt –, ist sie nie ein Snob gewesen«, versicherte Alexander mir.

Er drehte den Wasserhahn auf und begann, Teller und Mixschüssel zu spülen, wobei er ein No-Name-Spülmittel und eine Drahtbürste benutzte. »Sie würde wollen, dass ich glücklich bin, und sie hätte sich gefreut, dass wir trotz unserer so unterschiedlichen Herkunft einander gefunden haben – ehrlich gefreut.« Er krempelte sich die Ärmel hoch, um die Pfanne in Angriff zu nehmen, und ich konnte die deutliche Linie sehen, an der seine Bräune aufhörte. Wenn er das Hemd ausgezogen hatte, war er unterhalb des Kragens ebenso bleich.

»Selbst als Mum bis zum Hals im Elend steckte, wünschte sie den anderen Freude.«

Neben mir stand im Regal der Kalender mit dem Juni-Bullen. Ich bemerkte, dass er ein Werbegeschenk von *Die Spezialisten in künstlicher Befruchtung* war.

»Ich glaube, sie würde wollen, dass ich eine Familie habe – nein, nein, ich bin mir ganz sicher.«

Es war pervers, aber während ich das Foto studierte, erinnerte ich mich plötzlich, wie der Samen dieses Mannes an der Innenseite meiner Schenkel hinabgelaufen war – ich musste hoch aufs Zimmer und meine Pille verstecken. In der Packung war noch Vorrat für weitere zehn Tage, aber was, wenn er versuchte, sie im Klo runterzuspülen? War die Besichtigungstour über seine Farm, sein Königreich, die Alexander für mich organisiert hatte, nur die Ouvertüre gewesen zu einer alttestamentarischen Geschichte von einem Mann, der vorhat, eine ganze Arbeitsarmee von Söhnen zu zeugen?

»Liese.« Er merkte, dass meine Gedanken abgewandert waren. »Wie ich schon sagte, ich habe meine Hausaufgaben gemacht, was dein Metier betrifft, und mir ist klar, dass ich dir manchmal genauso mies vorgekommen sein muss wie die anderen Kerle. Du musst das Gefühl gehabt haben: Oh, hier ist schon wieder einer, der versuchen wird, mich auszubeuten.«

Ich starrte ihn an. »Aber *ich* habe das gewollt.«

Er legte die Pfanne zum Trocknen auf den Geschirrständer und sah mich in vollkommener Fassungslosigkeit an. »Vielleicht schärfst du dir das selbst ein, um ein Restchen Selbstachtung zu bewahren, aber wie sollte das gehen? Wie sollte man die Wahl treffen, ein Objekt zu sein, das gekauft und verkauft wird? Eine Sklavin könnte bis zu einem gewissen Punkt ihre Zustimmung geben, aber auch nur, weil ihr nicht klar ist, dass sie eine Alternative hat. Sie *muss* Fremden nicht gestatten, grunzend auf ihr zu liegen.«

Alexanders Logik machte mich sprachlos.

»Ich meine, ich kann mir vorstellen, dass es extrem erniedrigend sein muss, zuzugeben, dass man ein Opfer ist. Und für jemanden wie dich sehr schwer, der Tatsache ins Auge zu sehen, dass du …« er entschied sich für Offenheit »… dass du missbraucht worden bist. Umso mehr, als das über so lange Zeit hin geschehen ist. Und deshalb, um ein letztes Zipfelchen von Stolz festzuhalten, wirfst du auch mit solch unsinnigen Wörtern um dich wie ›meine Wahl‹ und ›mein Büro‹.«

Die Fensterrahmen in seinem Rücken zeichneten exakte Rechtecke von Dunkelheit an die Wand.

»Und wie willst *du* aufhören, mich zu missbrauchen?« fragte ich ruhig.

»Ich werde dich heiraten«, antwortete er. »Und zwar so bald wie möglich.«

In dem schmalen Bett liegend, hatte ich das Gefühl, begraben worden zu sein. Das Haus keuchte asthmatisch, gab seltsam menschliche Geräusche von sich. Die Glasscheiben des Fensters klirrten leise, dann herrschte wieder Stille.

Niemand weiß, wo ich mich befinde.

Bilder der winzigen Städtchen, die wir umfahren hatten, tauchten vor meinem inneren Auge auf. Ein Laden mit vernagelten Fenstern, eine verlassene, graue steinerne Kirche auf einer Anhöhe, dann glättete das Land sich zu Koppeln und Weiden für Schafe und Rinder bis hin zum dichten Buschland des Nationalparks.

Er glaubt, er kann mit mir machen, wozu er Lust hat.

Ich ertastete den Schalter der Nachttischlampe – unter dem Schirm leuchtete trübes Licht. Mein Koffer lag zusammengesackt neben der Tür und wartete.

Vorsichtig, damit die quietschenden Bettfedern mich nicht verrieten, schlug ich die schwere Decke zurück und kletterte aus dem Bett. Ich bibberte in meinem lächerlichen Spitzenslip, den ich im Internet bestellt hatte, während ich angeblich arbeitete. Ich hob meinen Koffer hoch, legte ihn auf die Bettdecke mit den Rosenknospen und begann lautlos meine Sachen zu packen.

Das Ganze war völlig absurd! Vermutlich wollte Alexander sein Begehren reinigen, nicht, es ausmerzen. Dabei war es der ganze Sinn einer Heirat, die Erotik loszuwerden. Sie war vor allem anderen ein Abkommen zweier Menschen zum Zweck, *nicht* miteinander schlafen zu müssen. Binnen weniger Jahre, so viel wusste ich von meinen frischen Besuchen in fremder Leute Häusern, lief es auf Bildchen in Fingerfarben hinaus, die auf dem Kühlschrank klebten, und auf Hometrainer vor dem Fernseher. Im Schlafzimmer lag dann auf dem einen Nachttisch ein Buch mit dem Titel *Wie Familien stark bleiben* und auf dem anderen eine Geschichte der Luftfahrt – Kampf und Flucht. Ich hatte einmal von einer Vereinbarung gelesen, die eine französische Frau ihrem Mann abgehandelt hatte und nach der die Ehe zwangsweise annulliert werden sollte, sobald er sie sexuell nicht mehr begehrte. Aber normalerweise gaben die Leute sich das Jawort, um über die Lust hinwegzukommen, damit sie sie nicht mehr wahnsinnig machen konnte, und um dahin zu gelangen, irgendwann überhaupt nicht mehr kopulieren zu müssen.

Ich dachte an meine eigenen Eltern – ich musste ihnen noch ein Geschenk besorgen, bevor ich das Land verließ. Am Flughafen würde ich irgendwas für sie finden. Salz- und Pfefferstreuer in Känguru-Form oder T-Shirts mit Koala-Aufdruck. Mit diesem Koffer und dem Geld im Umschlag konnte ich direkt dorthin gehen, ein Ticket nach Schanghai kaufen und in meine echte Zukunft fliegen, meine strahlende, echte Zukunft.

Zu Hause in England musste es jetzt vormittags sein – meine Eltern waren wohl daheim und hielten ihren eigenen versteckten Betrieb am Laufen, das heißt, meine Mutter stellte eine Liste von Aufgaben für meinen Vater zusammen, damit er aus dem Weg geschafft war. Er würde seinen kleinen Garten aufräumen müssen, dann im Schuppen irgendetwas Kaputtes reparieren, beispielsweise den Henkel wieder an das Milchkännchen kleben, das sie als Hochzeitsgeschenk bekommen hatten – und er würde versuchen, ihr aus dem Weg zu gehen.

Meine Mutter hatte meine jüngere Schwester und mich ausführlich vor den Unzulänglichkeiten der Männer gewarnt, dennoch wollte sie immer noch, dass wir beide einen fanden. Als die Töchter ihrer Freundinnen alle anfingen, weiße Kleider anzuziehen, und eine nach der anderen den Mittelgang in der Kirche hinabschritten, verhöhnte sie heimlich die Farce, die das Ganze darstellte – die selbstzufriedene Braut, die sich an ihren Prachtbullen klammerte, während der in seinem gemieteten Frack eher wie ein Ochse aussah, die Brautjungfern, die verheult, eingebildet und neidisch waren und von denen unweigerlich die fetteste ausgewählt wurde, um aus dem Buch zu lesen. Aber als dann alle Bürgerstöchter des Dorfes unter der Haube waren und ein Jahr drauf das gleich en gros gekaufte Babyspielzeug reihum verschenkt wurde – da machte meine Mutter mir dennoch deutlich, dass sie meinte, ich hätte die Grenze zum Freak überschritten.

Zu Hause fanden die Leute sich zu Paaren zusammen, als hätten sie eine Sintflutwarnung erhalten. Und deshalb war es auch einer der Vorteile dabei gewesen, das Land zu verlassen, dass ich nicht mehr jedes Mal ihre Seufzer hören musste, wenn sie berichtete, ein weiteres Mädchen habe sich verlobt (allein das Wort schon klang feuchtkalt und klaustrophobisch – wie ein belegtes Zimmer oder eine besetzte Nummer). Eine Verlobung war der Beginn eines langen stummen Krieges, der, wenn man das Beispiel meiner Eltern nahm, Jahrzehnte dauern konnte.

Als meine Schwester sich verlobte (und der Ring war wie ein Leistungsindikator: ihr Leben war auf der richtigen Spur), begleiteten meine Mutter und ich sie in einen Brautmoden-Supermarkt mit Reihen und Aberreihen leuchtender berüschter Brautkleider, die sie alle in ihre Umkleidekabine hängte. Und dann kam sie in einem nach dem anderen heraus und stand im Verkaufsraum neben einem weiteren Dutzend Frauen in weißen Kleidern, und alle starrten sie gebannt in die Spiegel, wo sie sich noch weiter vermehrten.

Ich shoppte weiter mit einem weißen Weidenkörbchen

als Einkaufskorb, in dem dann nacheinander ein elfenbeinfarbenes Ringkissen mit Spitzen und Schleifen (24,99 Pfund) und das blaue Spitzenstrumpfband (14,35 Pfund) und die Füllergarnitur mit Herzchen-Glücksbringer zum Unterzeichnen auf dem Standesamt (29,50 Pfund) landeten. Für die Tischdekoration gab es Seifenblasenbehälter in Form kleiner Champagnerflaschen (0,69 Pfund pro Stück), herzförmige Wunderkerzen (0,99 Pfund die Kerze), Erinnerungsalben – *Was war der erste Film, den* Name der Braut *und* Name des Bräutigams *gemeinsam angesehen haben?* (9,95 Pfund) – und als Gastgeschenk für die Damen »*Glücklich bis an ihr Lebensende*«-Cinderella-Schmuckkerzen in Kutschenform (1,95 Pfund pro Stück) und für die Männer »*Liebe erblüht*«-Samenpäckchen (1,25 Pfund das Päckchen).

Ich war nicht gebeten worden, Brautjungfer zu sein. Hätte ich es erwartet? Vermutlich. Aber meine Schwester, die immer noch in Norwich lebte, war eng mit ihren alten Schulkameradinnen befreundet geblieben, die auf den Fotos auch alle genau gleich aussehen würden. Außerdem wusste ich, dass sie glaubte, ich nähme ihren großen Tag nicht ernst genug. In Wirklichkeit nahm ich ihn genauso ernst, wie mein verletzter Stolz es erlaubte.

Am Tag vor der Hochzeit klebte mein Vater kleine Satin-Rosenknospen auf die Tischkarten, und ich musste dann, als die Künstlerin im Haus, die Namen der Gäste draufschreiben, in einer Kalligrafie, die ich aus einem Buch übernahm. Als ich sagte, die Karten würden ohne die Rosen eleganter aussehen, nannte meine Schwester mich einen Snob.

An diesem Abend saßen wir vier – meine Eltern, meine Schwester und ich – auf der Couch und den dazugehörigen Sesseln im Wohnzimmer, umgeben von den gerahmten Postern meiner Mutter mit Renoirs dickbusigen Marktweibern, aßen von den Tellern, von denen wir schon immer gegessen hatten und hielten eine Art Nachtwache. Alle versuchten wir gut gelaunt zu erscheinen, aber in Wirklichkeit verabscheute jeder von uns die anderen drei dafür, dass sie uns zu dem machten, was wir waren. Ich wusste, dass meine Schwester daran glaubte, dass ihre Heirat eine Flucht aus all dem sein würde, und sie zog sich auch früh zurück in ihr altes Mädchenzimmer und hoffte, diese Nacht irgendwie hinter sich zu bringen.

Die Feier fand in einem jakobinischen Herrenhaus statt, das zehn Meilen entfernt lag. Die Gäste tranken Champagner in einem Saal, in dem eine verstaubte Samtbordüre rund um die Wände lief, während sich die Brautfamilie draußen in den Parterres des Parks aufnehmen ließ, danach vor einem angelegten Teich, dann beim Krocketspielen, und meine Schwester trug ein Satinarmband mit Glück bringenden Hufeisen, als sei sie ein Schmied des Kitsches. Lord und Lady Verarmter-Adel sahen dem Treiben aus ihrem privaten Flügel zu und grinsten sich eins.

Auf dem Familienfoto trage ich ein kohlrabenschwarzes Helmut-Lang-Kleid, in dem ich nach Ansicht meiner Schwester aussah wie eine gezackte Regenwolke. Das Gesicht meiner Mutter zeigt die Spuren von Tränen, das meines Vaters ist hochrot vor Stolz. Mein Schwager, der eine zu den Kleidern der Brautjungfern passende lila Fliege trägt, stellt ein breites, festgefrorenes Grinsen zur Schau. Die wild entschlossene Fröhlichkeit seiner Frau verursacht einen Sog, der alle Beteiligten hinter ihr herziehen soll.

Am nächsten Tag nahm ich den Zug zurück nach London und fühlte mich, als sei ich von einer bösen Fee berührt worden. Ich musste an das Gedicht Larkins denken, das wir in der Schule durchgenommen hatten:

… die Hochzeitstage
Kamen zu einem Ende. Bis ganz weit hinten
Kletterten frisch vermählte Paare an Bord; die andern
standen rum
Und warfen ihnen letztes Konfetti und letzte gute
Ratschläge zu …

Der griesgrämige Dichter hatte einmal einen Nachmittagszug genommen, am Pfingstsonntag, einem Glück verheißenden Heiratstag, und an jedem Bahnhof stiegen weitere Neuvermählte zu, alle auf ihrem Weg nach London in die Flitterwochen, und das verlieh ihm ein momentanes Gefühl von Hoffnung und Erneuerung. Aber als ich von der Hochzeit meiner Schwester – ihrem »glücklichen Begräbnis«, wie Larkin das nannte – nach Hause fuhr und der Zug durch das trübe Licht raste, da war die Sicht so grau und verschwommen, dass es aussah, als herrschte ewige Dämmerung, und ich fühlte mich genau umgekehrt: hoffnungslos und kein Stück erneuert.

Kaum war ich am Bahnhof Liverpool Street angekommen, verspürte ich die Notwendigkeit zu shoppen. So war es immer: Kaufen als eine Art Aderlass. Tat ich es nicht, fühlte ich mich krank. Krank oder inexistent. Eine überteuerte Handtasche zu kaufen versprach, mich dem Leben wiederzugeben – dem Leben, das ich wollte. Die Kassiererin war jetzt meine wahre Richterin, als sie die Kreditkarte entgegennahm, ohne mir in die Augen zu sehen. Sie hatte einen sechsten Sinn dafür, dass sie womöglich nicht akzeptiert werden würde, und irgendwie erkannte sie auch, dass ich vor Kurzem erst zu Hause gewesen war und mitgeholfen hatte, Satinröschen auf Tischkarten zu kleben. Alles über mich zu wissen hieß an diesem Ort auch, alles zu verbergen, eine Kundenfalle aus Marmor und Glas und Nichts.

In den Sekunden, die es dauerte, bis die Transaktion genehmigt war, wurde mir klar, dass ich mir kaum mein geliebtes möbliertes Zimmer in Notting Hill leisten konnte und dass ein ganzer Schwall meiner Besitztümer sich letztlich darauf geeinigt hatte, zu verschwinden, und dass dieser Kauf eine Periode der Enthaltsamkeit zur Folge haben würde, an deren Ende ich wiederum beginnen würde, Geld auszugeben, als hätte ich es – es kostete ungeheuer viel, nicht arm zu erscheinen! Trotzdem mimte ich Nonchalance und wartete in der schimmernden Luft, bis die Karte wundersamerweise akzeptiert war – und als die Kassiererin mir dann die in feinstes Seidenpapier eingeschlagene Tasche reichte und ich hinaus auf die Straße trat, da bekam die ganze Welt einen Augenblick lang einen besonderen Glanz.

Und jetzt hatte ich in diesem pinken Schlafzimmer alle

meine Habseligkeiten in den Koffer gestopft. Das Letzte, was noch einzupacken blieb, war der Umschlag mit dem Geld. Ich zog ihn aus der Schublade und prüfte noch einmal den Inhalt – australische Noten in all ihren psychedelischen Farben, die tannennadelgrünen Hunderter wie ein nordischer LSD-Trip. Ich beschloss, ihn in der Geheimtasche des Koffers unterzubringen. Dann klappte ich ihn zu und zog den Reißverschluss herum. Ich packte den Griff und schwang ihn vom Bett. Er war schwerer als erwartet. Und ich hatte falsch zugegriffen. Der Koffer kippte. Er kippte und donnerte zu Boden.

Das gesamte Haus erbebte.

Ich schloss die Augen und wartete.

Haben andere Leute auch so ein Zimmer in ihrem Kopf? Man geht hinein und schließt die Tür. Drinnen kann alles geschehen, und niemand sieht dich. Du tust, was du willst, und spielst es dann noch mal durch, du verlangsamst oder beschleunigst die Szene, bis alles beginnt, elektrisch zu leuchten …

Mein Problem war, dass ich angefangen hatte, mich außerhalb dieses Zimmers genauso zu verhalten wie drinnen. »Lebe deinen Traum!« oder »Lifestyle-Angebot« stand auf jedem Immobilienflyer und jedem Plakat in jedem Haus, das wir betraten – und da war mir der Gedanke gekommen, ich könnte einfach auf die Welt meines Unterbewussten umschalten und es herrschen lassen. Und die Idee war, eine Rendite aus dem Sex zu schlagen.

Jetzt hörte ich Alexander die Treppe hochkommen. Ich wartete und unterschied die Geräusche, die er machte, von denen des Hauses. Sein Schritt war schwer und forsch; das Spielchen mit der Stille von vergangener Nacht war ausgespielt. Er näherte sich meiner Tür, hielt dann inne.

Ich schaltete die Nachttischlampe aus und griff nach dem Schächtelchen mit dem Ring.

Ein Anklopfen. »Liese, fühlt sich dein Kopf jetzt besser an?«

Auf den steifen Laken liegend, rief ich mit einer Stimme, die zu gut gelaunt klang, zurück: »Bestens, danke.«

Ein Splitter Licht, als Alexander die Tür öffnete. »Ich habe Lärm gehört.«

»Nein.« Ich versuchte regelmäßig zu atmen. Sogar das Kissen roch sauer. »Ich habe nur hier gelegen.«

Ich konnte sein Gesicht nicht erkennen. Aber auf dem Boden zwischen uns war mein Koffer zu sehen, der sich geöffnet hatte. Voller Kleidung.

Als er schließlich sprach, hörte er sich verwundert an. »Wir haben einen großen Tag morgen.«

»Dann ruhe ich mich jetzt besser aus.«

Wieder eine lange Pause. »Du hast mich heute Abend sehr glücklich gemacht. Und genauso glücklich will ich dich auch machen.«

Gab es da noch etwas, wovon er sich gerade überlegte, ob er es mir sagen sollte?

Aber dann zog er die Tür zu und flüsterte: »Noch mal gute Nacht.«

»Gute Nacht.«

Ich lag reglos da, diese Dunkelheit hatte Volumen, sie hatte Gewicht. Meine Finger umklammerten das Kästchen.

Alexander stand auf der anderen Seite der Tür. Ich wusste das. Er stand da, während ich so flach atmete, dass kaum Luft in meine Lungen strömte. Beide schienen wir darauf zu warten, dass der andere die erste Bewegung machte.

Er entfernte sich von der Tür, aber erst nachdem ich ein kratzendes Geräusch vernommen hatte. Ein metallisches Kratzen, als würde ein Schlüssel im Schloss umgedreht.

Ein Kälteschauer durchrieselte mich – ich hatte ihn in mein allerprivatestes Zimmer eingeladen. Einmal drinnen, hatte er meine Fantasie ergriffen und sie umgebogen. Sie so lange verbogen, bis ich aus purem, unwahrscheinlichem Zufall merkte, dass ich in einen feuchtkalten unbekannten Raum hinabgeschlittert war. Es war das Zimmer in *seinem* Kopf, in dem ich mich befand, und er hatte die Tür abgeschlossen.

11

Am nächsten Morgen öffnete die Tür sich problemlos. Ich stand im Korridor, umgeben von geschlossenen Türen, die alle in der Farbe saurer Milch lackiert waren. War meine überhaupt verschlossen gewesen?

Unten in der Küche saß Alexander über den Tisch gebeugt und las die Zeitung – ein Modell hagerer Gradlinigkeit am Ruhetag. Selbst unrasiert, wie er war, wirkten seine Züge akkurat und regelmäßig. Er sah aus wie der normalste aller Männer. Auch der Tisch vor ihm wirkte normal: Marmelade in einer Schale mit Flechtenmuster, frische Butter in der Butterdose, dreieckige Toastscheiben in einem silbernen Toastständer. Und neben meinem Teller lehnte ein Umschlag. Er sah genauso aus wie die in der Schublade, die ich am Tag zuvor entdeckt hatte.

Mr. Alexander Colquhoun
›Warrowill‹
Marshdale
Victoria

Er faltete die Zeitung mit knapper Bewegung zusammen und lächelte freundlich angespannt. »Wie hast du geschlafen?«

»Gut«, log ich.

»Die Hunde haben dich nicht aufgeweckt?«

»Nein.« Obwohl ich gehört hatte, wie sie auf das Vogelgezwitscher geantwortet hatten, während ich zusah, wie die Wände blau, dann golden und dann wieder pink wurden, als schließlich die Sonne aufging.

»Ich weiß nicht, was du gern zum Frühstück hast«, erklärte Alexander. »Ich nehme normalerweise Tee und Toast.«

»Perfekt.« Ich versuchte, locker zu bleiben, das Tageslicht ließ die Situation handhabbar erscheinen.

Er bedeutete mir, mich zu bedienen, und begann dann umstandslos, seine Zeitung weiterzulesen.

Ich nahm mir eine Scheibe Toast und aß wortlos. Wenn er bemerkt hatte, dass ich den Verlobungsring nicht trug, dann brachte er es nicht zur Sprache. Kein Hinweis auf seinen Antrag, noch zu den Plänen für unsere herrliche Zukunft. Im Grunde wirkte Alexander fast uninteressiert an mir. Er schlug die Seiten langsam um, als würde er jede Spalte, jedes einzelne Wort in jeder Zeile lesen.

Ich wartete.

Ich hatte von Männern gehört, die es gerne hatten, wenn die Nutten weiße Kleider trugen, und die dann den knusprigen, knisternden Tüll oder die weiche Seide befummelten und sich dabei vorstellten, die Frauen wären Debütantinnen oder Bräute. Das hier musste irgendwo auf derselben Linie liegen. Irgendeinen Fetisch hatte er, irgendein Drehbuch, das er nachspielen wollte, aber offensichtlich hatte ich ihn enttäuscht, und jetzt war es vorbei. Ich hatte nicht mit ihm zusammen über all die Fremden geheult, die meinen Körper missbraucht hatten, und war auch nicht vor Dankbarkeit dafür vor ihm auf die Knie gefallen, dass er mich aus diesem Missbrauch errettet hatte. Und genau deshalb, vermutete ich, bekam ich jetzt diese Dosis Schweigen ab. Mochte Alexander schmollen, ich hoffte nur, er würde auch erleichtert sein, wenn er mich dann zum Bahnhof brächte, den Ring konnte er ja wieder in der Schublade verstauen und weitermachen wie zuvor. Ich fragte mich tatsächlich, warum ich starr vor Angst im Bett gelegen hatte.

Die Küche war kalt und vollkommen still. Die Wände waren vor langer Zeit gestrichen worden, alles, was einmal weiß gewesen war, wirkte jetzt grau. Draußen vor dem Fenster konnte man die nackten Bäume des Obstgartens sehen.

»Was für Obst baust du an?« fragte ich, um die Stille zu brechen.

»Apfel, Quitte, Pflaume …« Er blickte nicht auf.

»Wann ist eigentlich der Gärtner fort, ich meine – alle Gärtner?«

»In den Sechzigern.«

Ich wartete einen Moment. »Und dann?«

»Gar nichts. Betriebskosten, Märkte, Wechselkurse, ausgelaugte Böden – alles, was du dir vorstellen kannst. Die verdammte Inkompetenz meines Vaters.«

»Du mochtest ihn nicht sehr, nicht wahr?«

Er blickte von seiner Zeitung auf. »Es kommt nicht darauf an, ob man seine Eltern ›mag‹. Es ist kindisch zu glauben, das müsste so sein.«

Er las weiter, und während ich wartete, fing ich an, *seine* merkwürdige Ungeduld zu spüren. Ich hatte plötzlich das Gefühl, er hätte diese Szene in der Küche schon länger vorbereitet und erwarte nun, dass jede Einstellung – mich eingeschlossen – genauso ablief, wie es das Drehbuch in seinem Kopf vorsah. *Am Tisch beim gemeinsamen Frühstück.*

»Möchtest du die Feuilletonseiten?«

»Nein danke – oh danke.« Ich nahm sie aus seiner ausgestreckten Hand entgegen und sah das heutige Datum. »Bekommst du die geliefert?«

»Hier draußen? Nein, ich hab sie in der Stadt geholt.«

»Also warst du schon dort? So früh?«

»Du warst hier vollkommen sicher.«

Sicher? Weil er meine Zimmertür verschlossen hatte? »Ich wäre gerne mitgekommen. Wie lange fährt man denn?«

»Halbe Stunde pro Strecke.« Er lehnte sich zurück. »So, soll ich dir die Kolumne vorlesen?« Freundlichkeit. Ich merkte, wie er sich darum bemühte. »Ich meine den kleinen launigen Kommentar auf der ersten Seite.«

»Ich weiß.«

»Also: ›Eine Frau aus British Columbia alarmierte die Polizei, nachdem sie den lautstarken Toilettenbesuch ihrer Nachbarin fälschlicherweise für einen gewalttätigen Vorfall gehalten hatte. Die Frau hörte lautes Geschrei und glaubte, dass …‹«

Ich fragte mich, ob ich von dieser Stadt aus einen Bus zurück nach Melbourne würde nehmen können, ob das vielleicht einfacher wäre als mit dem Zug.

Alexander kicherte mit geschlossenem Mund. »Entschuldige, fandest du das vulgär?«

Ich blickte auf und verstand, dass ich eigentlich mit ihm zusammen hätte lachen sollen. »Nein, überhaupt nicht.«

»Fandest du es nicht komisch?«

»Doch, doch, es ist komisch.« Auf einem Blech neben der Spüle lag eine gerupfte tote Gans. »Aber … ich, ich kann nicht so viel mit Witzen anfangen.«

»Das war kein Witz.«

Ich zuckte die Achseln und versuchte mir den Tod des Vogels nicht bildlich vorzustellen. Bis zu diesem Wochenende musste ich gewirkt haben, als sei ich permanent heiß. *Aber so wie jetzt, so bin ich in Wirklichkeit,* wollte ich sagen. *Verklemmt und langweilig.*

Alexander blickte mich konzentriert an. »Humor ist nicht alles im Leben, Liese, aber ich glaube, es ist wichtig, dass man der Welt auch mit einem Lachen begegnen kann.«

Normalerweise konnte ich das. Normalerweise tat ich gar nichts anderes, als zu lachen.

Er folgte meinem Blick zu dem Vogel. »Tja«, er ließ die Finger knacken, »ich habe die Vorräte ein bisschen aufgefüllt, außerdem ist es ein perfekter Tag, um ein Festmahl zu kochen.«

Er stand auf, kam hinter mich und legte sanft eine Hand auf meinen Kopf.

»Unglücklicherweise muss ich heute Nachmittag zurück nach Melbourne.«

»Aber du bleibst bis morgen.«

Hatte er vergessen, dass ich ihm gestern Abend gesagt hatte, ich würde abreisen? Ich konnte sein Gesicht nicht sehen und ob er mich auf die Probe stellte. »Hat sich so ergeben, dass ich arbeiten muss. Immobilienmakler-Arbeit«, fügte ich blöderweise hinzu. »Das Büro hat gerade einen Notfall reinbekommen.«

»Und woher weißt du davon?« Seine Finger spreizten sich und drückten auf meine Kopfhaut.

»Mein Onkel … seine Assistentin ist krank …«

»Ich hätte nicht gedacht, dass dein Telefon hier Empfang hat.«

Als ich darauf nicht antworten konnte, sagte Alexander: »Trag dein Haar ruhig öfter so lang wie jetzt, das steht dir.« Er entfernte sich von mir mit einem neutralen Gesichtsausdruck. Dieser kleine Triumph hing zwischen uns in der Luft, als er eine Schürze vom Haken an der Hintertür nahm und sich umband. Dann krempelte er sich die Ärmel hoch.

Der Torso der Gans war ein sonderbares amputiertes Ding, die Stummel am Hals, die Flügel und Beine immer noch blutig.

»Na«, kicherte er wieder, »hast du jemals einen so verdammt großen Vogel ausgenommen?«

Ich schüttelte den Kopf über meine eigene Dummheit.

»Ich auch nicht, aber ich habe dir ja versprochen, dass ich etwas für dich kochen werde.«

»Mach dir meinetwegen keine Umstände.«

»Aber ich will mir welche machen. Liese, so machen

das normale Paare.« Sein Ton war fast samtig und klang doch zugleich so, als gebe er Befehle. »Der eine Mensch hat Interessen, und der andere versucht, sich für diese Interessen zu interessieren. Und so finden beide dann Dinge, die sie gemeinsam tun können.«

Selbst ohne Schuhe war er ungleich größer als ich. Er glitt in seinen dicken Wollsocken ein wenig schlurfend über das rote Linoleum und zog dann ein Buch aus dem Regal: *Zu Hause schlachten und Fleisch konservieren.* Seine Hüften stießen gegen die Arbeitsbank und er drückte den Buchrücken auf der Resopalplatte flach. Er leckte den Zeigefinger an und blätterte durch die Seiten. Jede Bewegung, die er machte, erinnerte mich an den Sex mit ihm. Und das war jetzt keine so angenehme Erinnerung mehr.

Einen Fuß anhebend, rieb er sich damit geistesabwesend das Schienbein. Seine Socken trugen ein Wappen – kleine gekrönte Löwen und Sterne in Reihen. Waren das Socken von einer Schuluniform? Ich verspürte Ekel. Ich ekelte mich sogar vor seinen Zehen, die ich einmal im Mund gehabt hatte. Es war entsetzlich, dass ich ihn je begehrt hatte.

Das Buch war auf einer Seite mit dem Querschnitt eines Vogels aufgeschlagen.

Er nahm einen Messerschleifer auf und schärfte beiläufig sein Messer. »Als ich noch ein Kind war, schlachtete man auf Warrowill alles selbst, aber mein Vater meinte, es wäre zu zeitaufwendig. Ein Ochse beschäftigt zwei Männer den größten Teil eines Tages. Er stoppte das, obwohl er gar nicht so oft hier war, um die Dinge zu überwachen. Die Arbeiter nahmen sich dann Kühe, die nicht kalbten, und schlachteten sie an ihren freien Tagen.«

Zögernd legte Alexander seine Hand auf die Gans und machte den ersten Schnitt, lang und tief. Sein Gesicht war mit einem Stirnrunzeln eingefroren, dann glitt sein Handgelenk in das Loch hinein, und die albtraumhafte Kreatur hing an ihm wie eine Handpuppe.

Er wollte, dass ich Angst hatte, und das nahm ich ihm übel. »Schlachten ist aber auch eine Tätigkeit, die ungeheuer in ist«, sagte ich lässig.

»Ist das so?«

»Ja.«

Das Bio-Café in der Nähe meines Zimmers in Notting Hill warb mit Kursen in Wildschlachten. Die Reichen und Schönen konnten gar nicht genug bekommen vom Ausweiden – wahrscheinlich hatten sie dabei das Gefühl, dass sich nicht ihr ganzes Leben nur um Buchhaltung drehte.

»Kannst du kochen?« fragte er nach einer Weile.

Ich zog eine Grimasse. Seine Hand – die, die gerade eben durch mein Haar gestrichen war – hatte jetzt die Farbe von Himbeeren, ein dunkel-schleimiges Pink. »Nicht wirklich. Ist nicht so mein Ding.«

»Stimmt ja, die Engländer, ich vergaß …«

Draußen bellten die Hunde, als spürten sie, was er hier tat.

»Du solltest mal dein Gesicht sehen – es sieht aus wie die Karikatur der totalen Ablehnung«, sagte Alexander, während er an etwas Festem und Verwickeltem zog. Ein oder zwei Griffe, und da quollen die Eingeweide heraus, die um irgendwelche anderen nässenden, verschlungenen und zinnoberroten Teile gewunden waren. Er warf das ganze Gekröse in einen gelben Eimer, nachdem er Herz und Leber entnommen und auf die Seite gelegt hatte. »Aber vielleicht überlegst du dir ja, ob du's nicht lernen willst? Kochen?«

Jetzt begann er, auf den Kadaver einzuhacken, vielleicht wollte er die Luftröhre durchtrennen. Ich kann's nicht glauben, dass er da tatsächlich ein Hackebeil in der Hand hat, dachte ich. Wie melodramatisch, wie verzweifelt, und dennoch fuhr meine Hand vor meinen Mund: der Anblick und der Geruch waren zu viel.

»Liese, manchmal komme ich von der Farmarbeit erst spät zurück«, auch Alexanders Gesicht war angespannt, »und dann wär's mir recht, du könntest auch andere Sachen zubereiten als nur Nudeln.«

Ich stand gegen den Tisch gelehnt. »Bei uns zu Hause ist niemand ein großartiger Koch«, sagte ich vorsichtig. Ich hatte ihm nie etwas über meine Familie erzählt, ich hatte einfach das Gefühl, dass er darüber nichts hören wollte. »Mum macht es ganz ordentlich, aber Dad kann nicht mal eine Konservendose öffnen.«

Alexander verzog überrascht das Gesicht. »Mum und Dad?«

»Ja.«

»Ich war davon ausgegangen, dass du keinen Kontakt mehr zu ihnen hast oder dass sie beide …« Er unterbrach sich und wischte mit dem Ärmel eine Haarsträhne aus dem Auge. »Und diese deine Eltern – was tun die?«

»Bevor sie in Rente gingen, war mein Vater Ingenieur und meine Mutter eine … Hausbesorgerin.«

»Eine Hausbesorgerin?« Er legte das Hackebeil ab und sah mich an, als wollte er prüfen, wie weit meine Naivität ging. »Du meinst eine Hausfrau?« Er wiederholte das Wort, als müsste er sich davon überzeugen. »Und sie wissen nichts von deinem … *Beruf*?«

Mein gepackter Koffer wartete eine Etage höher. Ich hatte ihn neu gepackt, bevor ich zum Frühstück runtergekommen war. Ich hatte nichts im Badezimmer vergessen. Ich brauchte nur den Koffer zu nehmen und zu gehen.

»Wie heißt dein Vater?«

Ich zögerte. »Robert.«

»*Robert* – und der Nachname?«

»Campbell.«

»Von mir aus.« Er rollte beinahe mit den Augen. »Ich nehme an, dann sollte ich Mr. Campbell anrufen und ihn offiziell um deine Hand bitten.« Diese Komplikation schien ihn zu verdrießen. »Und darf ich dann auch fragen, ob Liese dein tatsächlicher Name ist?«

Ich nickte.

»Das heißt, es besteht eine Chance, dass Robert Campbell wissen wird, von wem ich rede?« Alexander ging zur Spüle und begann sich die Hände zu waschen, dann die Unterarme, die auch von den Flüssigkeiten des Vogels bedeckt waren. Er drehte den Hahn so ab, dass die Rohre ächzten, und fing an, ungeduldig in einer der Schubladen zu wühlen. Schließlich zog er einen Block und einen silbernen Bleistift hervor. »Willst du mir nicht die Nummer aufschreiben?«

»Natürlich.« Ich ging zu ihm hinüber, nahm den Bleistift und drehte mich von ihm weg, damit er nicht sah, wie meine Hände zitterten. Wenn ich ans Telefon käme, würde ich ein Taxi rufen. Die Situation befand sich mittlerweile jenseits meines Erfahrungshorizonts: Es mochte sein, dass ich mit diesem Mann irgendwie zurande kommen würde, aber ich hatte nicht mehr wirklich Lust, es auszuprobieren. »Meinst du, ich könnte eben rasch meine Eltern anrufen und ihnen Bescheid sagen, dass du dich bei ihnen melden wirst?«

Er antwortete nicht.

»Ich werde ein R-Gespräch führen«, sagte ich in möglichst gleichmütigem Ton. »Die Sache ist nämlich, dass ich ihnen gegenüber unsere Beziehung noch nicht erwähnt habe.«

»Das kann ich mir vorstellen.«

Mit dümmlichem Kichern: »Aber ich bin sicher, sie werden begeistert sein … Alexander, wo ist das Telefon?«

Er nahm das Messer wieder in die Hand und begann, in der offenen Bauchhöhle des Vogels irgendetwas zu schneiden. »Da drüben ist es mitten in der Nacht.«

»Das würde meine Eltern nicht stören!« Und das war die Ironie bei der Sache: Selbst wenn ich tatsächlich irgendwo am Ende der Welt in der Falle eines Psychopathen saß, würde meine Mutter sich vor allem darüber freuen, dass ich endlich verlobt war.

»Das ist nicht die Art von erstem Eindruck, die ich machen will. Ich rufe heute Nacht an – Scheiße!«

»Was ist?«

»Ich habe die Gallenblase nicht korrekt gelöst, und jetzt ist da Galle auf das Fleisch gelaufen.« Er wirkte, als hielte er das für meine Schuld. Nervös umherblickend, griff er nach einem Küchentuch, dann nach einem anderen Messer und versuchte, das Problem wegzuwischen und wegzuschneiden. »Liese, bevor du Robert und …«

»Sue.«

»… Robert und Sue anzurufst«, nickte er, »um ihnen deine guten Neuigkeiten mitzuteilen, darf ich dich fragen, warum du dir dieses Metier ausgesucht hast?«

»Bitte fang nicht wieder damit an.«

Sein Nacken war angespannt vor Ärger. »Also, wenn du keine echte Hure bist, dann will ich mein Geld zurück.«

Es hatte wenig Sinn zu versuchen, ihm klarzumachen, dass hier ein Fall von verwechselter Identität vorlag, denn genau um diese Verwechslung musste Alexander doch wohl wissen.

»Ich sagte dir bereits, ich bin bereit, deine Vergangenheit Vergangenheit sein zu lassen für uns«, fuhr er fort, »ich versuche ja nur zu verstehen, okay? Ich versuche nur zu verstehen, weil du auf der anderen Seite so völlig normal wirkst und sehr vernünftig. Warum bist du so jung in die Prostitution reingerutscht? Du warst noch ein Teenager, du bist noch zur Schule gegangen.«

»Das habe ich dir nie erzählt.«

»Das brauchtest du auch nicht.« Er spitzte den Mund und setzte einen skeptischen Blick auf. »Dein Vater, Robert, war er ein Trinker oder gewalttätig?«

Ich schüttelte den Kopf und war wütend, dass er jetzt den Namen meines Vaters kannte.

»Ich meine, hat er dir, hat er dir irgendwas *angetan*?«

»Nein!« Ich merkte, dass ich schrie.

Alexander streckte die Handflächen vor. »Kein Grund, aggressiv zu reagieren.«

Er kehrte zu seinem Buch zurück, und mitten in meiner Wut bildete sich plötzlich ein klarer Gedanke: Dieser Mann versucht mich dafür zu bestrafen, dass ich ihn nicht liebe. In unserer Beziehung war Liebe nicht vorgesehen gewesen. Das war der ganze Witz an ihr. Und dennoch verachtete ein Teil von ihm mich dafür, es nur des Geldes wegen zu tun. Musste es darauf immer hinauslaufen? Dass der Kunde beschloss: Du bist nur eine Hure, wie kannst du es wagen, nicht genau das zu wollen, was ich will, das du willst. Tu, was ich dir sage – liebe mich, wie ich es wünsche, und zwar aus freiem Willen. Nicht, dass ich etwa glaubte, Alexander würde mich tatsächlich lieben. Er kannte mich ja überhaupt nicht. Mein Körper war nur der Ersatz für irgendjemanden, der seine Liebe tatsächlich nicht erwidert hatte.

Der Gestank im Raum drang immer heftiger zu mir.

»Hat irgendjemand versucht, dich zu schlagen? Waren gefährliche Typen dabei?«

Ich konnte meinen Herzschlag hören und mein Blut. »Nein, nie.«

»Und war das etwas, das du erlaubt hast, wenn jemand danach fragte?«

»Ich fürchte, nein, Alexander.«

»Da hast du Glück gehabt«, sagte er rasch. »Sehr viel Glück sogar, schließlich hört man andauernd von solchen Dingen: irgend so ein Abenteuer läuft schief, und dann findet man ein junges Mädchen mit dem Gesicht nach unten im Straßengraben.« Er beschrieb das ganz emotionslos, blickte dann aber von seiner Arbeit auf, um zu sehen, welchen Eindruck seine Worte hinterließen. »Ich könnte mir vorstellen, das Beängstigendste wäre, sich mit jemandem wiederzufinden, der nicht richtig im Kopf ist. So viel, wie du beim ersten Mal von mir wusstest, hätte auch *ich* ein Psychopath sein können.«

Alexander fuhr fort, an dem Vogel herumzuschneiden, aber ich spürte, dass da noch mehr wartete, dass er irgendeine längere Suada zurückhielt – und ich wartete. Die Luft um uns herum transportierte Übelkeit – aber ich wartete weiter. Diese Situation war so fein gesponnen, die ausgesendeten Signale tönten so schwach, dass es war, wie wenn man sich grundlos umdreht, weil man glaubt, am Rande des Sichtfelds eine Bewegung wahrgenommen zu haben.

»Hör zu, es gibt keinen Grund, das vor dir zu verheimlichen«, begann er schließlich.

»Was?«

»Ich … ich möchte nicht, dass wir Sachen voreinander verbergen. Ich möchte, dass wir einander immer sagen, was wir *tatsächlich* fühlen.«

Ich verspürte ein Unbehagen, so stark, dass es mir die Eingeweide umdrehte. »Ganz deiner Meinung.«

Alexander sah mich an und schloss die Augen. Dabei legte er den Kopf zurück, um seine Qualen in Schach zu halten. »Vor zwei Monaten habe ich einen Brief bekommen.«

Er nahm ein Küchentuch und wischte sich die Hände ab, wodurch er es rötlich beschmierte. Dann hob er den Umschlag hoch, der mitten auf dem Tisch lag und an ihn adressiert war, und hielt ihn mir vor die Nase.

»Ich hatte darüber nachgedacht, ihn zu verbrennen. Aber« – er verkündete ein Prinzip – »ich *lasse nicht zu*, dass es irgendwelche Geheimnisse zwischen uns gibt. Ich lasse es ganz einfach nicht zu.«

Dann zog er ein weißes Blatt Schreibmaschinenpapier aus dem Umschlag und hielt es mir hin. Darauf stand getippt:

Sehr geehrter Mr. Colquhoun,

vor einigen Wochen sah ich Sie vom Auto aus vor einem Wohnblock in den Docklands mit einer Frau, die sich Liese Campbell nennt.

Ein kluger Satz lautet: ›Hüte dich vor der unbekannten Frau, sie ist wie ein reißender Fluss, dessen Strömungen du nicht verstehst.‹ Das heißt, Sie werden von ihr runtergezogen werden, so wie es mir erging. Ich hatte in England mit ihr zu tun und wurde auf ganzer Linie von ihr hereingelegt. Zunächst hielt ich Liese für eine sympathische junge Dame, die schlechte Gewohnheiten angenommen hat. Ich versuchte, wie ein guter Freund zu handeln und sie zu ermutigen, einen anderen Weg einzuschlagen. Wenn ich nicht mit ihr zusammen war, dachte ich die ganze Woche darüber nach, wie ich ihr helfen und wie ich ihre Bedürfnisse befriedigen könnte.

Aber Miss Campbell ist eine Betrügerin (wobei sie niemanden so sehr betrügt wie sich selbst). Indem sie Geld für ihre Gefälligkeiten nimmt, kann sie sich immer sagen: ›Oh, ich will das ja eigentlich gar nicht (sprich: sich von *Tausenden* Männern besteigen lassen). Es ist ja nur ein Job.‹ In Wirklichkeit ist es eben *nicht* nur ein Job. Herumzuhuren ist ihre Art, ihre *permanente, krankhafte* Geilheit unter Kontrolle zu halten und vor sich selbst zu verleugnen, dass sie eine NYMPHOMANIN ist.

Nur ihr Preisschild stoppt die Brunst. Sie will es ununterbrochen, aber das Geld hält Sie und alle anderen auf sicherem Abstand. Geben Sie ihr alles, was Sie besitzen, und das Einzige, was sie Ihnen zurückgeben wird, ist in Wirklichkeit das, was sie sich nimmt. Kein einziges wahres Wort oder Gefühl kommt ihr über die Lippen, denn wie sollte jemand, der von innen her erfroren ist, etwas, das er für sein Herz hält, zur Liebe erwärmen können? Sie sieht Sie als nützlichen Idioten – und jedes Mal, wenn Sie ihr Geld geben, bestätigen Sie diese Einschätzung. Hinter Ihrem Rücken lacht sie sich kaputt.

Mit freundlichem Gruß
Ein Freund

Ich starrte auf die Seite, aber beim Versuch, diese Behauptungen tatsächlich aufzunehmen, rebellierte mein Hirn. Die Wörter formten sich nicht zu etwas, das Sinn ergab, die Sätze nicht zu Gedanken. Ich hatte niemandem davon erzählt, dass ich mich mit Alexander traf, und noch weniger, dass ich Geld von ihm nahm, und logischerweise hatte ich dergleichen nie zuvor getan. Wie also und warum und vor allem: *Wer?* In der oberen Ecke des Blattes war ein perfekter Fingerabdruck aus blassem hellem Blut: die Unterschrift eines Analphabeten – und da wusste ich Bescheid. Ich wusste es mit einer Art körperlichen Gewissheit, dass er vor der Tastatur in seinem Arbeitszimmer gesessen und diese Lügen langsam eingetippt hatte. Dieser bigotte Ton war genau der seine. Alexander hatte den Brief in einen Umschlag gesteckt, adressiert und sich dann selbst zugeschickt.

Ich starrte ihn aus den Augenwinkeln an.

»Also ist es wahr«, sagte er langsam und mit rauer Stimme. »Deine ganze Reaktion beweist mir, dass es wahr ist.«

Ich griff nach einem Küchenstuhl, ich brauchte jetzt meine Energie zum Nachdenken.

Ich konnte für ihn nur als ein Objekt der Verachtung existieren, also hatte er einen Beweis erfunden, der mich verachtenswert machte. Es war, als betastete er einen Kokon – jeder feine Faden war eine seiner Fantasien –, in den ich gerade eingewickelt wurde.

»Verstehst du jetzt«, fragte er herausfordernd, »warum ich bestürzt war?«

»Ja. Das ist dreist.«

»Dreist?« wiederholte er sarkastisch. Die gesamte Spannung schwand jetzt aus seinem Körper, seine Glieder wurden beweglich, und er beugte sich vor und zog mir den Brief aus den Händen, um damit vor meiner Nase herumzuwedeln. »Dreist? Irgend so ein Perverser sitzt da herum und versucht, mir seinen Dreck in den Kopf zu zwängen, und das ist alles, was du dazu zu sagen hast? Wer hat das geschrieben?«

Ich starrte ihn an. *Du, du warst das.*

Vor Wut traten ihm die Halsschlagadern hervor. »Sag's mir. Und ich finde den Kerl. Und bringe ihn um.«

Sollte ich jetzt verängstigt reagieren? Ich meine, ich *war* verängstigt. Sehr, sehr sogar. In diesem Augenblick war es klar, wie leicht er vollständig die Kontrolle verlieren konnte. Aber ich wusste nicht recht, ob es meine Flucht von hier einfacher oder schwerer machte, wenn ich meine Angst zeigte. »Alexander.« Ich versuchte mit strikter, harter Stimme zu sprechen. »Wir wissen beide, dass dieser Brief nicht wahr ist.«

»Ach ja, aber natürlich«, sagte er bitter lachend, »er ist ein schlechter Scherz.«

»Die Dinge, die darin behauptet werden, sind unmöglich. Ich habe keine anderen Kunden.«

Ich streckte die Hand aus und versuchte, ihn zu beruhigen. »Es gibt keinen außer dir.«

»Bitte verkauf mich nicht für dumm.«

»Du bist der Einzige gewesen. Immer …« Gott, klang das pathetisch. »Nichts davon ist wahr …«

»Lüg mich nicht an!«

Die Messer in der Küche schienen alle in seiner Nähe zu liegen.

Je mehr ich ihn anflehte, desto unglaubwürdiger klang es. Ich musste versuchen, so zu denken wie er, aber meine Vorstellungskraft griff nicht. »Wie sollte dieser Mensch dich denn gefunden haben?«

Plötzliche Furcht huschte über sein Gesicht.

»Ich weiß es nicht.« Er zog lautstark die Nase hoch. »Ich nehme an, man hat uns irgendwie erkannt.«

»Aber warum? Warum sollte er sich darum scheren und dir schreiben?«

»Sag du's mir.« Alexanders Hand ging zu dem Hackbeil.

Meine Replik kam automatisch: »Es ist vielleicht jemand mit psychischen Problemen.«

»So? Wahrscheinlich würde er dasselbe über dich sagen.«

»Der Mann braucht Hilfe.« Ich versuchte, Alexander mit echtem Mitgefühl, mit echter Zuneigung anzublicken und fühlte mich dabei wie ein schlechter Method Actor.

»Wahrscheinlich ist er irgendwann … schwer verletzt worden, tief verwundet. Und vielleicht wird es für ihn Zeit« – in dem Film würde das jetzt irgendetwas tief in ihm Verborgenes wachrütteln – »der Tatsache ins Auge zu sehen, dass er professionelle Hilfe braucht. Glaubst du mir das?«

Er warf einen schlaffen Arm hoch und riss an seinem Haar. »Ich weiß nicht, was ich glauben soll!« Der Ausdruck in seinen Augen war wütend. Und reuig. Und zufrieden.

Ich stand da in dieser überdimensionierten Küche, in der die Wintersonne immer noch jeden Fleck und jede Schwachstelle zeigte. *Wie können Wände so grau werden? Ist das Fett? Oder Verzweiflung?* Hinter ihm lagen der ausgeweidete Vogel und drum herum Karotten, Zwiebeln und eine Schale mit grünen Äpfeln. Ich hatte einmal in Kunstgeschichte eine Hausarbeit geschrieben und darin ein Buch zitiert, das behauptete, die Vanitas-Gemälde der flämischen Meister »kontemplierten die ephemere Natur irdischen Lebens«, die »Vergänglichkeit irdischer Freuden« und »die Gewissheit des bevorstehenden Todes« – damals hatte ich keinen Schimmer gehabt, was damit gemeint war.

»Ist der Umschlag abgestempelt?«

»Die kommen von überall her.«

»Willst du damit sagen, es gibt mehr als einen?«

Er zögerte. »O ja.«

Ich stellte mich in die Nähe der Tür und erklärte: »Ich glaube, unter diesen Umständen kann ich schwerlich darauf bestehen, dass du deinen Antrag aufrechterhältst.«

Er schüttelte langsam den Kopf. »Liese, du kennst mich wirklich überhaupt nicht, was?«

Da wurde mir klar, dass er verrückt war. Mir wurde klar, dass ihn niemand aus seinem Wahn herausreden konnte, aber dass ich mich aus dieser Küche hinausreden musste. »Wie hast du mir nur je vertrauen können, Alexander?« Die Hände erhoben, versuchte ich eine möglichst überzeugende Zerknirschung vorzuspielen. »Herrgott noch mal, ich bin so weit von deinem Ideal einer Frau entfernt. Du hast wirklich etwas Besseres verdient!«

»Meine ideale Frau ist nicht ideal«, sagte er schlicht. Offenbar machte meine Hinwendung zur Theatralik ihn nüchtern. Dann warf er wieder einen Blick auf die Zeichnung in seinem Buch. »Es sind gerade deine Unzulänglichkeiten, die mich anziehen.« Er blickte auf mit seinen blauen Augen, so dunkel, dass sie beinahe spiegelten. »Liese, ich möchte, dass du hochgehst und wieder deinen Verlobungsring anziehst.«

Ich starrte auf meine nackte Hand.

»Vielleicht schüchtert es dich ein, wie wertvoll er ist, aber ich habe ihn gekauft, damit du ihn trägst.« Und mit halbem Lächeln: »Ich weiß, dass du Angst hast. Aber das macht nichts, denn ich habe auch Angst.« Er legte die Hand aufs Herz und nickte mir zu, diese Gefühligkeit war eine neue Form von Sadismus. »Ich bin sehr lange ein Junggeselle gewesen. Aber wenn der richtige Moment gekommen ist, spürt man es einfach. Und jetzt«, er räusperte sich, »bitte kein Drama mehr, in Ordnung? Denn das sollte hier doch eigentlich der glücklichste Moment deines Lebens sein.«

Ich begann in Richtung Eingangshalle zu gehen.

»Liebling?«

Ich drehte mich zitternd um, er hatte nie zuvor so ein Kosewort benutzt.

»Du wirst eines über mich lernen: Ich bin nicht der Mann, der sich von irgendeinem Gespenst aus deiner

Vergangenheit einschüchtern lässt, selbst wenn es krankhafte Briefe schreibt.« Sein Oberkörper wiegte sich vor und zurück, während er versuchte, sich selbst zu überzeugen. »Und das hier«, er hielt das lächerliche Stück Papier in die Luft, »das hier macht mich nur umso entschlossener, dich zu beschützen.«

III

Das Bogenfenster im Treppenhaus fasste die Bäume draußen zu einem Strauß zusammen, als ich hinaufstieg und danach die Schlafzimmertür sorgfältig hinter mir schloss. Ich nahm den zu der weißen Frisierkommode gehörenden weißen Stuhl und klemmte ihn unter die Klinke. Dann setzte ich mich auf die Bettkante. Ich saß vollkommen reglos da und schloss die Augen.

Ich hatte Alexander unterschätzt. Und was schlimmer war, er wusste das. Ich hatte den ältesten aller Fehler begangen: Jede echte Prostituierte muss wissen, dass die langweiligsten Kunden die tiefsten Fantasien haben und dass die erbaulichsten immer die gefährlichsten sind.

Als ich seinen Brief gelesen hatte, war ich verblüfft, angeekelt, aber zugleich auch merkwürdig wenig überrascht gewesen.

Jener eine Nachmittag hatte alles zwischen uns verändert. Wir befanden uns in der Innenstadt in einem kleinen Reihenhaus, das in der viktorianischen Zeit für Arbeiter gebaut worden, aber jetzt in einer Farbe namens *Vollblut* gestrichen war, eine bepflanzte Terrasse mit Pool hatte – und ein Preisschild in Millionenhöhe. Das Anwaltsehepaar, dem es gehörte, erwartete ein Baby und brauchte mehr Raum. Einer der beiden war offenbar ein Amateurfotograf – an jeder der glänzenden Wände hing ein Porträt des Paares, wie es beispielsweise im Sonnenuntergang vor einem asiatischen Tempel stand oder vor einem Marktkarren voll tropischem Gemüse. Alexander und ich waren gerade im Obergeschoss auf der biologischen Baumwollmatratze zum Ende gekommen und lagen nun nebeneinander.

»Ich nehme an, Sie gehen jetzt noch aus?« hatte Alexander gesagt.

»Gut möglich.« Obwohl ich nicht gewusst hätte, wohin, und mit größter Wahrscheinlichkeit in die Wohnung oberhalb der Garage meines Onkels zurückkehren und mir dort zu viele Episoden irgendeiner Fernsehserie reinziehen würde.

»Ich kann Sie mir gut in einer Galerie vorstellen, bei einer Vernissage.« Er starrte gegen die Decke, er war in Plauderlaune, der Sex hatte ihn ein wenig gelockert. »Wie Sie da alle herumstehen und die Pinselführung diskutieren.« Alexander wandte sich zur Seite, die feuchten Locken platt auf der Stirn. »Oder haben Sie vielleicht eine weitere Verabredung?«

Ich muss erstaunt dreingeblickt haben.

»Ich möchte nicht, dass Sie ihn treffen.«

Ich zögerte. »Aber ich muss.«

»Nein.«

Draußen fiel die Dämmerung, und eine Amsel sang in einer Platane. Wir warteten beide ab, neugierig darauf, was der andere als Nächstes tun würde.

»Ich zahle Ihnen mehr, wenn Sie hier bei mir bleiben.«

»Der Kunde wartet, Alexander. Ich kann da nicht einfach absagen.«

»Ich möchte es aber.«

Seufzend, aber mit rascher schlagendem Herz ging ich mit meinem Telefon ins Badezimmer und schloss die Tür ab. Das Anwaltspaar war im Urlaub bis zum Verkauf, und ich wurde an diesem Nachmittag auch nicht mehr im Büro erwartet. Ich stand da, mein Spiegelbild puterrot angelaufen, und murmelte irgendwelche Entschuldigungen in das Telefon, während der Geruch unserer Vereinigung von meiner Haut abstrahlte.

»Ich hätte das nicht tun sollen«, sagte ich, als ich wieder im Schlafzimmer stand. »Das war sehr unprofessionell.«

»War er wütend?«

»Jedenfalls war er ganz gewiss nicht begeistert.«

Alexander saß aufrecht auf dem Bett, die gebatikten Kissen hinter sich als Rückenstütze. Dann beugte er sich zum Boden hinunter zu seiner linksherum daliegenden Hose und kramte seine Brieftasche heraus. »Berechnen Sie uns beiden den gleichen Preis?«

»Ja.«

Er verdoppelte die Summe und reichte mir, sich auf die Lippen beißend, das Geld. Er konnte mir nicht in die Augen sehen.

Über dem Bett hingen gerahmte Fotos einer Marokkoreise der Hauseigentümer, Nahaufnahmen einer gekachelten Wand, eines Minaretts, eines Brunnens in einem Innenhof. Es wäre jetzt zu viel, zu behaupten, dass diese

Bilder uns in einen anderen Zustand versetzt hätten, dennoch war es plötzlich, während die Sonne unterging und wir auf dem Handtuch lagen, das ich unter uns ausgebreitet hatte, als sei jedes unserer bisherigen Treffen nur ein Vorspiel für diesmal gewesen. Unsere Körper, ohnehin schon von einer Schweißschicht bedeckt und wund, wollten noch dichter zueinander, so dicht wie irgend möglich – und die ganze Zeit über hing eine Frage in der Luft. Ich weiß jetzt gar nicht mehr, ob er sie laut stellte oder ob ich nur glaubte, dass er es gern getan hätte: Was tust du für ihn, diesen Mann, den du jetzt nicht triffst, und was tut er mit dir?

Ich lehnte mich gegen Alexander und begann, ihm ins Ohr zu flüstern.

Nach dieser Zusammenkunft erzählte ich ihm jedes Mal, wenn wir uns trafen, irgendeine Geschichte von einem erfundenen Kunden, und rasch fing Alexander an, so zu handeln wie der von mir zusammengeträumte Mann, machte das mit mir, was jener angeblich gerne machte. Der Einrichtungsstil der Wohnung, in der wir uns befanden, entschied über die Drehbücher, die er zu hören bekam, je nach Grundriss und Dekoration kamen mir die farbigsten Gedanken. Ich nehme an, wir taten das, was die Leute, die in diesen Häusern lebten, auch hätten tun können. Eine Couch mit Blumenmuster inspirierte eine bestimmte Abfolge von Stellungen, dicke Streifenmuster beeinflussten die Stimmung und das Tempo.

Auch wenn meine begleitenden Drehbücher ebenso unoriginell waren wie der ausgebleichte Gummibaum, der häufig in unserer Nähe stand – denn ich behaupte keineswegs, eine sonderlich begabte und einfallsreiche Pornografin zu sein –, blieben mir diese Episoden doch im Gedächtnis haften, anders als frühere Sexbeziehungen. Kleinigkeiten in den Tapeten oder dem Mobiliar, das die Eigentümer ausgesucht hatten, setzten sich fest – und deshalb auch unsere Begegnungen. Und diese intensiven Erinnerungen ließen uns süchtig nach dem werden, was wir taten. Aber jetzt war jedes dieser in meinem Gedächtnis aufbewahrten Treffen von Schrecken durchzogen. Ich *wollte* ich sie vergessen. Denn irgendwann nach unserem Abschied musste bei Alexander während seiner langen Fahrt nach Hause die Wirkung der Droge nachgelassen haben, und er hatte angefangen, einen Brief zu entwerfen.

Ich zwang mich, vom Bett aufzustehen, und ging zum Fenster. Ich blickte auf den Horizont, den lockenden Horizont. Den gepackten Koffer – brauchte ich nicht. Die Kleidung konnte ich ersetzen. Ich glaubte sowieso nicht, dass ich sie noch mal würde tragen wollen. Auch die Handtasche brauchte ich nicht. Ich würde nur das Bargeld und meine Kreditkarte mitnehmen und den Rest zurücklassen. Der Verlobungsring konnte in seinem ledernen Kästchen auf dem Nachttisch bleiben.

In welche Richtung sollte ich flüchten? Ich versuchte mir auszurechnen, welcher Weg der sicherste war, mir die Strecke vom Haus zur Straße ins Gedächtnis zu rufen. Da war die Reihe europäischer Bäume, die genau dort abrupt endete, wo der Garten aufhörte und die Prärie begann.

Wenn ich jetzt verschwinden würde, käme er mir nach und würde in der weiten offenen Landschaft wenig Mühe haben, mich zu finden. Wenn ich bis Einbruch der Nacht wartete, könnte ich über die Weiden parallel zum Zufahrtsweg flüchten und es bis zur Landstraße schaffen. Natürlich wären da Zäune und Vieh und Hunde – und außerdem hatte ich keine Ahnung, wie lange es dauern würde, zu Fuß in den nächsten Ort zu kommen. Schien der Mond? Mir war kein Mond aufgefallen. Ein hohles Gefühl durchlief mich beim Gedanken, durch die Dunkelheit zu tappen.

Bruchstücke aus dem Brief tauchten auf: *eine Nymphomanin … ihre permanente, krankhafte Geilheit unter Kontrolle zu halten … jemand, der von innen her erfroren ist, und nur das Preisschild stoppt die Brunst. Sie will es die ganze Zeit …*

Ich entdeckte Alexander, der über den Rasen stiefelte, mit hochgeklapptem Kragen, den langen Oberkörper nach vorn gebeugt, das Gras mit finsteren Blicken musternd. Er trug einen Eimer, den gelben Eimer aus der Küche, und er war unterwegs zum Zwinger, wo die Hunde schon auf ihren Hinterbeinen standen, sich an den Gittertüren aufrichteten und bellten. Alexander öffnete die Türen, eine nach der andern, griff die nassen Eingeweide des Vogels aus dem Eimer und warf sie hinein. Seine Biester sprangen herum und stürzten sich wie verrückt auf die Fetzen und Fleischbrocken.

Ich ging zur Tür und nahm den weißen Stuhl weg.

Der Korridor war dunkel, voller Schatten und Kanten, und es dauerte, bis meine Augen sich daran gewöhnt hatten. Jede geschlossene Tür wirkte nichtssagend und wissend zugleich. In meiner Kehle wartete ein Schrei – ich schluckte ihn runter und drückte auf die nächste Klinke.

In dem blassblauen Zimmer stand der Umriss eines Mannes.

Ich schreckte zurück. Auf einem Bügel hing Alexanders dunkelgraue, schön geschnittene Silhouette. Der Anzug am Fensterrahmen. Ein paar polierte schwarze Schuhe warteten darunter. Ansonsten war der Raum verblüffend leer von allem Persönlichen. Keine Gemälde an den Wänden, keine Fotos, kein Buch neben dem Einzelbett. Der Gedanke, dass er, nur durch eine Wand getrennt, neben mir gelegen und seinen nächsten Zug ausgeknobelt hatte, war entsetzlich.

Hier gab es kein Telefon.

Zurück im Korridor öffnete ich die gegenüberliegende Tür. Zugezogene Vorhänge, Düsternis und Muff. Ich tastete nach einem Lichtschalter und stieß gegen einen Rahmen. Das Licht ging an und zeigte zwei Einzelbetten mit alten Chenille-Überwürfen. Ringsum überall Haufen von kolonialem Müll: Kisten mit gestapelten Bildern, zusammengerollte Karten, Dokumente – irgendwo sah ich das Wort »Testamentsvollstrecker« – und obendrauf ein alter Dinner Gong und ein perlenbesetzter, zeremonieller Schild. In einer Ecke lehnte eine Ansammlung leichter hölzerner Speere, so nackt und aufs Wesentliche reduziert, wie eine Waffe nur sein konnte. Örtliche Aborigines, nahm ich an. Aber kein Telefon.

Weitere Zimmer waren so gut wie leer bis auf alte Betten, die säuberlich mit fadenscheinigem Leinen überzogen waren und auf Alexanders Erben warteten … Erben, die offensichtlich ich heranschaffen sollte. Ab und zu stand ein antikes Möbel vor einer der nackten weißen Wände, ein Sekretär oder ein Waschtisch, außergewöhnliche Stücke, Luxusobjekte hier in dieser spartanischen Umgebung, sodass man sich automatisch überlegte, was alles fehlte. Ich nahm an, dass der Rest einfach irgendwann abgeholt und verkauft worden war.

Aber immer noch kein Telefon.

Wieder im Korridor: alle Türen sahen gleich aus. Einige, von denen ich glaubte, sie geschlossen zu haben, standen offen. Ich zögerte und horchte – nur die tiefe Stille des Hauses war zu hören. Ich wartete, bis meine Atmung sich wieder normalisierte, und das Haus schien mit mir zu warten.

Am Ende des Flurs führten drei Stufen zu einer kleineren Tür, die aussah wie später hinzugefügt. Die Tür hatte eine Buntglasscheibe mit einem Lebensbaum voller perfekt runder Früchte. Ein halb überlackierter Riegel war auf die Tür geschraubt. Ich drückte fest dagegen und schob die Tür auf. Ein Geruch nach Moder kam mir entgegen.

Das war ein weiterer Flügel – die Schattenseite des Hauses, ein Karnickelstall mit niedrigen Decken und Wänden, auf denen man Spuren von Wassereinbruch sah. Die Farbe fiel in großen Placken ab, ganze Stücke von Gips waren weggebrochen. Das war der Teil des Hauses, den ich von der Rückseite gesehen hatte, die Anbauten, die aussahen wie merkwürdige Auswüchse. Die Zimmer waren durch eine schmale Treppe mit der Küche unten verbunden. Dort hatte das Gesinde gearbeitet, aber gewohnt hatte es hier oben. Seit dreißig oder vierzig Jahren waren sie fort – und zurück blieben billige, simple Möbel in den Ecken, Staub, tote Insekten, Mäusedreck –, aber ich hatte das Gefühl, als hätten sie gerade eben erst die Türen zugeschlagen und wären getürmt und als stünde ihre Flucht in direktem Zusammenhang mit Alexanders Wahnsinn.

Als ich ihm erzählt hatte, ich würde das Land verlassen, schien er das als persönlichen Affront zu nehmen. »Was gefällt Ihnen denn nicht?« hatte er vorwurfsvoll gefragt, womit er zwischen den Zeilen zum Ausdruck brachte, dass das Arrangement zwischen uns doch perfekt und ohne Komplikationen lief. Das nächste Mal, als er anrief, um eine Verabredung zu treffen, hielt er mich länger am Telefon fest, und in seinem »Auf bald« steckte mehr Dringlichkeit. Dann, beim darauffolgenden Treffen, begann er Fragen zu stellen, Fragen über meine Vergangenheit. Auf was für einer Schule ich gewesen sei. Ob es mir dort gefallen habe. Ob ich eine gute Schülerin gewesen sei. Wie Norwich sei. Und wie die Gegend, in der ich aufgewachsen war. Ob ich mir vorstellen könne, je wieder dorthin zurückzukehren. »Ich hoffe nicht«, hatte ich geantwortet.

Ich warf einen Blick ins Gesinde-Badezimmer: Ein Textilvorhang war vor dem kleinen Fenster festgenagelt. Im nächsten Zimmer stand ein rostiges Bettgestell mit verfaulten Matratzen von biblischem Alter unter einem Kruzifix aus Plastik und einer an die Wand gekritzelten Zeile: *Gott ist Liebe.*

In der kleinen Küche hing ein Küchentuch am Herdgriff, es war fast in seine Bestandteile zerfallen. Ich blieb stehen, und einen Augenblick lang schien das Küchentuch hin und her zu schwanken. Hier, inmitten dieser endlosen Weiden, hatten einmal Menschen gelebt, waren Mahlzeiten gekocht worden, und Kinder hatten zwischen den Menschen am Herd herumgespielt. Das Tuch hing wieder reglos da.

Im Umdrehen entdeckte ich ein Telefon, einen alten schwarzen Bakelitapparat mit Wählscheibe, der an der Wand hing. Ich stürzte mich darauf, obwohl ich sehr gut wusste, dass es seit Ewigkeiten abgeschaltet sein musste. Ich hielt den staubigen Hörer gegen das Ohr und lauschte ins Nichts. Nur ein Geräusch wie in einer Muschel, von dem man sagen könnte, es sei vielleicht das Meer oder aber der letzte Seufzer einer ausgelöschten Gattung. Von Menschen, die sich aufgelöst hatten, als sie nicht länger gebraucht wurden.

»Möchten Sie mir ein Foto von sich schenken?« hatte Alexander mich vor einigen Wochen gefragt. »Für die Zeit, wenn Sie fort sind.«

Ich nahm an, er wollte ein Nacktfoto. »Ich glaube nicht, dass ich welche habe.«

»Nicht einmal ältere, als Sie noch jünger waren?«

»Nein.«

»Ein Klassenfoto vielleicht?«

»Die sind alle irgendwo in England in einem Schrank verschlossen, Gott sei Dank.«

»Ich meine, nicht dass ich mir nicht vorstellen könnte,

wie Sie ausgesehen haben.« Er sagte das in einem Ton, der mir missfiel. »Und ich bin sicher, wenn ich nur suchen würde, könnte ich *irgendwo* ein Foto von Ihnen finden.«

Wir lagen auf dem Parkettboden eines Holzbungalows mit Seeblick. Seine Stunde war um, aber sein Arm immer noch um mich geschlungen. Er war schon häufig ein wenig verstimmt gewesen, wenn unsere Sitzungen zu Ende gingen, aber jetzt war da noch etwas anderes – Feindseligkeit.

»Haben Sie etwa das Gefühl, Sie wären verpflichtet, sich um diesen Typen zu kümmern?«

Ich tastete gerade auf den Dielen herum auf der Suche nach einem verlorenen Ohrring. »Welcher Typ?«

»Der zugesehen hat.«

»Wem zugesehen hat?«

»Ihnen – Ihnen mit seiner Freundin.«

Jetzt verstand ich. Alexander war genau in dem Moment vor dem Haus angekommen, als ich gerade ein junges Paar verabschiedete, dem ich es gezeigt hatte. Später fragte er, was sie gewollt hätten, und ich spann mir eine neue Version der Geschichte um einen Voyeur zusammen, ein Drehbuch, das wir schon einmal nachgespielt hatten, und da hatte es Spaß gemacht. »Machen Sie sich seinetwegen Sorgen?« fragte ich.

»Nein, aber ich meine, ich kann mir kaum vorstellen, dass es ihm Freude gemacht hat, zuzusehen, wie *Sie* all diese Sachen machen.«

»Genau das wollte er aber sehen. Er hatte das so bestellt.«

»Trotzdem.«

Wir mussten dieses Haus verlassen, bevor die Babysitterin der Verkäufer ihre Zwillinge vom Kindergarten zurückbrachte. »Ich würde sagen, dass sein Selbstwertgefühl nicht gerade meine prioritäre Sorge war, okay?«

»Fragen Sie sich nie, was hinterher passiert, wenn Ihre Kunden weggehen?« Er klang ehrlich wütend.

Was mich betraf, lösten sich die Gespenster, über die wir da redeten, in dem Moment in Luft auf, in dem ich das Handtuch unter uns wegzog und in meine Tasche stopfte. »Offengestanden«, sagte ich, »verschwende ich daran keine großen Gedanken.«

Er nickte: »Das heißt, für Sie ist es nur Business.«

Würde jetzt zu seinen Erkundigungen auch die Frage nach der – nun ja – Ethik der Prostitution kommen? Nach der Verantwortung und den Verpflichtungen, die eine Sexarbeiterin gegenüber ihrer Kundschaft haben müsse? Er hatte jedenfalls nie wieder darum gebeten, ich solle einen anderen Mann nicht treffen, und auch nicht angeboten, für Exklusivität zusätzlich zu bezahlen. Ich hatte angenommen, er habe verstanden, dass das nicht nötig war.

In der Gesindeküche schloss ich die Augen und versuchte, mir den Grundriss seines Hauses vorzustellen. Ich war darin ausgebildet, Grundrisse zu zeichnen, aber diese kleinen Räume besaßen keine planvolle Logik. Sie waren so gebaut, dass das eigene Orientierungsvermögen getäuscht wurde, dass man sich völlig in ihnen verirrte.

Ich hörte etwas klappern und blickte mich um. Nichts.

… *Sie werden von ihr runtergezogen werden, runter-*

gezogen bis auf den Grund … von jemandem, der erfroren ist … krankhaft …

Ich spähte in die engen Kammern zu beiden Seiten. Jedes Mal, wenn ich mich umdrehte, spürte ich eine Bewegung am Rand meines Sichtfelds. Es war der aufgewirbelte Staub und der Gedanke, hier in der Falle zu hocken, hier im feuchtesten, kältesten Teil des Hauses. Unfähig, diese Vorstellung zu ertragen, bewegte ich mich vorwärts wie ein Vogel, der gegen eine Scheibe fliegt und versucht rauszukommen.

Aber jetzt konnte ich die Tür nicht finden, die Lebensbaum-Tür, und als ich schließlich um eine Ecke bog und sie sah, kam kein Lichtschimmer von der anderen Seite, so verdreckt war das Glas. Wieder klemmte die Tür, und wieder musste ich drücken und ziehen, bis ich schließlich erneut in dem waldgrünen Korridor der Colquhouns stand. Ich zitterte, und das Adrenalin pulsierte durch meinen Körper, und dann sah ich, dass es ein letztes Zimmer gab, das ich noch nicht untersucht hatte.

Der kristallene Türknopf war genauso geschliffen wie der Brillant, den ich nicht wollte.

Ich drehte ihn und betrat ein großes und helles und kaltes Schlafzimmer. Eine Reihe hoher Schiebefenster gab den Blick auf den verfallenen Garten frei – in der Mitte der eingehegte Rosengarten – und dahinter die Hektare des angrenzenden Weidelands. Es war eine Szenerie, die von den verspiegelten Türen eines kunstvoll geschnitzten Kleiderschranks zurückgeworfen wurde. Diese Türen reflektierten auch die dicken, von der Decke bis zum Boden reichenden Chintz-Vorhänge und den Bettüberwurf, der mit Blumensträußen bedruckt war, ganze Armeen voll ausgebleichten Flieders, und der direkt aus einer Wohnzeitschrift von circa 1985 zu kommen schien. Das Ganze lag da wie in Bernstein gegossen, einschließlich meiner Reue. Der Raum strahlte etwas machtvoll Weibliches aus, und ich begann zu zittern.

Ich ging auf das nächststehende Nachtschränkchen zu; ich weiß nicht warum, aber ich streckte den Arm aus, um die silberne Damen-Haarbürste und den dazu passenden Handspiegel zu berühren. Daneben lag eine schicke Lesebrille auf einem kleinen perlmuttfarbenen Tablett, und ein Buch über italienische Gärten wartete auf seine Lektüre, darauf eine Vase, in der ein Zweig mit blassrosa Blüten stand.

Ich trat zurück und bemerkte, dass direkt neben dem Schränkchen ein mit blauem Nylon bezogener Stuhl mit dünnen Plastikbeinen gegen die Wand geschoben war. Ein sehr billiger Stuhl. Die Rückenlehne war sehr hoch und steil, ganz ähnlich wie bei Stühlen im Krankenhaus. Dann sah ich den Nachttopf unter dem Stuhl.

Die Luft war plötzlich schwerer zu atmen.

Ich spähte hinter den ersten Nachttisch, wobei ich achtgab, den kleinen Schrein nicht durcheinanderzubringen, und suchte nach Telefonbuchsen in der Wand oder einem Kabel. Dann bewegte ich mich so vorsichtig um das Bett herum, als sei der ganze Raum verwanzt, und näherte mich dem zweiten, gleich aussehenden Nachtschränkchen. Darauf stand ein Glas.

Darin war Wasser. Wie von Sinnen hob ich es hoch und trank es aus.

Hier schlief Alexander, wurde mir klar. Das andere Schlafzimmer am Ende des Korridors musste sein Kinderzimmer gewesen sein, und vielleicht bewahrte er dort auch seinen besten Anzug auf, aber schlafen tat er hier. Denn jetzt sah ich auch seine Geldscheinklammer und seine Manschettenknöpfe neben dem Glas. Ich überflog das Zimmer und bemerkte, dass er alle Frauensachen in die hintere Ecke gelegt hatte, auf den Frisiertisch und die Kommode. Seine Sachen dagegen lagerten säuberlich gestapelt davor.

Anders als sonst im Haus lag hier kein Staub auf irgendeinem Ding oder Möbel. Es wirkte nicht so, als sei irgendetwas unberührt liegen geblieben. Das ganze Arrangement *sollte* so aussehen, wie es aussah.

Ich ging auf den Kleiderschrank zu, auf mein eigenes Spiegelbild, und öffnete die Türen. Warum tat ich das? Schon beim ersten Blick und dem Einatmen des Kampfergeruchs wusste ich, dass ich hier drin kein Telefon finden würde, aber vermutlich suchte ich mittlerweile nach etwas anderem. Irgendeinem Hinweis, der mich befreien würde. Am einen Ende des Schranks befanden sich Alexanders Hosen und Jacketts – eine konservative Palette von Grau und Marineblau –, und am anderen Ende hingen die Frauenkleider.

Sie sahen teuer, aber altmodisch aus (obwohl es vom Stil her schwierig war, ihr genaues Alter einzuschätzen, ebenso wie das der zierlichen Frau, der sie gehörten). Einige der Kleidungsstücke schienen jahrzehntealt zu sein, aber wenn ich sie genauer betrachtete und die Plastikhüllen der Reinigung anhob, war es schwer zu sagen, ob ich da ein Seidenkleid aus den Achtzigern vor mir hatte oder ein modernes Vintage-Kleid, und ob diese Stücke von vor oder nach der Zeit stammten, als seine Mutter gestorben war. Röcke, Blusen, sogar Jeans für Frauen hingen gefaltet über Drahtbügeln. Ein Gutteil der Kleider sah aus wie – was war das richtige Wort dafür? Meine Mutter hätte sie *rassig* genannt: tief ausgeschnitten, paillettenbesetzt, manchmal ein wenig durchsichtig. Es war die Kleidung einer Frau, die sich ihrer physischen Erscheinung sehr bewusst war.

Ich besaß keine Blaupause von Alexander Colquhouns Vergangenheit; ich hatte keine Ahnung, in welchen Ecken die Geister hockten, noch wer sie waren. Ich wusste nicht, ob er in diesem Haus immer allein gelebt oder ob eine andere Frau es mit ihm geteilt hatte – womöglich eine weitere Verlobte. Das Einzige, das ich mit Sicherheit spürte, war, dass jetzt keine andere Frau anwesend war.

Von diesem Schlafzimmer ging ein privates Badezimmer ab.

Das kam direkt aus den Fünfzigerjahren, Fliesen in Minzgrün und Mauve. Renoviert in Boom-Zeiten, so wie es aussah, in einem Art-déco-Revival-Stil … Ich war kurz vor einem hysterischen Anfall, dennoch suchte ich die Umgebung weiter nach meinem rettenden Hinweis ab. Die Toilette, das Waschbecken und die tief gelegte Badewanne waren alle aus passendem mauvem Email, und die

Badewanne war halb in die Wand eingelassen wie eine Theaterbühne mit einem Proszenium darüber. Die Hähne hatten die Form wasserspeiender Schlangen. Ich vermochte nicht, den Blick davon zu lösen.

Auf dem Frisiertisch standen Kristallflakons und Döschen: eine Garnitur, wie sie etwa ein junges Mädchen zur Hochzeit geschenkt bekommen haben mochte. Auch diese Flaschen waren in sorgfältigen Reihen nach hinten geschoben, und davor standen ein billiges Anti-Schuppen-Shampoo, Rasiercreme und ein Gillette-Rasierer.

Über dem Waschbecken hing ein Spiegelschrank. Ich öffnete ihn.

Auf dem oberen Regalbrett lagen die üblichen neutralen Accessoires: Schere, antiseptische Creme, eine aufgerollte Bandage. Das würde er brauchen, wenn jemand ihn kratzte oder biss.

Die Kosmetik auf der unteren Ablage war billig. Covergirl-Grundierung von der ekligen orangenen Farbe verfaulten Obstes, die in einer Plastiktube eingetrocknet war. Ein dunkler mokkagetönter Gesichtspuder in einem Glas, das umgekippt worden war, sodass er jetzt wie Asche auf allem lag: den Schachteln mit Lidschatten und den kleinen Schalen mit Rouge. Ich griff in das Schränkchen und zog einen Lippenstift raus, ein altes Hellrot, dann nahm ich mir eine neuere Marke, die »Island Dawn« hieß, ein helles Rosa, höchstens ein-, zweimal benutzt. Aber was mir wirklich an die Nieren ging: das hier war Make-up aus unterschiedlichen Zeiten, für Frauen mit unterschiedlichen Hauttönen, Geschmäckern und Geldbeuteln.

Im Waschbecken tropfte ein Hahn.

Eine Rostspur verlief vom Hahn bis zum Abflussloch.

Ich beugte mich vor, um zu würgen.

Zurück in das Schlafzimmer torkelnd, sah ich in den Spiegeltüren des Kleiderschranks hinter meinem eigenen bleichen Gesicht den leeren grünen Garten. Ich drehte mich zu den hohen Fenstern um und spürte, dass Alexander nicht mehr draußen war. Er war zurück im Haus, und ich musste raus aus diesem Zimmer.

Im Korridor legte ich meine Hand auf das steil abfallende Geländer und eilte die Treppe hinab. Lichtreflexe zeichneten komplexe Staubspiralen auf den Treppenabsatz. Ich wandte mich ab und ging schneller. Sobald meine Füße die Fliesen der Eingangshalle berührten, lief ich direkt zu seinem Arbeitszimmer. Da muss sein Telefon sein, dachte ich, obwohl mir am Tag zuvor nichts aufgefallen war. Er hatte mich einmal die Woche angerufen, um sich mit mir zu verabreden, und ich hatte ihn angerufen, um seine Einladung hierher zu akzeptieren. Ich sah mich um; Aktenschrank, Buchregale, dann wieder der Schreibtisch mit der Lederauflage. Der Computerbildschirm war leer. Keine Wolken heute, die Außenwelt war ausgeschaltet. Und das Telefon weggeschlossen.

Ich stand da wie angewurzelt, dann fiel mir ein, dass ich erst gestern seinen Stapel Briefe entdeckt hatte.

In der Schublade warteten die Umschläge, alle mit seinem Namen darauf in jener altertümlichen Handschrift. Es waren etwa acht, einer für jede Woche, seit Alexanders Angebot eingetroffen war. Sie waren an Orten abgestempelt worden, die ich von der Arbeit in der Immobilienagentur wiedererkannte – alles Vororte, wo ich Verabredungen mit Alexander gehabt hatte. Hatte er die Briefe zu unseren Treffen mitgebracht und dann im nächsten Briefkasten eingeworfen?

Die ersten paar fingen noch höflich an und enthielten nur ein paar missbilligende Zeilen darüber, wie sehr ich auf Sex und Geld aus sei, dann wandelten sie sich zu längeren moralischen Tiraden. Für den Autor musste die Abfassung langsam zu einer Freizeitbeschäftigung geworden sein und fast zu einer Beichte. Diese Briefe waren voll von einer merkwürdigen Art privater Galle und Geifers, sie waren ein giftiger Bewusstseinsstrom.

Ich blätterte sie durch und las beispielsweise:

> … Oberflittchen der Schule geworden ist – lehnte da samstagabends an den Mauern, und die ganzen Kids jubelten ihr quasi zu …

Und dann:

> … sie hat mir nie viel berechnet, und einige Jungs haben ihr im Gegenzug einfach irgendwelchen Schrott gegeben, Schmuck zu 50 Pence oder eine Probepackung Parfum …

Ich hörte mich aufheulen, ohne auch nur bemerkt zu haben, dass ich den Mund geöffnet hatte.

… diese Freaks haben wirklich ekelhafte, kranke Sachen mit ihr gemacht. Es waren ihre Ideen, so was machte sie an. Immer noch ein Stück weiter und noch ein Stück weiter. Und dann wurde es gefährlich …

Ich sah eine Silhouette im Fenster und drehte mich um.

»Suchst du nach etwas?« Er stand in der Tür.

»Einem Telefon.«

»Warum?«

»Ich will ein Taxi rufen.«

Er starrte mich an.

»Ich will fort.« Diese Stimme, die meine war, brach jetzt vor Angst. »Bitte, lass mich gehen.«

Nichts. Alexander schien mich nicht einmal zu hören. Ich bettelte weiter, und er starrte mich mit einer Ausdruckslosigkeit an, die mich wahnsinnig machte. Irgendetwas Undurchdringliches trennte uns voneinander. Ich stürzte mich auf ihn, wütend über jeden Cent, den ich genommen hatte, über jeden gekauften und verkauften Augenblick, der sich zwischen uns auftürmte.

»Es stimmt nicht!« schrie ich und warf meinen ganzen Körper gegen ihn, um ihn zu verletzen. Meine Hände, Nägel, Zähne. Aber jeder Widerstand vergrößerte nur sein Vergnügen, und indem ich gegen den Knoten rebellierte, zog er sich zu.

IV

»Sie treffen hier seit fast zwei Monaten ein. Den ersten Brief da habe ich eines Abends entdeckt, nachdem ich von einem Treffen mit dir zurückkam. Ich hielt an der Einfahrt vor dem Briefkasten an, und da wartete er auf mich. Ich dachte, irgendwer will mir einen Streich spielen.«

Alexanders Sprechen war langsam und mechanisch geworden, er schien jeden einzelnen Satz mühevoll aus der Tiefe hochhieven zu müssen.

»Ich hab mich sogar umgedreht, um zu sehen, ob derjenige, der das geschrieben hatte, mich beobachtete. Ich habe mich auf meinem Land hier nie auch nur eine Sekunde lang ängstlich gefühlt, aber da habe ich plötzlich angefangen, mir über die Schulter zu sehen. Auf meinem eigenen Land. Wenn ich draußen war, nach dem Vieh sehen und keine Menschenseele in Sicht, fing plötzlich mein Herz an zu klopfen. Also steige ich in den Pick-up und fahre einfach los, fahre ziellos umher und versuche, Atem zu schöpfen. Wenn ich mal weg bin zum Einkaufen, gehe ich über die Hauptstraße und beobachte Männer, die ich mein ganzes Leben lang kenne, und frage mich, ob einer von ihnen das geschrieben hat.«

Er unterbrach sich und wandte sich zu mir. Sein Gesicht war ganz grau. »Aber woher sollte einer von ihnen etwas davon wissen? Ich hab niemandem erzählt, dass ich dich treffe.«

Wir befanden uns in dem pinken Schlafzimmer, wo das Kästchen mit dem Ring noch immer auf dem Nachttisch lag. Es roch nach Schweiß – ich war mir nicht sicher, ob nach meinem oder nach seinem, oder ob es das Zimmer selbst war. Nach unserem Kampf, nachdem mir klar geworden war, dass ich nicht würde telefonieren dürfen, war ich wegen des Geldumschlags zurück hier heraufgekommen, und binnen Minuten war er mir gefolgt. Er saß auf der Bettkante, den Kopf in die Hände gestützt.

»Liese, ich rede mit den Leuten übers Wetter, über Getreidepreise – *jaja, schwieriges Jahr, schwieriges Jahr* –, und dabei beobachte ich sie und suche nach irgendeinem Zeichen dafür, dass sie etwas über uns gehört haben. Grinsen sie heimlich? Versuchen sie mir auszuweichen?

Vor ein paar Wochen traf ich zufällig ein Ehepaar, das vierzig Kilometer von hier entfernt lebt – ein schöner Besitz, der Mann ist mit mir zur Schule gegangen –, und die beiden schienen irgendwie mit anderen Augen auf mich zu blicken, als hätte jemand ihnen was gesagt. Normalerweise laden sie mich zum Essen ein. Nicht dass mir daran gelegen wäre. Die Frau versucht immer, mich mit einer dicken Schulfreundin von ihr zu verkuppeln, aber diesmal kein Wort von Abendessen. Sie war sehr kurz angebunden. Da sie ja nicht wusste, dass ich vorhatte, dir einen Antrag zu machen, denke ich mir, dass sie glaubte, ich würde dich nur ausnützen und behandeln, als wärst du entbehrlich …«

Er schüttelte den Kopf. »Jeder – der Typ von der Autowerkstatt und seine schlampige Frau, der Tierarzt –, alle taten sie ungeheuer kumpelhaft, sogar die dumme Kuh, die den Laden führt, den sie ›Providore‹ nennt, ihre Großmutter war ein Dienstmädchen hier – ich hatte den Eindruck, alle wussten sie Bescheid. Ich meine, du kannst dir das bestimmt ausmalen, oder? Es gibt Leute hier im Distrikt, für die gäbe es keine größere Freude, als mitanzusehen, wie ein Colquhoun in den Schmutz gezogen wird … Du findest das komisch. Ich weiß, dass du das tust, aber mein ganzes Leben lang haben diese Leute Gerüchte über meine Familie verbreitet. Das ist ein Zeitvertreib hier in der Gegend.« Sein zu einem Strich zusammengezogener Mund kaute auf etwas Altem und Bitterem herum. »Der Punkt ist, meine Eltern sind zu Spottfiguren geworden, und ihre Streitereien haben den örtlichen Klatsch befeuert; einmal hat sie ihn rausgeschmissen, und er ist mit einem Schlosser zurückgekommen und hat die Schlösser austauschen lassen und dann *sie* rausgeschmissen. Sie hatte nicht mal eine Einkaufstüte voll Kleider dabei, und sie war eine Frau, die sehr stolz war auf ihr Aussehen. Na ja, und dann hat er vor aller Welt sämtliche Einzelheiten ihrer Krankheit herausposaunt.«

»War das die gleiche Krankheit?« Ich dachte an die Kommode im Korridor.

»Ja, ihr Kopf.« Er deutete sich an den eigenen.

»Ungefähr eine Woche später kam dann ein zweiter Brief, und der war in einem anderen Ton verfasst. Ich habe darüber nachgedacht, ob ich ihn erwähnen sollte, aber ehrlich gesagt habe ich stattdessen, als wir uns trafen, dich beobachtet.«

In den sonnendurchfluteten Wohnungen hatte er mich manchmal mit einer Art schlechtem Gewissen angeschaut, wie ein Mann, der zu sich kommt und sich fragt, ob er einen Riesenfehler gemacht hat. Jetzt wischte er sich mit der Hand übers Gesicht, um diesen Ausdruck verschwinden zu lassen.

»Schrecklich, sich das einzugestehen, nicht wahr? Ich habe nachgeforscht, um herauszufinden, ob das eine Masche von dir war. Ich nahm an, wer auch immer das geschrieben hatte, war auf Erpressung aus. Haben alle deine Kunden etwas Ähnliches bekommen? Das wäre ein nettes Zusatzeinkommen zur Prostitution, clever …« Er schien diese Theorie selbst noch mal halb zu testen. »Ich fragte mich, ob du Fotos von mir gemacht hattest, von uns. Ich schäme mich, das laut zu sagen, aber ich fing an, die Zimmer nach versteckten Kameras abzusuchen. Einmal, als du im Bad warst, habe ich sogar dein Telefon durchgesehen.« Er blickte auf. »Wusstest du das?«

Die Vorstellung davon ließ einen Schmerz hinter meine Augen fahren. »Nein.«

»Ich habe nichts gefunden.«

»Nein«, sagte ich wieder, und mir wurde klar, dass er jedes einzelne Wort seiner Geschichte glaubte. Das war das Allerbeängstigendste, die Art, wie er darüber redete, seine Überzeugung. Ich hatte nicht mehr das Gefühl, dass er irgendeine Fantasie anreicherte. Ich hatte auch nicht mehr das Gefühl, dass das für ihn etwas sexuell Aufregendes war – diese Briefe schienen mir auch alles andere als antörnend zu sein. Er hatte Angst vor ihnen.

»Als ich dann den dritten bekam, wurde ich, na ja, wütend. Er war pornografisch, widerwärtig, und dennoch, Liese – und das ist das Merkwürdige –, er trieb mich nicht fort von dir. Komisch, nicht wahr? Wenn überhaupt, dann steigerte er die Anziehung, die ich verspürte, eher noch, und natürlich auch, nehme ich an, meine Absicht, dir zu helfen. Es ist schwer, Menschen zu finden, die zu einem passen. Ich empfand ohnehin schon starke Gefühle für dich, sehr starke, und dann kam mir eben der Gedanke, noch einen Schritt weiter zu gehen: Warum heiratest du sie nicht?«

Alexander teilte mir seine Gedanken mit einer Art stolzen Verwunderung über sich selbst mit und genoss es einen Augenblick lang, dem Verfasser der Briefe damit eins ausgewischt zu haben. »Das Einzige, was ich will, das Einzige, was ich je wirklich gewollt habe, ist, ein ruhiges Leben zu führen, von niemandem auch nur bemerkt zu werden … oder jetzt ein Leben, bei dem wir beide von niemandem bemerkt werden. Ich meine, ich könnte mir vorstellen, dass dir das auch zupasskommt? Ein Leben weit weg von deiner Vergangenheit?«

Er verlagerte seinen Schwerpunkt, und das Bett quietschte. »Es wird eine Chance für uns beide sein, neu anzufangen. Du …«, sein Gesichtsausdruck wechselte zu Verzweiflung, wobei ich nicht sagen konnte, ob es verzweifelte Liebe war oder der verzweifelte Wunsch, mich zu kontrollieren, »… du bist die Eine. Ich hatte meine Möglichkeiten mit *anständigen* Mädchen«, er benutzte das Wort abfällig, »aber da kommt jedes Mal früher oder später raus, dass sie mich nicht wirklich verstehen.«

Die Hinterlassenschaften der Frauen in seinem Schlafzimmer blitzten vor mir auf, die Kleider, die unter dünnen Plastikhüllen hingen, das Make-up, das im Badezimmerschrank eintrocknete. Und dann dachte ich an die Gesindezimmer mit ihren fleckigen Wänden.

»Mir war klar, dass unsere Verlobung zu Beginn keine ganz einfache Sache sein würde«, sagte Alexander achselzuckend. »Ich ahnte, dass es irgendetwas Schmerzvolles in deiner Vergangenheit geben muss, dem du nicht ins Gesicht sehen willst. Vielleicht würdest du mir aber eines Tages genug vertrauen, um mir zu sagen, was es ist.« Er nickte sich selbst ermutigend zu. »Was ich damit sagen will, ist, du brauchst das nicht länger zu tun. Ich lasse dich frei!«

Mein Mund war trocken. Mir fiel nichts ein, was ich dazu sagen konnte.

Hinter ihm, draußen vor dem Fenster, konnte ich sehen, wie sich die Zweige der Zypresse bewegten, wie sich die Nadelspiralen im Wind bogen. Der Gedanke, das Geld an meinem Körper zu verstecken und einfach aus diesem Haus hinauszugehen, kam mir plötzlich naiv vor.

»Als ich Nachforschungen über dein Arbeitsgebiet anstellte«, erinnerte er mich, »da habe ich entsetzliche Dinge erfahren. Ich brauche dir ja nicht zu sagen, dass da draußen ein Haufen bigotte Fanatiker herumlaufen, kranke Typen, die keine normalen Beziehungen zu Frauen aufbauen können.« Er schüttelte den Kopf. »Wer immer diese Briefe geschrieben hat, muss offensichtlich Prostituierte auf jede ihm mögliche Weise herabwürdigen.« Alexander runzelte die Stirn und dachte angestrengt nach. »Ich nehme an, wenn sie nichts mehr sind als ein Stück Fleisch, dann fühlt dieser Mann sich allmächtig oder gerächt oder ganz – das ist jedenfalls die Zwei-Dollar-Theorie. Jedes Mal, wenn ich in der Zeitung einen Artikel über irgendein Mädchen entdecke, dessen Leiche sie im Buschland gefunden haben, werd' ich ganz wahnsinnig bei dem Gedanken, so etwas könnte dir auch passieren. Ich habe immer Männer gehasst, die Frauen hassen.«

Er sah mich an, und die Heftigkeit schärfte seine Züge. »Mum hatte Depressionen, und ja, manchmal benahm sie sich peinlich. Vielleicht trank sie auch zu viel. Aber sie war ein lieber Mensch. Und alles, was mein Vater je tat, war, sie zu terrorisieren.«

Der Baum winkte mir langsam durch die Fensterscheibe zu.

»Liese, du hast mir vorhin in der Küche gesagt, dass der Verfasser der Briefe womöglich ein verletzter Mensch ist, dass er Hilfe braucht.« Alexanders Ton war voll spöttischen Mitleids. »Ich habe keine Geduld für diese Art Schwachsinn. Der ganze Schmus, von wegen ›ach, er hatte doch so eine schwierige Kindheit‹, der ungehöriges Verhalten rechtfertigen soll, das ist einfach nur lächerlich. Und ich weiß wohl, wovon ich rede. Der Mann, der diese Briefe geschrieben hat, ist ein Perverser. Nichts weiter, okay? Ich will, dass du das ernst nimmst, denn womöglich ist er auch gefährlich. Bis wir ihn ausfindig gemacht haben, komme ich, wenn notwendig, jede Stunde ins

Haus und sehe nach dir. Das verspreche ich dir. Ich werde über CB-Funk alle halbe Stunde nachfragen, und du sagst mir, ob du in Sicherheit bist. Und wenn er noch ein *einziges* Mal in deiner Nähe auftaucht«, er biss die Zähne aufeinander, »dann ist es mir egal, dann macht es mir nichts aus, dann bring ich ihn um!«

»Ist der erste Brief angekommen, nachdem ich dir gesagt hatte, ich wolle das Land verlassen?«

Alexander sah mich verständnislos an, meine vordergründige Ruhe war die falsche Reaktion.

»Oder davor?«

Er dachte nach. »Davor.«

»Wirklich?«

»Nein, nein, warte! Du hast recht, es war danach. Gerade einen Tag oder so danach.«

Die Verbindung war so offensichtlich, dass ich nicht verstehe, wie er die Fassade wahren konnte. In Panik geraten angesichts der Vorstellung meiner Abreise, hatte er diese »Beweise« über meine Vergangenheit fabriziert, diese Vergangenheit, von der er wollte, dass sie die meine sei, um dann den lächerlichen Plan rechtfertigen zu können, mich zu seiner Ehefrau-plus-Hure-plus-Sklavin zu machen. Aber die Briefe waren auch Requisiten, um die Dramatik zu erhöhen. Woraus sich ergab, dass von mir erwartet wurde, mitzuspielen und verängstigt zu tun, sodass er seinen Ausbruch haben und mir hinterher seinen Schutz anbieten konnte.

»Ich frage mich sogar, ob das nicht dein Zuhälter ist, der das geschrieben hat.«

»Mein Zuhälter, soso.«

»Du hast ihn hängen lassen, dich selbstständig gemacht und jetzt ist er auf Rache aus.«

Alexander beugte sich vor. Der Kragen seines Rugby-Sweatshirts stand fast keck hoch, seine Finger waren verknotet. »Wir müssen dieses Problem von allen Seiten betrachten. Wenn du mir dafür von all deinen Kunden erzählen musst, besser gesagt von all denen, die dich missbraucht haben, und was jeder Einzelne von dir wollte, in allen Details, ich kann damit leben.« Er zog eine tapfere Grimasse. »Ich will nicht behaupten, dass es nicht schmerzhaft werden würde, aber ich bin bereit, das mit dir durchzumachen.«

»Ich glaube nicht, dass ich das muss.«

»Nimm's als Spiel. Du magst doch Spiele.«

Ich schloss die Augen. *Du lieber Albtraum, warum?*

»Zu viele, um sich an alle zu erinnern?« Er atmete aus. »Gemeinsam kommen wir schon drauf, wer es sein wird.«

»Sein *wird*?«

»Es wird jemand sein, den du mehr als einmal gesehen hast.«

Niemand. Es gab niemanden außer ihm.

»Vielleicht war es ja der Typ, der so gerne …« Er brach den Satz ab. »Du erinnerst dich … *das* da.«

Über wen redete er? Was hatte ich ihm da erzählt?

Während Alexander wartete, wurde sein Gesichtsausdruck höhnisch. »Liese, du *weißt* es, stimmt's? Du weißt, wer sie geschrieben hat.«

Es erregte ihn, Detektiv zu spielen, und er würde nicht damit aufhören.

»Du hast einen Verdacht?«

Ich konnte ihm nicht in die Augen sehen. »Ja, habe ich.«

»Wenn ich dir diese Briefe zeigen würde ...« Er griff in die Innentasche seines Jacketts. Er hatte die gesamte Korrespondenz mit nach oben gebracht. Und er hatte offensichtlich vor, das Ganze so verstörend wie möglich ablaufen zu lassen. »Nein.« Heftiges Kopfschütteln. »Nein, das kann ich dir nicht antun.«

Während er erklärte, warum die Briefe nicht gelesen werden sollten, betrachtete ich die Bewegungen seines Mundes, diese plumpen Lippen, die nass waren vor Befriedigung, und ich fragte mich: Wann werden Prostituierte eigentlich gefeuert?

Vermutlich, wenn sie keine gute Arbeit leisten. Wenn sie nicht lachen oder stöhnen und im falschen Moment gelangweilt aussehen. Wenn sie beim Anblick des Alters des Mannes und seines Bauches eine Grimasse schneiden. Wenn sie seinen Namen so sagen, als wär's eine Strafe oder ein Witz, so wie seine Frau ihn ausspricht. Wenn sie ihn erniedrigen. Wenn sie ihn nicht genug erniedrigen. Wenn sie übers Geld diskutieren; dass es zu wenig sei oder – und jetzt explodierte etwas hinter meinen Augen – oder, in sehr seltenen Fällen, dass es zu viel sei.

Alexander redete immer noch weiter, aber ich stand vom Bett auf und begann, meine Bluse aufzuknöpfen. Ich spürte die Kälte des Zimmers auf der Haut, auf meinen Armen und meiner Brust. Um uns herum hing eine Reihe gerahmter Drucke, die Blumen zeigten, in deren Staubgefäßen sich Elfen verbargen. Zärtlich machte ich den Reißverschluss meiner Jeans auf. Ich zog die Hose runter und stieg auf eine Art aus ihr heraus, die balletttänzerinnenhaft aussehen sollte. BH und Höschen waren schmale Streifen dunkelroter Spitze auf meinem Körper, das war wirklich eine Verbeugung vor der Idee von Unterwäsche, eine Hommage. Er hörte auf zu reden, um mich anzusehen. Richtig anzusehen.

»Liese, hast du mir zugehört?« fragte er. »Du musst so was nicht mehr tun.«

Aber ein bestimmtes Etwas in seiner Stimme deutete darauf hin, dass ich es vielleicht doch noch ein letztes Mal tun sollte. Ich streckte die Hand aus und ergriff seine. So ein dünner Mann, das Idealbild eines Leptosomen, aber mit verkrümmten Händen von der Farmarbeit, voller dicker Venen und jetzt auch noch mit Rot unter den Nägeln, nachdem er den Vogel ausgenommen hatte. Ich wollte nicht mehr von ihm berührt werden, aber ich legte seine Hand auf meine Haut.

Ich fühlte, wie er bebte.

Früher hatte ich, wenn er seine Finger über meinen Körper bewegt hatte, keine Angst gehabt. Jetzt krochen sie langsam tiefer, sehr langsam, und ich bemühte mich, nicht zusammenzuzucken. Seine rauen Finger glitten unter den Stoff meines Slips. Er schloss die Augen.

Ein Luftzug, der aus einem Spalt zwischen dem Fensterrahmen und dem Sturz kam, bauschte die Vorhänge zwei Zentimeter weit, dann sanken sie wieder zurück.

Einmal hatte ich einen Kontrollbesuch gemacht, um den Zustand einer Wohnung zu prüfen und die Vorhänge, Teppiche, Wände und die Badezimmerarmaturen des Mieters zu beurteilen. Ich musste meine Einschätzung auf einer Skala von eins bis zehn eintragen – wobei zehn das am wenigsten Versiffte war. Ich war gezwungen, einem reichen Mädchen, dessen Eltern die Miete bezahlten, ins Gewissen zu reden, was den Zustand seiner Toilette betraf, und die ganze Zeit dachte ich daran, wie Alexander und ich in genau dieser Wohnung gewesen waren, schwelgte in den Erinnerungen an das, was geschehen war, und überlegte, was in der nächsten Wohnung geschehen würde. Ich konnte an nichts anderes mehr denken.

Wir lagen vielleicht auf dem Bett, auf dem Sofa, auf dem Boden, und manchmal hatte ich keine Geschichte für ihn in petto. Ich fragte mich manchmal sogar, ob wir's nicht einmal schweigend ausprobieren sollten, aber dann fing er immer an zu fragen, ob es nichts gäbe, was ich ihm sagen sollte. »Nichts, was du gerne hören würdest.« »Ich will's aber hören.« »Bist du sicher?« Häufig begann ich meine Geständnisse, ohne genau zu wissen, was ich eigentlich gestehen würde. Ich kannte die Namen der Leute, denen die Häuser gehörten, also benutzte ich ein-, zweimal ihre sexuelle Identität, so wie ich sie mir ausmalte. Jemand, bei dem jeder Quadratzentimeter Matratze mit spitzenbesetzten Kissen bedeckt war, würde beim Liebemachen anders sprechen und hätte andere Vorlieben als jemand, der beispielsweise in einem dunkeltürkis gestrichenen Zimmer nichts als einen Futon stehen hatte.

Manchmal wurden auch die Besitztümer anderer Leute zu unseren Requisiten. Einmal lag ich beim Sex so, dass es mir möglich war, den Arm auszustrecken und die Schublade eines verspiegelten Nachtschränkchens zu öffnen. Es war, als würde ich ahnen, dass die Spielsachen ganz hinten lägen, aber ich ließ das Latex und die Kugeln drinnen und zog stattdessen eine große Feder heraus, die ich mit einigem Gewinn in meine Geschichte einbaute.

Kontinuierlich entwickelten sich die Dinge, die meine erfundenen Kunden gerne taten, zu einem improvisierten Ratespiel darüber, was Alexanders Wünsche sein könnten, und zur Erfüllung meiner eigenen. Bestimmte Personen mit sehr ausgefallenen Ansprüchen tauchten in meinen Geschichten immer wieder auf. Ihre Bedürfnisse waren extrem, und Alexander mochte es, sozusagen stoßweise von ihnen zu erfahren. Einer der Kunden hatte beispielsweise eine bevorzugte Körperregion, ein anderer, wie sich herausstellte, ein Faible für ganz besondere Positionen, und ein dritter brauchte eine spezielle Kombination von Winkeln, Rhythmen und Oberflächen, die schon ziemlich genial war, muss ich sagen. Und dann, wenn es bereits so aussah, als sei jede Möglichkeit erschöpft, tauchte irgendein Kerl auf, der nur seine Finger zum Einsatz brachte und mich mit ihnen ziemlich genauso berührte, wie Alexander es jetzt gerade tat.

Ich löste seine Hand von meiner Haut, und er öffnete die Augen.

Er starrte mich an, als wartete er darauf, dass ich auf unsere besondere Weise anfangen würde zu reden, dass ich ihm eine Geschichte darüber ins Ohr flüstern würde, wer er jetzt sein sollte. Stattdessen ging ich zu meinem Koffer, zog die Seitentasche auf und nahm den Umschlag mit dem Bargeld heraus. Das Ganze war so klar, warum war ich nicht schon früher draufgekommen? Alexanders wirklicher Kitzel war es, mich zu kaufen, totale Kontrolle über mich zu erwerben. Ich zog die Hälfte des Wochenendlohnes heraus. Andererseits war jetzt nicht der Moment zu sparen: Also holte ich auch die andere Hälfte hervor.

»Hier.« Ich drehte mich zu ihm um und hielt ihm die Hundert- und Fünfzigdollarnoten vor die Nase.

Er wollte sie nicht nehmen.

»Ich meine es ernst.«

Er starrte das Geld an, das jetzt neben ihm auf dem Nachttisch lag, als wäre es etwas Ekliges. »Nein.«

»Warum nicht?«

»Nein.«

Ihn zu zwingen war nicht möglich. Ich hatte gelernt, worauf es ankam, war, Situationen zu stellen, in denen Alexander das Gefühl hatte, die Handlungsmacht zu besitzen. In denen er das Gefühl hatte, dass es trotz meiner Geschichten über die Taten anderer seine Idee gewesen war, meine Unterwäsche mit den Zähnen auszuziehen, und seine Idee und die keines andern, danach seinen Kopf zwischen meine Beine zu legen. Es war ein schwieriger Balanceakt, Sachen zu verlangen, von denen ich auf andere Art nie gewusst hätte, wie ich sie zur Sprache bringen sollte, und zugleich nie zu verraten, dass ich diese Art Sex mehr wollte als er. In Wahrheit war es sogar besser, er glaubte, ich wollte sie überhaupt nicht, und besser, nur einen schwachen Anschein von Anziehung zu zeigen, sodass er sich wie ein Mann fühlen konnte, der kurz vor einem entscheidenden Triumph stand. Plötzlich waren nämlich fast all meine Kleidungsstücke verschwunden, und ich schien in einer unterlegenen Position zu sein …

Wie auch immer: diese Sachen machten Alexander an. Nicht, in teurer, wenn auch geschmackloser Unterwäsche einen Strip hinzulegen und mich vor ihn zu knien, wie ich es jetzt tat – und mit ihm zu ringen, damit er seinen Hosenstall öffnete.

»Bitte!« bettelte ich. Es passte nicht zu dem Zimmer, in dem wir waren, aber ich spielte keine Rolle mehr, das war *ich*. »Oh bitte, lass mich, bitte …« Denn das Merkwürdige war, dass ich ihn plötzlich wollte. Ich wusste, er war verrückt, und mir war nicht mehr bewusst, ob ich das alles hier tat, um ihn anzulocken oder abzuschrecken, aber ich wollte ihn, ich platzte beinahe vor einer verzweifelten Mischung aus Angst und Verwirrung – und vor allem Lust.

Je hartnäckiger ich bettelte, desto gequälter reagierte er. »Du brauchst das nicht mehr zu tun.« Er streckte die Hände in die Luft. »Liese, hör auf!«

Brauchte Alexander eher ein Stück Fleisch als eine Frau? Fühlte er sich – wie die meisten Männer – aus Prinzip vom sexuellen Appetit der Frauen bedroht? Er hörte gerne, was andere Männer verlangten, aber er wollte lieber nichts davon wissen, dass es genau das Gleiche war, worauf auch ich scharf war.

Denn das – dass ich scharf war auch ohne Geld – schien ein ganz neues Licht auf mich zu werfen. Es war der Beweis, nehme ich an, für das, wovor er sich am meisten fürchtete und was er zugleich am meisten genoss: die Behauptung des Briefes, dass ich mich aus keinem anderen Grund prostituierte als meiner Lust daran.

Und so gab er ein Geräusch von sich, das vollkommen tierisch war. Ein Geräusch, mit dem er die Verzweiflung aus den Lungen trieb, um sie mit Zorn zu füllen.

Ich nahm meine Hände von seinem Schritt und krabbelte hastig von ihm weg. Ich kam aus den Knien hoch, stellte mich in eine Zimmerecke und wartete. Sein Gesicht war rot angelaufen, er atmete heftig, jedes seiner langen Glieder wie elektrisiert und kurz davor auszukeilen. Um an meine Bluse und meine Jeans zu kommen, hätte ich mich an ihm vorbeiquetschen müssen, und so dicht an ihn heran wollte ich nicht.

Als sich sein Atem wieder normalisierte, schüttelte Alexander sich die Arme und Beine aus, als schüttele er damit zugleich meine Schäbigkeit ab. Dann hob er seufzend meinen Koffer aufs Bett. Er zog meine Kleidung heraus, faltete jedes Teil sorgfältig und legte es dann in die weiße Kommode. Hatte er so was schon früher getan? Wenn die anderen Frauen versucht hatten zu gehen? Die Routine schien ihn zu beruhigen. Jede seiner Bewegungen war sparsam und kontrolliert. Nichts von dem, was ich getan hatte, hatte ihn sexuell erregt. Ohne Bargeld war das nicht möglich.

»Du weißt, wie ich für dich fühle«, sagte er ruhig. Er

beugte sich zum Nachttisch, nahm das Lederkästchen und klickte es auf. Darin war der Brillant, der das Licht krümmte. Er war mein Feind. Mein schöner Feind. Ich sah zu, wie er mir langsam den Ring über den Finger streifte.

»Wir werden mit dieser Gewohnheit brechen müssen, Liese.« Alexander zog seine Geldbörse aus der Gesäßtasche. »Du bist jetzt meine Verlobte, ich kann dir nicht gestatten, dich mit anderen Männern zu treffen.«

Ich antwortete nicht.

Er zog fünf neue Hundertdollarnoten heraus und legte sie auf die übrigen.

»Die anderen werden dich aufgeben müssen.«

Sein Zusatzgeld schien zu leuchten.

»Und was vielleicht noch schwieriger ist«, er lächelte betrübt, »du wirst auch *sie* aufgeben müssen.«

Ich schloss die Augen. Die Luft im Zimmer war frisch, aber ich fühlte mich wie in heißer Scham gebadet. Der Horror war, dass er es verstand, etwas in mir zu aktivieren, mich tiefer in seine Falle zu ziehen – eine Falle, von der ich das dumpfe Gefühl hatte, sie selbst für mich ausgelegt zu haben. Diese feste Nummer, die wir spielten, war meine Erfindung. Ich hatte sie kreiert und ihren Rahmen gestaltet und seit Monaten unter ihrem Schutz gelebt. Aber das Verlangen kann sich dehnen und biegen, und im Spinnennetz seines Bewusstseins hatten sich meine Fantasien zu Albträumen geformt. *Wie solltest du gehen können?* fragten die Augen meines Verlobten spöttisch. *Wie solltest du deiner eigenen Fantasie entkommen können?*

»Und jetzt«, befahl Alexander, »lies das hier.«

V

Sehr geehrter Mr. Colquhoun,

ich muss erfahren, dass Sie nicht auf meine Warnungen gehört und jegliche Verbindung zu Miss Campbell abgebrochen haben. Ich fühle mich daher gezwungen, Ihnen bestimmte Aspekte ihres Charakters vor Augen zu führen. Ich füge einige Aussagen (eine Auswahl aus Dutzenden weiteren, die ich mittlerweile gesammelt habe) ihrer früheren Bekannten hinzu. Bitte sehen Sie umseitig:

Ich drehte das Blatt um. Die erste »Aussage« war auf billiges Papier getippt, das schon durch viele Hände gegangen war.

Einige Kumpels sagten, sie wäre eingebildet, würde großtun und damit angeben, dass sie bald wegziehen würde. Wenn sie zu lange brauchten, fing sie an, Schnarchgeräusche zu machen, und ekelte sie damit weg. Mich nicht. Ich hab Sternchen gesehen. Großes Mädchen mit blondem Haar, ganz gutem Gesicht, gutem Body, berechnet 10 Pfund für einen Blowjob ohne Tüte und 15 Pfund für Ficken. Beides zusammen zum Vorzugspreis von 20 Pfund. Und einmal hab ich gehört, dass sie im Obergeschoss der Videothek in der Sanders Street drei Stunden lang im Stehen, Sitzen und Knien eine Gruppe von fünf oder sechs Typen bedient und kaum was extra verlangt hat …

Die Notiz ging noch weiter im selben Stil und war mit Namen und Adresse unterzeichnet, die erfunden waren. Ich nahm an, dass Alexander hier einen Effekt gesucht hatte: Greg Blackwood, 44, Unthank Road, Norwich.

Ich blätterte weiter:

Wir trafen uns immer am Rand des Golfplatzes. Es war dunkel, aber sie hatte eine Taschenlampe, die sie drei Mal aufleuchten ließ, und dann fand ich sie, wie sie im feuchten Gras lag, ihr dunkelrotes Schulkleid hochgezogen, die ganze Haut war salzig und sauer, und sie bettelte mich an, dass ich …

Mehrere Absätze beschrieben detailliert meinen »heißen, feuchten Schlitz« und seine Begegnung mit einem »pulsierenden Saftspender«. Waren das die Sachen, die Alexander anmachten? Die Geschichten, die ich ihm erzählt hatte, waren sehr viel subtiler gewesen und hatten ungleich mehr Klasse gehabt. Wenn es das war, was ihm gefiel, hätte ich mich nicht so anstrengen müssen. Erbärmliche kleine Schmuddelstorys, die fast schon komisch waren – nicht, dass ich jetzt gerade in der Stimmung gewesen wäre, zu lachen.

… für ’nen Fünfer gab es einen Plan, den du von den Jungs in der Nachbarschaft kaufen konntest, mit einem Schlüssel zu den Orten in der Siedlung, wo sie sich gerne hingab.

Anonym, Westlinks Road

Auf der nächsten Seite sah ich die Fotokopie eines handgezeichneten Lageplans, der ein Gewirr halbkreisförmiger Straßen zeigte, darunter die folgende Legende:

1) der Golfplatz (abends)
2) der Fußweg hinter den Häusern, der an die Eaton-Schule stößt
3) die Autoreifen auf dem Schulhof, die die ganze beschissene Ausstattung des Spielplatzes darstellen
4) der Pfad, der parallel zu Wentworth Green verläuft, und das angrenzende Oval. Geh zu dem Tor, wo der Draht rausgeschnitten ist.
5) ihr Haus, logischerweise

Mein Elternhaus war abgebildet, ziemlich grob, aber die Details stimmten. Das hieß, dass Alexander wusste, wo meine Eltern lebten.

Aber woher?

Er hatte die Adresse gefunden. Aber wie?

Er hatte ihren Straßennamen ins Internet eingegeben, und schwupps, mussten die Schlaglöcher im Asphalt aufgetaucht sein, der Baumschatten darüber und jedes Blatt dieses Baums. Und daneben der kleine Zaun aus Tauen zwischen niedrigen Pfosten und die Placken Vorgartenrasen, die hätten gewässert werden müssen, und die rosa und weißen Stiefmütterchen meines Vaters, die sich in den vorderen Fenstern eines roten zweistöckigen Backsteinhauses mit Giebeldach widerspiegelten.

Ich verspürte einen Schock wie den, als ich achtzehn gewesen war: Da saß ich, frisch am College angekommen, im düsteren Lesesaal, vorn ein eingeschalteter Projektor, und das Dia, das der Dozent eingelegt hatte, zeigte ein Haus, das er als Paradebeispiel für schlechte, gedankenlose und zynische Architektur brandmarkte. Und es war fast haargenau mein Elternhaus. Das Haus in Wentworth Court, in dem ich aufgewachsen war. Die anderen Studenten lachten alle, aber nachdem das Gefühl von Peinlichkeit sich gelegt hatte, war ich sicher, dass sie aus ganz ähnlichen Häusern kamen. Es waren die frühen Neunziger, die Zeit von Hadid, Gehry, Koolhaas und der Komplettlösungen per CAD. Im Seminar morphte jeder an einem 3-D-Würfel herum, zog ihn in die eine Richtung, bog ihn in die andere, um ihn dann als Kommentar zur fraktalen Geometrie oder Spieltheorie zu post-rationalisieren. Jedermann mit ein wenig Stil schuldete es sich, in einem Kometenschweif zu wohnen, nicht in einer Behausung, wie sie da gegen die Wand projiziert war.

Seine kleine Fernbedienung in der Hand, hatte der Dozent dann seine Diashow vom englischen Untere-Mittelklasse-Kitsch weitergeführt: Reihe um Reihe ähnlicher Nachkriegshäuser, zweistöckig, mit einfacher Garage, alle von gleichem Zuschnitt, nur mal mit einem Tudor-Element hier und einer georgianischen oder viktorianischen Note dort. Er hatte auch eine Serie von Stillleben aus den gespensterhaften Dingen zusammengestellt, die hinter den Stores dieser Häuser verborgen waren: im Fotostudio aufgenommene Porträts seit Langem erwachsener Kinder, ein einsamer Ohrensessel mit Stehlampe, deren Schirm schief saß, Venushaarfarn, Plastik-Gänseblümchen in einer Vase, Nippes-Figuren von Engeln oder ohnmächtigen schiffbrüchigen Paaren oder Aristokraten mit gepuderten Perücken, die Kutschen auf dem Weg zum Maskenball bestiegen. All diese Häuser mit ihren getürkten historischen Details und ihren kleinen Skulpturen waren Tempel des Thatcherismus. Und in ihnen lebten konservativ wählende Kleinbürger-Aufsteiger. »Für den Anfang gehört all das weggebombt«, erklärte der Dozent, und seine Verachtung keilte sich in mir fest.

Alexander hatte genau gesehen, woher ich kam. Auf seinem Computerbildschirm musste er durch die Fenster hindurch die Besitztümer meiner Familie ausspioniert haben, das Wohnzimmer, wo die impressionistischen Poster neben den Fotos meiner Schwester im Hochzeitskleid hingen und jenen, auf denen sie ihr Baby im Arm hielt. Nichts Wertvolles, nichts Dauerhaftes, aber alles tipptopp sauber. Auch nach dreißig Jahren sahen alle Häuser der Nachbarschaft so aus, als wären ihre Bewohner gerade erst eingezogen.

Dann musste er auch irgendeinen Pfeil gedrückt und über den niedrigen Zaun hinweggezoomt haben, an den Märchenwaldbäumen und den Formschnitthecken vorbei, hinein in den Rest der Sunningdale-Siedlung, jenen Irrgarten von Sackgassen, die alle nach den berühmten Golfplätzen dieser Welt benannt waren. Hier gingen die Leute mit ihren Hunden in Zeitlupe Gassi, die Radfahrer traten in die Pedale wie Schlafwandler, und selbst die Vögel flogen, als müssten sie ein dickeres Element durchdringen als Luft. Es wirkte wie ein den ganzen Vorort umfassendes Sanatorium, in dem jedermann auf Sedativa gesetzt war … Alexander würde auch den örtlichen Golfklub bemerkt haben, in dem meine Eltern Mitglieder waren, auch wenn sie die Schläger versteckten, sobald die Familie zu Besuch kam, die Zeichen einer zu ostentativen Aufsteigermentalität nicht mochte. Ebenso ein Stückchen weiter den Sportplatz und den Weg, der parallel dazu verlief. Diesen Weg, den er auf seiner Karte vermerkt hatte, war ich jeden Tag nach der Schule entlanggegangen. Die Kinder benutzten ihn als Abkürzung, die älteren rauchten hier oder knutschten oder sprühten harmlose Graffiti auf rückwärtige Gartenmauern. Den Bruchteil einer Sekunde lang spürte ich, wie etwas in meinem Hirn ganz leicht verrückte.

Blackwood, das war der Name auf einer der Aussagen gewesen – es gab Blackwoods, die um die Ecke von uns wohnten. Ihnen gehörte ein Copyshop. Die ganze Familie war untersetzt, hatte einen tiefen Schwerpunkt … Nein. Ich schüttelte den Kopf, um das Bild loszuwerden.

»Das ist lächerlich!«

»Warum?«

»Weil …«, ich wedelte den Brief vor seinem Gesicht hin und her, »… nichts davon je geschehen ist.«

Alexander nickte langsam. »Bist du ganz sicher?«

Er saß noch immer auf dem Einzelbett, die Hände ineinander verknotet, mit hängenden Schultern, und versuchte, den Ernst meiner Probleme zu beurteilen. »Ich möchte, dass du dich zurückerinnerst und dich dabei wirklich konzentrierst, Liese.«

»Jetzt hör aber auf«, begann ich, aber dann fehlten mir die Worte, um auszudrücken, wie übertrieben ich diese ganze Farce fand.

In den späten Achtzigern waren die Bäume auf unserem Grundstück noch kaum mehr als Setzlinge gewesen, und außerdem wäre ohnehin alle zu hoch wachsende Heckenpracht als unsozial angesehen worden. Ich war sichtbar, ganz gleich wo ich den Fuß hinsetzte, ganz gleich wo ich hinzugehen träumte. Es war, als wären es Gottes Augen selbst, die auf mir ruhten. Jeder Vorgarten war nichts weiter als ein kleiner Flecken einsehbarer Rasen, die Beete jedes Nachbarn noch gepflegter als die davor. Alle lebten auf dem Präsentierteller. Es gab keinen Ort, den man unbeobachtet aufsuchen konnte. Und der sicherste Ort, ja der einzige Ort, um Sex zu haben, war der eigene Kopf.

Sie erzählte mir, dass sie eines Tages nach der Schule, als sie einen Schaufensterbummel auf der St. Stephens Street machte, von einer Frau angesprochen wurde, die sie fragte, ob sie Geld verdienen wollte. Diese Frau, eine Puffmutter, hatte sie offenbar als jemanden erkannt, der in seiner Freizeit anschaffen ging. Nicht nur wegen ihres nuttigen Aufzugs und ihrer Schminke, sondern vor allem wegen ihrer Augen, denn sie sah aus, als bräuchte sie es die ganze Zeit und als wäre das alles, wozu sie zu gebrauchen war. Diese Puffmutter leitete ein Bordell in der Nähe der Sweet Briar Road …

Ich prustete los.

»Was ist los?«

»Ein Bordell! Ich wusste nicht mal, dass es überhaupt ein Bordell in Norwich *gibt*!«

… das spezialisiert war auf Leute mit absonderlichen Geschmäckern – ein Ort für die wirklich kranken Typen. Manchmal erzählte sie mir von den Sachen, die diese Freaks mit ihr anstellten, sie flüsterte sie mir ins Ohr, wenn wir zusammen waren. Sie war wie umgedreht im Kopf, jetzt machte es ihr Spaß, sich Angst einjagen zu lassen. Echt, das machte sie an, auf der Kante zur Panik zu balancieren, das schien sie heiß zu machen, da empfand sie einmal was …

Ich wusste, dass Alexander mich beobachtete. Aber ich konnte nicht von der Seite aufblicken. Ich fühlte mich heiß und kalt zugleich. Dann folgte eine Auflistung von Praktiken, an die ich ehrlich niemals gedacht hätte. Das Merkwürdige war, dass all diese schale Pornografie, all diese Behauptungen, ich würde es lieben, wehgetan zu bekommen, mich weit weniger berührten als die Tatsache, dass er wirkliche Details aus meinem Leben kannte: die Farbe meiner Schuluniform – wie pervers musste man denn sein, um so etwas herauszufinden? –, die Straße, in der ich als Teenager einkaufen gegangen war, die halben Reifen auf dem Spielplatz meiner alten Schule.

»Gab es denn anständige Spielplätze dort, wo Sie aufwuchsen?« Als unser gemeinsames Wochenende näher kam, war Alexanders Fragerei zunehmend seltsam geworden. Er schien zu glauben, ich käme aus so einer Art städtischem Slum. »Gab es auch Sportplätze? Irgendwelche Laufbahnen oder Spielfelder, wo die Jungs sich austoben konnten?«

Er hatte Fragen über meine Herkunft gestellt, die ich zwar merkwürdig, aber banal fand, doch ganz offensichtlich hatte er meine Antworten als Hilfe für weitergehende Recherchen benutzt.

Ich schüttelte den Kopf. Es wirkte, als wolle er mich erniedrigen. Während er mich zum Wahnsinn trieb, wollte er, dass ich mich erinnerte, wo ich herkam.

»Wie hast du das hingekriegt?« fragte ich jetzt. Er hatte nicht wie ein sonderlich kreativer Mensch auf mich gewirkt.

»Was hingekriegt?«

»Das alles rausgefunden und dir diesen ganzen Dreck aus den Fingern gesaugt?«

»Liese, versuch dich zu beruhigen. Du denkst gerade nicht klar.«

Ich war noch immer nur halb angezogen. Hatte er absichtlich damit gewartet, mich seine Briefe lesen zu lassen, bis ich fast nackt war? Ich knallte die Briefe neben ihm hin und bedeckte mich rasch mit einer Bluse, die ich auf gut

Glück zuknöpfte. Ich griff meine Jeans vom Boden und stieg hinein. Meine Socken steckten in den Hosenbeinen. Ich lehnte mich gegen die weiße Bettkante und zog sie mir so schnell es ging über. Dieser Dreckskerl wollte eine verbriefte Hure mit einem Rucksack an schweinischen Anekdoten für die nächtliche Nutzung, die sich zugleich genügend schämte, um tagsüber schön unterwürfig zu bleiben.

Alexander sah mir zu, wie ich eine Schublade aufzog, die er soeben befüllt hatte, und sein Gesichtsausdruck war fast mitleidig. Seufzend sagte er: »Ich glaube, du versuchst irgendeiner Sache auszuweichen.«

»Und was soll das sein?«

»Ich glaube, wenn du so handelst, dann wie in einer Art Trance. Ich weiß nicht«, er rieb sich die Stirn, »es wirkt, als würdest du versuchen, irgendetwas Schmerzhaftem zu entkommen.«

Wollte er hier tatsächlich den Seelenklempner spielen, meine nicht existierende Identität analysieren? Aber auf solche Theorien konnte er schwerlich gekommen sein, während er in seinem Pick-up Scheiße umherkarrte und mit seinen Kühen redete. Waren das Erinnerungen an eine eigene fehlgelaufene Behandlung?

»Es zieht dich rein, und dann musst du Sex haben. Aber du fühlst es nicht. Du fühlst überhaupt nichts.«

Ich wählte einen dicken Wollpullover – wenn ich einen Weg fand, dieses Haus zu verlassen und in Sicherheit zu fliehen, dann wollte ich dabei nicht erfrieren. Ich zog ihn über den Kopf, da verhakte sich die Platinklaue des Verlobungsrings, die Klaue, die den Brillanten hielt, und zog an der Wolle. Den Pullover über dem Kopf, kämpfte ich, um sie wieder loszuhaken. Schließlich hatte ich den Pullover an und schlug die Schublade zu. Das kitschige weiße Möbel mit seinen Verzierungen erbebte. Hatte er mich aus Therapiegründen in dieses pinke Zimmer gesteckt? Um mir meine Kindheit »wiederzugeben«?

»Manchmal entwickeln die Leute als Nebeneffekt eines Traumas Abhängigkeiten, sexuelle Abhängigkeiten.«

»Sehr schlimm für sie.«

»Man kann das behandeln.«

Ich hockte auf dem Boden, zog meine Laufschuhe an und schnürte sie. »Du solltest nicht jeden Unfug glauben, den du im Internet liest, Alexander.«

»Liese, wir können das angehen. Die Zweifel, die du hast, die Unsicherheiten, das ist alles nicht notwendig. Ich liebe dich …« Er beugte sich vor, und seine blauen Augen waren jetzt voll Zärtlichkeit. Und gleich darauf war er auf allen vieren neben mir und streckte seine Hand aus, wie um ein verängstigtes Tier zu beruhigen. Dass er sich nicht rasierte, ließ ihn langsam älter aussehen. »Ich möchte, dass du das Gefühl bekommst, über diese Dinge mit mir reden zu können.«

»Wow, danke!«

»Von jetzt an, wenn du ein Problem hast, dann ist es unser gemeinsames Problem, Liebling.«

»Warum hört sich das an wie eine Drohung?« Im Aufstehen wurde mir klar, dass ich nicht nur Angst hatte, sondern dass ich diesen Mann jetzt auch hasste, seine erdrückende Aufmerksamkeit hasste, und ich griff nach dem Stoß Briefe und warf sie ihm ins Gesicht.

»Okay …« Alexander kniete sich hin, um die Papiere wieder aufzusammeln. Er bewahrte mühsam die Ruhe, bis er die letzte Seite aufgehoben hatte. Dann richtete er sich auf, warf einen Blick darauf und sagte beiläufig: »Hast du in der Schule zu irgendwelchen Lehrern ein engeres Verhältnis gehabt?«

»Was soll das schon wieder heißen?«

»Ach«, ein kurzes, sich geschlagen gebendes Achselzucken, »gar nichts.«

Ich riss ihm die Seite aus der Hand, wohl wissend, dass ich besser nicht weitergelesen hätte, denn das ermutigte ihn und fütterte mein eigenes perverses Verlangen, das jetzt wucherte wie irgendein verhextes Pflänzchen.

> … vielleicht war es falsch, es zu tun, aber schließlich war sie nicht mehr meine Schülerin. Und wäre ich es nicht gewesen, dann irgendein anderer, der womöglich nicht so fürsorglich mit ihr umgegangen wäre …

Mein Fehler war, dass ich das nicht als pure Fiktion nahm, sondern stattdessen anfing, die Lehrer an der Schule durchzugehen und mich zu fragen, auf welchen er mich da stoßen wollte – dabei war der Gedanke an jeden Einzelnen ekelerregend.

> … Ich habe auf eine Anzeige geantwortet und sie im Holiday Inn an der Ipswich Road kurz vor der A 47 ge-

troffen. Sie mochte es dort, denn es gab eine verglaste Seitentür gegenüber dem Parkplatz, sodass man nicht durch die Lobby oder an irgendwelchen Wachleuten vorbeimusste, um auf die Zimmer zu kommen. Ich klopfe also an die Tür und nehme natürlich an, dass sie mich wiedererkennen wird, aber sie zeigt keine Reaktion. Sechs Jahre lang habe ich sie im Klassenzimmer gesehen, aber sie sagt keinen Ton, was das betrifft.

Dieses Mädchen hatte alle Chancen gehabt, ich weiß das, denn die Eltern tauchten jedes Mal auf, wenn sie oder ihre Schwester bei einem Wettrennen oder einem Gesangsabend mitmachte. Sie war eine ruhige und gewissenhafte Schülerin gewesen, bis – ich weiß es nicht, vielleicht hatte sie an einem Wochenende *Pretty Woman* auf Video gesehen, und das Nächste, was man mitbekommt, ist, dass sie offensichtlich zum Oberflittchen der Schule geworden ist – lehnte da samstagabends an den Mauern, und die ganzen Kids jubelten ihr quasi zu. Jeden Montagmorgen war sie das Tagesgespräch im Lehrerzimmer.

Einmal drehte sie sich zu mir um und verlangte, ich solle etwas mit ihr tun, das ihr Schmerzen verursachen würde, und ich weigerte mich, ich wollte das überhaupt nicht, aber sie wollte es unbedingt, und ich hätte alles für sie getan. Na ja, was das betrifft, kam eines zum andern. Da ist einiges zusammengekommen, was die meisten Leute zu extrem finden würden.

Ich nehme an, ich hatte die üblichen Fantasien, dass ich meine Frau verlassen würde und dass sie und ich irgendwo hingehen würden, wo es warm war, und sie diese Dinge dann nicht mehr tun würde. Ich gab auch so viel Geld aus. Ich warf es nur so raus. Nur um sie zu sehen, verzichtete ich darauf, essen oder mit Freunden einen trinken zu gehen.

Aber irgendwann wurde mir klar, dass sie nichts von dem wollte, was ein normales Mädchen suchte. Sondern nur Sex und Geld. Jeder Mann machte sie ganz genauso an wie der nächste.

Und was sehr merkwürdig ist: Ich könnte schwören, dass es für sie jedes Mal das erste Mal war, dass wir uns trafen, und dass ich jedes Mal wieder ein Fremder war. Ich rief sie an, und sie konnte sich nicht an mich erinnern. Manchmal tat sie so, als ob, aber ich wusste, das war gespielt. Hätte ich sie vormittags gesehen, ich glaube nicht, dass sie mich am Nachmittag noch wiedererkannt hätte. Traf sie denn so viele Männer, dass sie mit dem Erinnern nicht nachkam? Ich brachte ihr Geschenke mit, teure Sachen, wie Frauen sie gernhaben, und beim nächsten Mal fragte ich dann nach, und sie sah mich völlig verständnislos an oder sagte irgendeine Höflichkeitsfloskel, als wollte sie mir meinen Willen lassen, als sei ich derjenige mit einem schlechten Gedächtnis – und das machte mich wütend, einfach zornig, und ich gestehe Ihnen, in dem Moment verstand ich, warum es Männer gibt, die Huren wehtun wollen, und fragte mich halb, ob es nicht Fälle gibt, in denen sie es nicht besser verdient haben.

Es ging noch weiter, aber ich hielt die Lektüre nicht mehr aus.

Ich blickte zu ihm auf, meinem Verlobten. Meine Augen brannten, alles um uns herum war extrem scharf zu sehen, und ich brach in Gelächter aus. Das Zimmer löste sich auf, die Körnung der Welt vergröberte sich, und mitten im Lachen spürte ich mich fallen. Ich war an den äußersten Rand meines Lebens gelangt, und jetzt, viel zu schnell, ging es bergab.

VI

Wir saßen in seinem Pick-up und fuhren über die Koppeln. Wie viel später es war, wusste ich nicht, aber das Tageslicht über dem Horizont wurde farblos, wodurch die gesamte Umgebung kälter, grauer und endloser wirkte. Alexander hielt vor verschiedenen Toren, und ich stieg aus. Ich versuchte, die Bolzen gekonnt aufzuschieben, die panische Angst nicht zu zeigen, die meine Finger von dem kalten Metall abrutschen ließ, sodass jeder Riegel zu einer weiteren Prüfung wurde. Ich wusste nicht mehr, was ich glauben sollte. Ich traute dem Himmel nicht. Auch nicht den Bäumen. Auch nicht den Vögeln, die unsichtbar in den dunkler werdenden Ästen der Bäume hockten und intensiven Lärm machten. Ich traute meinem Körper nicht, war nicht sicher, dass meine Hände tun würden, was ich ihnen befahl. Nach jedem Kampf mit einem Gattertor sah die Weide vor mir genauso aus wie die vorherige, mit nur winzigen Unterschieden in der Verteilung von Bäumen und Tieren – einmal zwei Vögel auf einem Zweig, einmal drei –, es war eine Art Memory-Spiel.

Stellen Sie sich vor, dass jemand zu Ihnen kommt und Ihnen eine Geschichte Ihres Lebens überreicht, die von so vielen Wahrheiten durchsetzt ist, dass man nicht mehr sicher ist, was die Lügen betrifft. *Was habe ich getan?* insistierten die Briefe quälend, *ich verstehe nicht, was ich getan habe.* Es waren Fälschungen, aber wer immer sie geschrieben hatte, schien zu viel zu wissen, schien Zugang zu Kenntnissen aus Zeiten zu haben, an die ich mich kaum mehr erinnern konnte.

Noch ein Tor und noch ein Bolzen und ein Riegel, der mit einer dicken Stahlkette verbunden war. Diese hier war älter und wurde von rostigem Draht zusammengehalten. In den Riegel war ein Loch geschnitten, und während ich versuchte, dieses Loch schräg über den Bolzen zu ziehen, konnte ich Alexanders Blick im Rücken spüren. Er beobachtete mich vom Fahrersitz aus, für den Fall, dass ich probierte, über die Weiden zu entkommen. Ich versuchte, das gesamte Tor anzuheben, um den Riegel zu öffnen. Es bewegte sich nicht, aber meine Finger arbeiteten weiter, wurden dabei immer tauber, und der Verlobungsring stieß gegen die Stahlplatte.

Schließlich löste sich der Riegel, ich schwang das Tor weit auf und sah zu, wie Alexander hindurchfuhr.

Ich zitterte vor Kälte und blieb einen Moment stehen. Ich wusste nicht, wohin wir fuhren oder warum. Und was, wenn ich jetzt losrannte und es bis in den Nationalpark schaffte? Vielleicht würde er mich nicht finden. Vielleicht würde mich überhaupt niemand finden. Ich hatte schon Geschichten von Kindern und Ausländern gehört, die sich im Busch verlaufen hatten. Die Landschaft musste überall um sie herum gleich ausgesehen haben, es gab keine Wiedererkennungsmerkmale, die einem gezeigt hätten, aus welcher Richtung man kam, man war verloren inmitten all dieser Bäume, die darauf warteten, zu brennen. Mir fiel eine in der Schule gelernte Verszeile von Emily Dickinson ein: *Wagst du eine Seele zu sehen in der Weißglut?* Nein, dachte ich, ich glaube nicht. Diese Leute hatten nie genug Wasser, und sie irrten im Kreis herum, durch die trockene Ödnis, und verdursteten langsam.

Ich hob das quietschende Tor an, um es zu schließen, und wieder kämpften meine Finger mit dem kalten Metallriegel.

Zurück im Wagen sagte Alexander nichts. Wir hatten ohnehin kaum ein Wort gewechselt, seit er mir die Briefe gezeigt hatte. Ich hatte erschüttert in meinem Zimmer gehockt, während er unten in der Küche war. Aber er hatte nicht vorgehabt, mich allein im Haus zurückzulassen, und jetzt spielte er seine Geduld aus – eine stoische, aggressive, irrsinnige Geduld –, während er darauf wartete, dass ich meine Vergangenheit gestand.

Ich schloss die Augen.

Was, wenn ich tatsächlich gegen eine Gartenmauer gelehnt auf einem schmalen Weg gestanden hatte, über mir die Äste der Bäume, zu meinen Füßen Laubhaufen, in der Ferne gedämpfter Verkehrslärm, dann flackernde Lichtkegel in der Siedlung und die Hände eines Fremden auf dem Fleisch meiner Hüften?

Was, wenn ich tatsächlich nachts auf dem Golfplatz gewesen war, auf dem säuberlich geschnittenen Gras kniend, unfähig die Sterne zu sehen, unfähig irgendetwas zu sehen, mit dem Bauch vor meinem Gesicht und den Fingern, die mir an den Haaren zogen?

Und was, wenn es mir tatsächlich gefallen hatte?

Im Weiterfahren bewegten sich die Bäume, kamen mal näher, wichen mal zurück, ihre Silhouetten halb im Nebel aufgelöst.

»Warte mal«, sagte Alexander zu sich selbst. »Sag mir, dass das nicht wahr ist.«

Diese Koppel hatte in einer Ecke ein aluminiumumzäuntes Gehege. Dort lag eine Kuh, allein. Weitere Kälber und Kühe in einiger Entfernung waren nur schwerfällige Schattenrisse.

Alexander murmelte etwas in seinen Bart. Er hielt den Wagen an, sprang hinaus und fluchte. »Muss ich mich denn hier um jede Kleinigkeit selbst kümmern?«

Ich stieg ebenfalls aus.

»Er hätte mir sagen müssen, dass sie so weit ist. Nutzloser Scheißverwalter.«

Ich folgte ihm durch die kotigen Erdschollen zu der Kuh und sank mit jedem Schritt tiefer ein. Aus der Nähe war das Tier erschreckend groß, größer als alles, was ich je außerhalb eines Zoos gesehen hatte. Aus seiner Vagina hingen zwei Hufe, zwei runde Stücke gefurchten Knochens, dann zwei dünne verschränkte Knöchel, ganz so, als läge das Wesen mit übergeschlagenen Beinen in der Gebärmutter.

»Alles in Ordnung, mein Mädchen. Alles in Ordnung.« Alexanders Stimme hatte sich ein wenig verändert. Er streichelte die Flanke des Tiers. »Es tut weh, aber bald ist alles gut.«

Er drängte die Kuh auf ihre Beine und schob sie dann

auf zwei vertikale Stangen innerhalb des Geheges zu. »Rein in den Käfig, na komm schon, rein mit dir.« Er stemmte seine Schulter unter die Kuh, unter die hervorstehenden Hufe, und hievte und bugsierte das Tier in den Verschlag, den er Käfig nannte. Es gab ein hallendes metallisches Knallen, als er eine hohle Stahlstange zuschlug, die den Kopf der Kuh fixierte. Sie blinzelte mit ihren großen traurigen Augen.

»Ich werd's rausziehen müssen«, erklärte Alexander, marschierte zurück zum Wagen und nahm ein Stück Seil von der Ladefläche. Zurück bei dem Tier, band er ein Ende um die Knöchel des Kalbs, das andere um seinen eigenen Körper, als habe er sich selbst mit einem Lasso eingefangen. Er zog die Schlingen fest und lehnte sich zurück, sodass sein Gewicht das Seil anspannte.

»Wenn du dich hier nützlich machen willst …« begann er ärgerlich.

»Sag einfach, was ich tun soll«, schnappte ich zurück.

»Halt den Schwanz aus dem Weg.«

Mit Fingern, die halb taub waren von all den Riegeln und Bolzen, ergriff ich den Kuhschwanz, eine Art grob gedrillte Quaste, und versuchte anderswohin zu blicken. Während Alexander sich bemühte, die eine Kreatur aus der anderen herauszuziehen, überlegte ich mir, ob es Sinn machte, jetzt quer über seine Koppeln voll preisgekrönter Minotauren einen Fluchtversuch zu wagen, ob ich damit von der Gefahr weglaufen würde oder mitten in sie hinein. Zwar ängstigten die Briefe mich, aber was dieser Angst einen besonderen Kick verlieh, war das untergründige

Schuldgefühl, das sie erregten. Es schien klar zu sein, wer sie geschrieben hatte, und dennoch dachte ich: Jemand ist mir auf die Schliche gekommen, aber er oder sie hat dabei Dinge herausgefunden, von denen ich selbst nicht weiß, dass ich sie getan habe.

Mitten in die Stille hinein stieß eine Elster ihren trillernden, heiseren Ruf aus.

»Drück!« drängte Alexander die Kuh zärtlich. »Drück«, flehte er sie an, während er vorsichtig das Seil anspannte und das Kalb sich unter Haut und Knochen, Muskeln und Fleisch der Mutter bewegte. Die Kuh stieß einen Schrei aus, ihre Beine knickten ein, und die Stahlkonstruktion klang nach, als der Kopf nach unten sackte. Erschöpft daliegend, schien das Tier klagend die Bäume und den Wind und die Dunkelheit anzurufen, es war ein tiefes, aus dem Bauch kommendes Schmerzensstöhnen.

Wie hätte ich da weglaufen können?

Jetzt, da die Kuh lag, war es noch schwieriger, das Kalb herauszuziehen. Alexander ließ sich auf den weichen, feuchten Boden nieder. Und kurz darauf saß er tatsächlich im Matsch, die Knie vor sich aufgestellt, den Oberkörper vorgebeugt, und zog am Seil. Er war stark, sehr stark, und langsam kam das Kalb zum Vorschein, die Beine in einer schleimigen, schimmernden Membran eingehüllt.

Die Vagina der Mutter dehnte sich so weit es ging, mit der ganzen elastischen Zerklüftetheit des rohen Fleisches, das rosige Innere faltete sich vor unseren Augen auf. Wieder schrie die Kuh, zu schmerzlich jetzt, und da erschienen die Hüften des Kalbs.

»Drück, Mädchen, drück!« Alexander stand jetzt wieder. »Stell dich auf und drück!«

Ich starrte ihn an, und zum ersten Mal hatte ich den Eindruck, klar und deutlich zu sehen, wer er wirklich war – der Mann, den ich vielleicht kennengelernt hätte, wenn unser erstes Treffen anders gelaufen wäre, wenn ich hierhergekommen wäre, ohne dafür eine Gebühr zu erheben.

»Es lebt!« rief Alexander verblüfft. Die Kuh schien zu erbeben, aber das war der schmale Körper des Kalbs, der sich drinnen bewegte.

»Der kleine Scheißer lebt!«

Alexander zog noch kräftiger, sein ganzes Gesicht stand in Flammen, und in einem abschließenden nassen Schwall wurde das Kalb herausgespült.

Dann lag es auf der Erde, ein schwarzes wirbelloses Etwas mit ausgestreckten Armen und Beinen. Es sah aus, als habe es keine Augen. Es sah aus, als habe es keinen Mund. Es schwamm in schimmerndem schwarzem Öl, zuckte und zappelte in einem durchsichtigen Kokon.

Alexander packte mich in einer unbeholfenen, fast teenagerhaften Bärenumarmung. Er legte die Hand auf meine Schulter, drückte sie und brach dann in einen komischen kleinen Freudentanz aus. Er war überwältigt. Und ich war es auch. *Lebendig!* Auch wir waren lebendig. Auch ich war Zeuge des magischen Hergangs geworden, und eine leise innere Stimme fragte mich: Warte mal, was ist, wenn dieser Mann dir die Wahrheit erzählt hat? Und dann dachte ich: Aber wenn nicht er die Briefe geschrieben hat, wer dann?

Er hatte den Arm immer noch um meine Schulter gelegt. »Warum bist du so erstaunt, dass es lebt?« fragte ich.

»Ich habe noch nie gesehen, dass eine Steißgeburt, die nicht sofort behandelt wird, überlebt. Normalerweise ersticken sie, ersticken am Fruchtwasser.« Alexander kniete sich hin und befreite das Kalb behutsam von der Membran, so wie man ein Geschenk öffnen würde. Er hob die dünnen Hinterbeine an und schleppte das Neugeborene neben die Mutter. Dann löste er die Barren vom Kopf der Kuh und stupste ihre Flanke mit dem Stiefel an, damit das Tier aufstand. »Zeit zu arbeiten, Mädchen.«

Die Kuh stemmte sich hoch und stieß dabei ein tiefes, aus ihrem Innern kommendes Grummeln aus, dann schnüffelte sie an dem Kalb und begann es zu lecken. Unter der großen Zunge der Mutter bewegte sich der Kopf des Kalbs hin und her. Dann zuckte es mit seinen jungen Ohren.

Ich merkte, dass ich mir die Augen rieb.

Alexander prüfte nach, ob die Kuh die Plazenta ausgeworfen hatte, dann beugte er sich vor und wischte sich an einem Grasbüschel das Blut von Händen und Unterarmen. Ich stand wie angewurzelt da und starrte auf das Kalb. Das leuchtende, schwarze Neugeborene warf die Beinchen von sich und lernte dabei, sie zu gebrauchen.

Als Alexander fertig war, berührte er mich freundschaftlich am Arm, und wir gingen hinüber zum Wagen. Die Dunkelheit schluckte den Horizont und festigte mein neues Bedürfnis, mir andauernd über die Schulter zu blicken. Nur wir waren hier, er und ich und die Tiere. Eine Welle von Zärtlichkeit für ihn flutete durch mich. Ich hatte Lust, den Kopf an seine Schulter zu lehnen und seine Hand zu nehmen. Das hier mitzuerleben hatte mich irgendwie aufgebrochen, hatte einen Spalt zu etwas hin aufgebrochen, von dem ich gar nicht gewusst hatte, dass es zugeschüttet war.

Wir öffneten und schlossen die Autotüren gleichzeitig. Und als wir einander ansahen, grinsten wir scheu. Einen Moment lang, nur den Bruchteil einer Sekunde lang war es so, als wäre nichts Schlimmes je geschehen. Und wir saßen da in der zunehmenden Dunkelheit und sahen zu, wie das leuchtende Kalb neben seiner Mutter in die Knie ging, eine Zitze fand und zu trinken begann.

Das Haus roch nach Alexanders Kochkünsten. Ich folgte ihm durch die Hintertür in die Küche, wo er Licht einschaltete und nach dem Herd sah. Die Spüle war voller Geschirr, als hätte er jedes einzelne Utensil benutzt, das er hatte auftreiben können. Er kochte, ohne sofort alles wieder sauber zu machen, und auf der Arbeitsplatte stand eine Schale mit geschälten und entkernten Äpfeln – er hatte angefangen, die Äpfel mit einer roten Mischung aus der Küchenmaschine zu befüllen – neben einem Haufen Zwiebelschalen, einer Schüssel mit übrig gebliebener Fülle sowie Nadel und Faden, mit denen er den Bauch des Vogels nach dem Füllen wieder zugenäht hatte. Daneben lag der *Larousse Gastronomique*, aufgeschlagen auf der Seite »Gebratene Gans mit Obstfüllung«. Ich kam vor Hunger um, aber der Geruch des bratenden Vogels war sehr eindringlich, fast schon säuerlich.

Zufrieden mit der Temperatur, verließ Alexander die Küche und ging zu einem der winzigen Kämmerchen im Gesindetrakt. Er zog an einer Schnur, und eine nackte Glühbirne leuchtete auf. Das war die Waschküche.

Ich stand in der Tür und blickte zur Seite, als er seine von der Geburt verschmutzten Sachen auszog. Als er nur noch in einem weißen Unterhemd und Boxershorts dastand, drehte er den stöhnenden Wasserhahn auf und begann sich im Becken die Nägel zu bürsten.

»Brauchst du Hilfe mit dem Abendessen?« fragte ich.

»Nein, nein.« Er blickte sich zu mir um. »Alles unter Kontrolle. Danke.«

»Ich könnte das Geschirr spülen.«

»Ach, das geht schnell. Das mach ich später.«

Ich nickte, ich wollte mich ihm nicht aufdrängen. »Na, dann gehe ich mal und mache mich ein bisschen frisch. Es sei denn, du willst zuerst duschen?«

»Nein, nach dir.«

Das Hemd und die Jacke, die er mir geborgt hatte, waren genauso wie meine eigene Jeans von einer etwas weniger dramatischen Mischung aus Blut und Matsch verdreckt, aber das war mir egal. Ich fühlte mich leicht. Irgendwie gelang es mir, den Irrsinn der Briefe auf Distanz zu halten. Und dabei wurde Alexander fast zu so etwas wie einem Verbündeten. Hier zu sein war leichter zu ertragen, wenn ich mir vorstellte, dass irgendwo draußen in der Welt, irgendwo in der Dunkelheit jenseits dieses Hauses jemand existierte, der uns beiden Böses wollte – weil er und ich nämlich dadurch zu Unschuldigen wurden. Wer immer die Briefe geschrieben hatte, war böse, aber wir beide waren gute Menschen, die auf einer Farm arbeiteten. Wir halfen den Tieren, halfen ihnen und ihren Babys. Das klingt ja vielleicht verrückt, aber ich hatte das Gefühl, dass sich die Möglichkeit eines hoffnungsvollen Waffenstillstands zwischen uns auftat.

»Liese.« Alexander stellte den Wasserhahn ab und legte die Nagelbürste zur Seite. »Ich habe eine Überraschung für dich.«

Ich musste halb lachen: »Noch eine?«

»Ja.«

»Na, ich gebe auf.« Ich lächelte und wartete ab. »Willst du mir sagen, was es ist?«

»Ich werd's dir zeigen.«

In Unterwäsche führte er mich durch den Korridor bis zur Eingangshalle, seine sehnigen Schultern waren angespannt, und die Steifheit seines Körpers zeigte mir, dass er seine Glieder wieder unter Kontrolle hatte. Er stieß die Tür zum Esszimmer auf und offenbarte mir den langen polierten Esstisch, der prachtvoll dekoriert war: kristallene Wein- und Wassergläser, Teller mit Familienmonogramm, cremefarben, mit dunkelblauem Rand und einem kursiven *C*, schweres Silberbesteck, Messer und Gabeln verschiedener Größen auf spitzenbesetzten Servietten. Die Familienschätze, die hier ausgestellt waren, mussten Tausende, nein Zehntausende Dollar wert sein. All das verlieh dem Tisch eine unbestreitbar machtvolle Aura. Und stellte eine

Art von Herausforderung dar: denn er war für sechs Leute gedeckt. Alexander hielt sich sehr gerade. »Ich hab ein paar Freunde zum Essen eingeladen.«

»Oh.«

»Ich wollte, dass wir es feiern.«

Wo ich eine Stunde zuvor noch gerätselt hätte, welcher dieser Gäste mir vielleicht zu Hilfe kommen konnte, war ich jetzt doch auch gerührt von seinen Anstrengungen. »Es sieht schön aus.«

Alexander gestattete sich ein schmales Grinsen. »Blumen fehlen noch. Warte eben.« Er verließ den Raum und tauchte Augenblicke später mit einer Gartenschere auf. »Willst du dich um ein Arrangement kümmern?«

»Und woher?«

»Aus dem Garten, Liese.« Er streckte die Hand aus und strich mir übers Gesicht. »Da kommen Blumen her.«

Alexander nahm den Schlüssel von dem kleinen Haken hinter dem Vorhang, öffnete eine der Glastüren und trat zurück, sichtlich stolz darauf, dass ich nicht losrennen würde.

Auf der Veranda, die kühle Nachtluft inhalierend, hatte ich das erste Mal seit Tagen das Gefühl, tatsächlich atmen zu können. Die Beete am Rande des Rasens wurden von dem Licht aus den Fenstern des Esszimmers beleuchtet, und ich schnitt eine Blume ab, eine weiße Kamelie, während die eisige Luft in meine Lungen drang und wieder hinaus.

Ich schnitt einen weiteren Stängel ab und reckte meinen Nacken, nur ein wenig.

Bald konnte das alles hier vorüber sein. Ich hatte die Möglichkeit, einen der Gäste zu bitten, mich in den nächsten Ort mitzunehmen. Dort konnte ich mit dem Bargeld ein Auto mieten und durch die Nacht in mein altes Leben zurückfahren – der Gedanke war wundervoll. Und dann auch wieder nicht. Mein altes Leben kam mir zunehmend leichtfertig vor.

Ich hatte zu dicht an der Oberfläche gelebt – das war mein Job: Räume als dem Auge angenehm erscheinen lassen. Ich hatte in einer Branche der Künstlichkeit und Illusion gearbeitet und mir dabei selbst weisgemacht, dass es eine vernünftige Art sei, seine Zeit totzuschlagen, indem man den richtigen Stein oder Marmor oder den richtigen Verputz aussuchte, um die Schwächen irgendeines Hauses unsichtbar zu machen. Hier dagegen hatte ich mit den Dingen zu tun, mit denen Menschen etwas zu tun haben sollten: mit Kühen und Elstern und Matsch und Hunden. Ich betrachtete den Kamelienstrauch, dessen Knospen sich öffneten wie perfekt eingepackte Geschenke und dabei einen ungemein feinen Duft ausströmten.

Wahrscheinlich war mir einfach nur schwindlig angesichts der nahen Aussicht auf Freiheit, aber ich musste mich dennoch fragen: Wohin kehre ich zurück? In die Bude über der Garage meines Onkels? In die Tagträumereien über China, wo ich realistischerweise weiterhin Schuhkartons würde zeichnen müssen? Oder, am wahrscheinlichsten, wenn ich nach Hause gehen und versuchen würde, mich neu zu organisieren, in mein altes Kinderzimmer in Norwich, wo ich jeden Morgen durch die

Wand den Staubsauger hören würde, wie er gegen den Türrahmen stieß, und den typischen Ton meiner Mutter, in dem sie sagte: »Aufstehen! Schick deine Bewerbungsunterlagen rum!« Ich würde unsere Sackgasse entlanggehen müssen, um zur Post zu kommen, und dabei den Nachbarn begegnen, die mir erzählen würden, dass ihre Schwiegersöhne auch entlassen worden seien, und die ganze Zeit würde ich wissen, dass sie immer noch eine große, tumbe Trulla in mir sahen, nicht sonderlich beliebt und stets ein bisschen abweisend.

Das war die Ironie bei diesen Briefen: Als Heranwachsende war ich das krasse Gegenteil der Ortsschlampe gewesen. Ich war so gut wie unsichtbar.

Diese Briefe … ein permanentes Rätsel am Rande meines Bewusstseins.

Ich hatte niemandem davon erzählt, dass ich Alexander traf.

Er behauptete, es auch niemandem erzählt zu haben.

Wenn er sie aber nicht geschrieben hatte, dann versuchte ein Dritter, einen von uns in den Wahnsinn zu treiben.

Gab es irgendjemanden, der mich so sehr hasste?

Gut möglich. Ich war mit achtzehn von zu Hause fort und hatte mich mit dem eisernen Willen eines Spätzünders von meinem Dialekt kuriert, diesem langsamen Sprechen mit Kiekser am Ende, ebenso von meinen provinziellen Umgangsformen. Ich hatte abgenommen und gelernt, mich anders zu bewegen und anzuziehen und sogar zu lächeln. Das Experiment funktionierte: Ich wurde begehrenswert. Und es war berauschend, plötzlich diese Macht zu haben, nachdem ich jahrelang überhaupt nichts davon geahnt hatte. Aber wie sollte ich damit umgehen? Eine Taktik femininen Erfolgs kopierte ich aus dem Film der Fünfzigerjahre, dessen Heldinnen ihre Verehrer zum Teufel jagen, als handle es sich um einen Sport.

Also ja: ich konnte mir eine Reihe Männer vorstellen, die, Gelegenheit vorausgesetzt, mir gerne beleidigende Briefe geschrieben hätten, obwohl die meisten von ihnen mittlerweile verheiratet waren und kleine Kinder hatten – und also keine Zeit mehr für Derartiges.

In Australien hatte ich mich selbst erfolgreich in Quarantäne begeben. Alexander für Sex zahlen zu lassen war der Versuch gewesen, eine Firewall aufzubauen. Die Konditionen waren klar festgelegt, theoretisch konnten wir da beide eine Menge Spaß rausziehen, ohne dass einer von uns verletzt wurde. Andererseits *war* ich hierhergekommen, um ein neues Leben zu beginnen, und vielleicht war ich, trotz unserer Kämpfe, gerade dabei, das zu tun und eine Person zu werden, die fähig war, sich an einen anderen Menschen zu binden. Dieses neue Ich würde aufgeben. All die Jahre war ich der Überzeugung gewesen, dass eine Heirat die eigene Identität auslöschte. Dass sie eine Fußfessel war, mit der man an die unangenehmsten Eigenschaften der anderen gekettet wurde: an ihre Unsicherheit und ihre Eitelkeiten und ihre unerheblichen emotionalen Schwankungen. Aber man kann den Schrecken, den ein anderer Mensch immer darstellt, nicht vermeiden! Ein lebendiger Mensch ist nun mal schrecklich und unerträglich real! Und doch – welcher reale Mensch will denn nicht mit einem anderen zusammen auf die Knie fallen in einer großartigen, ekstatischen und transzendentalen Vorführung der Selbstaufgabe?

Ich blickte mich um und konnte so eben noch die Ränder des umhegten Gartens ausmachen, wo Alexander um mich angehalten hatte. Also, saß ich jetzt in der Falle? Ich meine, wer sitzt in keiner? Wenn die Ehe eine Falle war, dann hatte ich mich auch außerhalb der Falle in der Falle gefühlt. Und in ein Eheleben gezwungen zu werden, diese Art von Stoß zu bekommen, war vermutlich der einzige Weg, mich je dazu zu kriegen.

Ich streckte den Arm aus, um eine weitere Kamelie zu schneiden, dabei fiel mein Blick auf den Ärmel meiner Jacke, meiner geborgten Jacke. Alexander hatte Schmutzflecke darauf hinterlassen, als er mich nach der Geburt umarmt hatte. Die Außenseite des Ärmels bestand aus steifer Ölhaut, aber das Innenfutter war weich gesteppt – und plötzlich fühlte sich dieses Material auf meiner Haut anders an.

Hatte er vor unseren Treffen wirklich niemals Prostituierte in Anspruch genommen? Mittlerweile wirkte seine Sexualität zu kompliziert, als dass eine Nicht-Professionelle damit hätte zurande kommen können. Wem hatten denn all die aufgereihten Kleider gehört, die ich oben entdeckt hatte, wenn nicht anderen Frauen? Nun, erklärte mein rationaler Teil, er ist eben pragmatisch. Weshalb Kleidung wie diese Jacke wegwerfen, die noch problemlos benutzbar ist? Am Vortag hatte Alexander mir ebenfalls gebrauchte Kleidung zum Anziehen gegeben. Er hatte zugesehen, wie ich Bluse und Hose einer anderen Frau überzog, bevor wir das Haus verließen, um eine Tour über die Farm zu machen. Er hatte mir einen Antrag gemacht und mir sehnsüchtig in die Augen geblickt, während ich diesen Aufzug trug, und so hatte er, als er mich in die Arme nahm und mit mir tanzte, den Duft einer anderen eingeatmet …

Ich schnitt eine weitere Blume ab. Waren diese anonymen Briefe nicht vielleicht doch eine Ablenkung von seiner eigenen Vergangenheit? Andere Frauen waren hier vor mir gewesen. Vielleicht hatte er sie bezahlt, vielleicht auch nicht, aber er hatte sie hier bei sich im Haus festgehalten. Und sie hatten Sachen von sich zurückgelassen, Kleidung und Make-up, die ihm etwas bedeuteten als Erinnerungsstücke. Meine Brust zog sich zusammen: Und was, wenn die Briefe über meine Gespenster mich blind für das Offenbare machten?

Ich stand da, in jeder Hand einen improvisierten Strauß.

»Du brauchst aber lange.«

Alexander war auf der Veranda und beobachtete mich. Hinter ihm stand der Leuchter des Esszimmers in Flammen, und durch die Glastüren sah ich den langen Tisch voller Plunder.

Frisch geduscht und in sauberer Kleidung kam Alexander in den Garten herunter. Mit entschiedenem Griff nahm er zuerst die Schere, dann die Blumen aus meinen Händen. Seine Züge waren grau und verschattet.

»Du hast ja den halben Garten abgeschnitten.«

Ich blickte auf die Stängel, die ich eben noch gehalten hatte, manche waren halbe Äste, und hörte mich fragen: »Bist du tatsächlich nie vorher verheiratet gewesen?«

Er begann, Blätter von den Stielen zu schneiden. »Nein, bin ich nicht.«

»Und verlobt?«

Es gab eine lange Pause.

»Ich dachte, unsere jeweilige Vergangenheit sollte keine Rolle spielen, Liese?«

»Aber du hast beschlossen, meine zu kennen. Also, warst du?«

Er schüttelte den Kopf. »Ehrlich, *du* hast nun wirklich keinerlei Recht, eifersüchtig zu sein. Aber wirklich überhaupt keins.« Noch weiteres, effizientes Trimmen, dann schob er den Abfall mit seinem Stiefel auf ein Beet. »Du zitterst ja. Komm wieder rein.«

Auf dem Mahagoni-Esstisch stand jetzt auch noch eine kostbare Vase aus Silber und Kristall. Die hatte er ausgesucht, um den Piratenschatz auf dem Tisch zu komplettieren, aber alle zusammengenommen sahen diese Dinge komisch aus, als hätte er versucht, eine Kindheitserinnerung wiederherzustellen, und dabei übertrieben. Alexander steckte die Kamelien in die Vase.

Im Licht fiel mir auf, dass er sich rasiert hatte. Seine Haut war wieder glatt, bis auf einen kleinen Schnitt auf der Wange. Ich stand in den Kleidern einer anderen Frau neben ihm, und gegen meinen eigenen Willen, gegen all meine Vorbehalte schnappte irgendwas ein. Ich verspürte das Bedürfnis, die kleine Wunde zu küssen, ihm echte Zuneigung zu zeigen.

Er wehrte mich misstrauisch ab. »Was ist jetzt wieder?«

»Gar nichts!« Ich lächelte, aber fühlte mich blöd.

»Diese Geburt hat dich sentimental gemacht, gluckenhaft, stimmt's?«

»Nein!« rief ich. Aber stimmte es nicht? Dass ich ungeachtet aller Widersprüchlichkeit Leben in mir wollte?

»Arrangiere bitte die Blumen.«

Die Kamelien waren in der Vase, und ich sah nicht recht, was ich noch zusätzlich tun sollte, ich zupfte ein wenig an den Stängeln herum.

Alexander verschränkte die Arme. Er schien bestürzt darüber, dass die Geburt irgendetwas Niederträchtiges in mir zum Vorschein gebracht hatte. »Wenn eine normale Frau so was sehen würde, dann wäre Sex wirklich der allerletzte Gedanke, der ihr dabei kommt. Aber dich scheint ja nun wirklich so gut wie alles heiß zu machen. Was ein Glück, dass du mich bezahlen lässt, Liese.«

Ich ließ die Kamelien, wie sie waren.

»Nein, nein. Das sieht aus, als hättest du ein altes Marmeladenglas gefunden und sie einfach reingestopft. Wie schwer ist das denn?« fragte er und musterte das Arrangement ärgerlich. »Ist das nicht ein grundlegendes weibliches Talent?«

»Wenn's dir nicht gefällt, kannst du mich ja jederzeit feuern.«

Er wirkte ehrlich überrascht. »Wovon redest du?«

»Schmeiß mich doch einfach raus.«

Er erhob sich zu ganzer Höhe und musterte mich mit einem Ausdruck, in dem fast schon Verachtung lag. »Nein, ich glaube, so funktioniert das nicht. Bis dass der Tod uns scheidet und so weiter.«

Warum Alexander mit einem Mal wieder so giftig wurde, verstand ich nicht. Vielleicht stand er unter Druck wegen der Gäste, die er erwartete, und wie sie mich einschätzen würden. Er ging umher, schaltete die elektrischen Heizkörper an, steckte frische Kerzen sehr gerade in die Leuchter und fegte unsichtbare Staubkörnchen von den Servietten. Wenn ich nicht die Wahrheit über meine Vergangenheit zugab, dann zog er es offenbar vor, gar nicht mit mir zu reden. Er hatte sich seine Vorstellungen darüber gemacht, wie dieser Tag idealerweise ablaufen sollte – zunächst das entspannte Frühstück, dann unser gemeinsames Kochen für die Verlobungsfeier und wie er mich über die mysteriösen Briefe hinwegtröstete –, aber ich war nicht auf der Höhe gewesen. Es schien ihn jetzt sogar zu ärgern, wie ich einatmete. Ich störte ihn – ganz als wären wir schon Ewigkeiten verheiratet.

»Du musst diesen Mann wirklich provoziert haben, um ihn in diesen Zustand zu versetzen.«

Ich entdeckte ein Blatt Papier auf der Anrichte, das da lag, als hätte er es soeben gelesen und abgelegt. »Aber du glaubst doch, *er* hätte *mich* missbraucht.«

»Was mich nicht daran hindert, mich zu fragen, wie zum Teufel du es dahin hast kommen lassen können. So ein Freak, der kaum buchstabieren kann.«

So ein Freak wie du? dachte ich.

»Und bitte fang nicht an, über diese Briefe zu reden, wenn die Gäste da sind.«

»Warum sollte ich?«

Er ordnete das Besteck neu und legte jede Gabel und jedes Messer, jedes Dessertlöffelchen und Gäbelchen absolut symmetrisch aus. »Ich meine, ein paar meiner Freunde kennen die Geschichte unserer Beziehung, aber diese Briefe sind Privatsache.«

»Du hast gesagt, du hättest niemandem davon erzählt.«

Ein ungehaltener Seufzer. »Nachdem die Briefe kamen, habe ich Rat gebraucht.«

Mir wurde schwindlig, und ich griff nach einer Stuhllehne. Die Luft um uns herum schmeckte wieder abgestanden. Mein Gesicht war heiß und brannte. Wie unsäglich und wahnsinnig peinlich. Jetzt gab es also noch mehr Leute als Alexander, die glaubten, ich sei eine Nutte. Und all meine Fantasien – also in gewissem Sinn der Inhalt meines Bewusstseins – waren öffentlich geworden.

Ich redete nur weiter, um nicht umzukippen. »Warum rufen wir nicht die Polizei?«

»Red' keinen Schwachsinn.«

»Handelt es sich denn nicht um ein Verbrechen?«

»Und was für eins?«

»Üble Nachrede ja vielleicht …«

Alexander kicherte. »Du möchtest also, dass ich die Polizei anrufe und sage: Hilfe! Bis vor Kurzem hat meine Verlobte als Prostituierte gearbeitet, und jetzt schickt uns einer ihrer Kunden schweinische Briefe?«

»Nein, ich rufe die Polizei an und sage: Dieser *Vergewaltiger*, dieser Freier, der den Autostrich abfährt, hält mich gegen meinen Willen fest!«

»Wenn du meinst.« Er nahm die Beschuldigung entspannt hin, stieß aber den Stuhl, an dem ich mich festgehalten hatte, hart unter den Tisch, damit er wieder ordentlich stand. »Dann würde der Rest des Distrikts, alle, die deine Geschichte nicht ohnehin schon kennen, auch recht schnell auf dem Laufenden sein.«

Ich sah eine Chance. »Du schämst dich für mich.«

»Nein, tu ich nicht.«

»Wenn du dich so schämst, warum lässt du mich dann nicht einfach gehen?«

»Aber ich schäme mich keineswegs.« Alexander war jetzt wieder voll im großbürgerlichen Modus. »Mir ist lediglich klar geworden, dass wir unser Leben sehr privat werden halten müssen.«

»Also hast du nicht vor, meine Ehre zu verteidigen?«

»Wie könnte ich?« Sein Gesichtsausdruck war vollkommen lieblos. »Der Irre, der diese Briefe schreibt, könnte jeder sein. Was soll ich denn deiner Meinung nach tun, das Telefonbuch durchgehen?«

Da wurde mir klar, dass ich nie wieder hier herausgelassen würde. Sein neuester Plan sah vor, dass ich dieses Haus nicht mehr verlassen würde, denn wenn wir in irgendeiner benachbarten Stadt die Straße entlanggingen, könnte mich ja jemand erkennen. In seiner Fantasie konnte jeder Mann, den er irgendwo auch nur flüchtig erblickte, in einem Laden, durchs Fenster eines Restaurants, jeder, den er auf einer Party oder Viehauktion traf, jemand sein, der mich einmal für Sex bezahlt hatte. *Wir werden nirgendwo zusammen hingehen*, glaubte ich ihn sagen zu hören, obwohl seine Lippen sich nicht bewegten. *Als meine Frau werde ich dich nirgendwohin mitnehmen können.*

»Aber um Gottes willen«, fragte ich ruhig, »warum dann eine Hure wie mich heiraten?«

Er nahm den Brief, faltete ihn und steckte ihn in seine Tasche. »Weil ich dich liebe.«

TEIL DREI

I

Ich hatte es schon vorher gewusst. Dass wir unser Spiel zu weit getrieben hatten.

Und das war der Moment, in dem es mir bewusst geworden war: Alexander und ich trafen uns vor einer zum Verkauf stehenden Wohnung in Toorak, einem angeblich exklusiven Vorort von Melbourne. Ich begrüßte ihn professionell und ließ uns beide ins Foyer des Gebäudes eintreten. Wir fuhren mit dem Lift ins richtige Stockwerk hinauf und fanden auch die richtige Tür. Drinnen überreichte er mir den üblichen Geldumschlag, und ich fing bereits an, den Stand meiner Schulden auszurechnen, während ich das Jackett ablegte und mich im Zimmer umsah, um meine Erinnerung an irgendeinen Vorgang aufzufrischen, der nie passiert war. Die Eigentümer waren nach Übersee gezogen, aber damit die Wohnung etwas gemütlicher aussah, war jedes Zimmer voll gemieteter Möbel. Ein Dekor, das, sagen wir, vor sieben Jahren topmodisch gewesen war, Mainstream-Ausgaben des Space-Age-Designs aus den Sechzigern, was einen auf den Gedanken nach klinischem und stilisiertem Sex brachte – der Art von Sex, von der die Leute glauben, dass sie ihn eigentlich haben müssten.

Anhand dieser Leitlinien begann ich eine Geschichte, und bald schon rückte Alexander einen gemieteten Tulpentisch zur Seite, um sich vor mich zu knien, die ich auf einem gemieteten Sessel lag. Die Beine auf seinen Schultern, war ich kurz davor, mich zu verlieren, ich schloss die Augen und versuchte mich aufzulösen, da hörte ich es an der Tür klopfen.

Wir hielten beide in der Bewegung inne.

Es hatte zuvor schon knappe Momente gegeben. Einmal legten wir gerade los, da hörten wir einen Schlüssel im Schloss. Ich verrenkte mich, um in meine Kleider zu kommen, da trat ein Raumpfleger mit seinem Staubsauger ins Zimmer. Mein Höschen steckte in Alexanders Manteltasche, während ich den Mann überredete, wiederzukommen, wenn die Besichtigung vorüber war. Dann ging ich in das Zimmer zurück, wo Alexander wartete, und sah ihn, wie er in seinem Geschäftsanzug, aber barfuß dastand. Damals hatte ich geglaubt, er sei zu nervös, um sich fertig anzuziehen. Aber als ich meine Hand unter sein Hemd legte, um seinen Herzschlag zu beruhigen, fand ich ihn vollkommen normal.

Es klopfte wieder. Der Türrahmen und die Sicherheitskette klapperten.

Alexander beugte sich über mich, drang tiefer in mich ein.

Unfähig mich zu rühren, überlegte ich, ob ich laut rufen sollte, es sei gerade nicht der passende Moment. Ich wusste nicht recht, ob derjenige, der sich auf der anderen Seite der Tür befand, glauben würde, es sei keiner zu Hause, wenn ich nicht rief, und dann womöglich einen Schlüssel aus der Tasche ziehen und öffnen würde. Ich wusste nicht, wer weitere Schlüssel besaß. Mein Onkel womöglich? Vielleicht hatte er den Firmenwagen draußen parken gesehen und angehalten, um mir eine Nachricht zu überbringen, da mein Telefon abgeschaltet war. Vielleicht war es ein Freund der Eigentümer, der nachsehen kam, ob die Wohnung aufgeräumt und sauber war. Oder jemand aus der unteren Etage, der die Geräusche gehört hatte und sich fragte, was hier vorging.

»Wer ist das?« Alexander sprach nicht leiser.

Ich schüttelte wild den Kopf und formte stumm die Worte: »Keine Ahnung.« Das Klopfen klang wütend. Es war, als wüsste dieser Mensch, was wir hier taten.

»Ist das der nächste Kunde, der zu früh dran ist?«

»Seien Sie still.«

»Jemand, der es nicht mehr aushält zu warten?«

Er starrte mir in die Augen, erregt von meiner Panik. Fragte ich mich damals schon, ob er verrückt sei?

»Ich will, dass Sie aufmachen.«

»Bitte … still.« Ich versuchte, seine Hände von meiner Haut zu lösen, ohne noch mehr Lärm zu machen.

»Gehen Sie und machen Sie auf. Machen Sie auf, damit er sehen kann, dass Sie zu tun haben.«

Der vorsichtige Alexander bat mich, derartige Dinge zu tun? Ich verstand, je länger unsere geheimen Treffen weitergehen würden, desto sicherer würden sie in einer Katastrophe enden. Was ich nicht kapierte, war, dass irgendein Teil Alexanders den Gedanken, erwischt zu werden, ungeheuer aufregend fand. Im Grunde wollte er, dass die Leute es erfuhren.

Irgendwann hörte das Klopfen auf, und als es zu Ende war, hatte ich entschieden, dass unser Spiel vorüber war. Ich würde Australien verlassen. Das war die einzige Wahl, die ich hatte. Ich wusste nicht, wie ich das hier sonst beenden sollte.

Ich saß vor der weißen Frisierkommode und ließ diese Episode vor meinem inneren Auge ablaufen, während ich mich kämmte. Ich legte den Kamm ab und nahm einen Lippenstift. Ich malte mir einen Mund. Dann ergriff ich den Kajal und schminkte mir die Augen und mit einer Quaste die Wangenknochen; ich baute mir eine Maske, hinter der ich mich verstecken konnte. Als ich die Einladung hierher erhalten hatte, war ich hin- und hergerissen zwischen dem Wunsch, die Sache – und damit meine Einkünfte – so weit wie möglich zu treiben, und dem, das Ganze schon hinter mir zu haben.

Gab es irgendeinen praktikablen Weg, ihn zu vergraulen? Ich war immer kurz davor, ihm die Wahrheit zu gestehen. Dass nämlich ein großer Teil von mir überhaupt nicht an Sex interessiert war, ja ihn sogar ablehnte, und dass dieser Teil es quälend teenagerhaft fand, den ganzen Tag lang das Hamsterrad der Lust drehen zu müssen und sich mit nichts anderem zu beschäftigen als mit irgendwelchen feuchten und schwellenden privaten Körperteilen. Permanent heiß zu sein hieß, die Welt durch eine Zauberbrille zu betrachten, durch die man immer noch eine weitere sexuelle Dimension erkennen konnte, eine jede noch mühsamer und absurder als die vorherige. »Ganz ehrlich«, würde ich ihm sagen, »ich käme wunderbar ohne dieses ganze Zeug aus. Du willst wissen, wer ich bin? Das bin ich.«

Ich strich mein Kleid glatt, verließ das Schlafzimmer und zog die Tür hinter mir zu.

Langsam stieg ich die große Treppe hinunter und horchte auf das Gesumme einer angeregten Konversation in den unteren Räumen. Meine Hand lag auf dem geschnitzten Geländer, ein Finger unbenutzbar, umschlossen vom engen Ring.

Alexander saß im Salon mit dem Rücken zum Feuer. Er hatte diverse Lampen eingeschaltet, und das warme Licht ließ die Polster weniger fadenscheinig aussehen. Die Vögel in ihrem Glaskasten brüteten Schatten aus.

»Du siehst schön aus«, sagte er.

Eine geöffnete Flasche Champagner stand auf einem Tablett mit sechs Sektflöten.

Ich setzte mich und nahm das Glas, das er mir präsentierte. »Deine Gäste verspäten sich.«

»Sie werden bald da sein.«

»Was ist das für ein Geräusch?«

»Brachvögel.«

»Mitten in der Nacht?«

»Ja.«

Ihre Rufe kreiselten durch die Dunkelheit und blieben in der Luft hängen. Alexander sagte nichts weiter, und ich schwieg ebenfalls.

Ich war gespannt, wen er eingeladen hatte – und dann, nach einer Weile, ob er überhaupt jemanden eingeladen hatte. Ich nahm an, er wartete darauf, dass ich die Nerven verlor. Zwanzig Minuten vergingen, eine halbe Stunde. Die Champagnerflasche leerte sich ohne Aufhebens.

»Es kommt gar niemand, stimmt's?« fragte ich schließlich.

Er strich sich über die Manschetten seines Blazers und über die beigen Hosenbeine. »Sie kommen schon noch.«

»Es wird niemand kommen außer uns beiden.« Ich schüttelte ungläubig den Kopf. »Worauf, hast du denn geglaubt, sollten wir hier warten, Alexander?«

»Ich warte auf ein paar Freunde von mir.«

»Und wer soll das sein?«

»Leute, die ich kenne«, sagte er schlicht.

»Und was sind das für Leute?«

»Wenn sie da sind, kannst du sie fragen.« Sein Lächeln bedeutete mir, den Mund zu halten.

»Haben sie angerufen, um Bescheid zu sagen, dass sie sich verspäten?«

Er machte sich daran, eine zweite Flasche zu öffnen. »Nein.«

Ich hörte zu, wie die Uhr die Zeit wegtickte. Ich hatte auf das Eintreffen von vier Leuten gesetzt, von denen wenigstens einer mir bestimmt helfen würde. Aber jetzt wuchs meine Verzweiflung von Minute zu Minute. Wieder musste ich daran denken, wie es in jener Wohnung an die Tür geklopft hatte.

Danach hatte ich einen Umschlag entdeckt, der unter der Tür steckte und AN DEN BEWOHNER adressiert war – vielleicht eine Rechnung, obwohl ich mir, als ich ihn dort fand, ausgemalte, es sei eine fürchterliche Hasstirade, weil wir das Heim fremder Leute besudelt hatten. Und trotz dieser Schuldgefühle konnte ich den Gedanken nicht abschütteln, dass Alexander versuchte herauszufinden, bis an welche Grenze er mich treiben konnte. Wäre er fähig, sich mit jemandem abzusprechen, der kam und anklopfte? Oder einen Schauspieler anzustellen, der so tun würde, als kenne er mich?

»Erwartest du meine früheren Kunden?« brach es jetzt aus mir heraus. »Sind sie es, für die der Tisch gedeckt ist?«

»Würde dir das Freude machen, Liese?« fragte er rasch und mit aufmerksamem Blick. »Und was glaubst du, worüber wir dann gemeinsam sprechen würden?«

»Wahrscheinlich über eure Mütter.«

»Ach ja, meinst du?« Er nickte, als wäre die Vermutung gar nicht so unsinnig. »Das erinnert mich daran, dass ich etwas gefunden habe, was ich dir zeigen wollte.« Alexander stellte sein Glas ab, ging zum Schreibtisch und zog ein altes ledergebundenes Fotoalbum hervor. Er öffnete einen kupfernen Verschluss und hielt es mir vor die Nase wie ein Lehrer ein Märchenbuch. Ich sah das Porträt einer Frau in Weiß, kostümiert wie für eine Krönung, die Schleppe ihres Kleids vor ihr ausgebreitet, und ein Rosenbukett, das gleich einem Wasserfall bis zum Boden hinabstürzte.

Mein Magen krampfte sich zusammen. Das war offensichtlich seine Mutter. Sie war blond, hatte helle Haut und blickte den Fotografen mit einem verführerischen Lächeln an, das für den eigenen Hochzeitstag ein wenig zu offenherzig war. Es reichte, diesen Gesichtsausdruck zu sehen, um zu verstehen, dass in dieser Ehe Probleme zu erwarten waren.

»Was hältst du von dem Kleid?« fragte Alexander.

»Das Kleid ist sehr schön.«

»Ganz deiner Meinung.« Er machte eine Pause. »Übrigens glaube ich, dass es hier irgendwo im Haus weggepackt ist.«

»Wollen wir danach suchen?« Das wäre eine Chance, ihn aus diesem Zimmer hinauszulotsen – und diesmal würde ich mir einen Mantel schnappen und abhauen.

»Ich muss mal darüber nachdenken, wo es sein könnte.« Zögerlich kaute Alexander auf seiner Lippe herum und betrachtete das Foto noch einmal. »Sie war so schön, so liebevoll … Meinst du, die anderen Männer würden über ihre Mütter das Gleiche sagen?«

»Das kann ich dir beim besten Willen nicht beantworten.«

»Aber was ist deine fachliche Meinung? Du hast doch selbst gesagt, du musstest mit einem Haufen Männer über ihre Familien reden …«

Die Hunde fingen an zu bellen und zu heulen, dann konnte man das Geräusch von Autoreifen auf dem Kies hören. Ein Motor wurde abgestellt. Eine Wagentür knallte. Schritte – Schritte vor dem Haus. In der Dunkelheit kam die Person auf die Eingangstür zu, blieb stehen, räusperte sich. Wir saßen beide stocksteif da. Der Ankömmling setzte den Messingring des Türklopfers in Bewegung.

»Ach, du bist das«, hörte ich Alexander grummeln, als er öffnete.

»Wen hast du denn erwartet?« fragte eine Frauenstimme.

Er antwortete nicht.

»Willst du mich nicht reinbitten?«

Die dünne, flachbrüstige Frau, die den Raum betrat, kam mir irgendwie bekannt vor, ohne dass ich sagen konnte, woher. Ihr langes, dunkelblondes Haar war am Hinterkopf lose zusammengesteckt, der rote Lippenstift stach von ihrem blassen Gesicht ab; sie war attraktiv und musste einmal höchst attraktiv gewesen sein, aber ihre Züge waren die eines Menschen, der lange gegen etwas angekämpft und schließlich aufgegeben hat. Sie trug einen erlesenen dunkelroten Hosenanzug, der eigentlich mehr zu jemand kleinerem, mit mehr Busen und mehr Extravaganz gepasst hätte. Darüber hatte sie eine völlig unpassende gesteppte Kakijacke gezogen, die so aufgeplustert wirkte wie eine Schwimmweste.

»Das ist Liese.«

Ich lächelte dümmlich.

Die Hände in den Hüften, fügte Alexander noch herausfordernd hinzu: »Liese ist eine sehr gute Freundin.«

»Wie schön«, sagte die Frau.

»Genauer gesagt sind wir verlobt.«

Sie fing an zu lachen, ein hoher, schriller Ton. Dann sah sie uns beide an, erst den einen, dann den anderen. »Genial.« Sie schnalzte mit der Zunge. »Wie überaus genial.«

War sie Alexanders Frau oder seine Exfrau oder seine Ex-Verlobte? Ihr Aufzug hätte auch aus dem Kleiderschrank oben stammen können.

Sie griff nach der Champagnerflasche, goss sich großzügig ein und hob das Glas in spöttischer Anerkennung – offenbar immer noch amüsiert über irgendetwas, vielleicht über die Vorstellung von mir in einem weißen Kleid, je nachdem, was sie gehört hatte. »Ihr müsst in St. Johns heiraten. Waren Sie schon mal dort, Liese?« Sie zog eine Eckschranktür auf, entnahm einen Aschenbecher und zündete sich mit hektischen, flatternden Bewegungen eine Zigarette an. »Das ist die Dorfkirche hier. Alex' Ururgroßvater hat die Kirchenfenster gespendet – mit das kostbarste viktorianische Glas im ganzen Land.«

Ich blieb stumm, überlegte immer noch. Diese Frau – wer auch immer sie sein mochte – konnte mir bestimmt helfen.

»Das wird dort die Hochzeit des Jahres werden!«

»Liese«, sagte Alexander scharf, »würdest du uns bitte einen Augenblick alleine lassen?«

Als ich das Zimmer verließ und mir vornahm, nach oben zu gehen und mein Geld zu holen, lachte die Frau hämisch.

»Du hast es wirklich raus, die Richtigen zu finden.«

»Was willst du überhaupt hier?« Alexander versuchte, nicht zu brüllen.

»Ich muss ein paar Sachen holen.«

»Dann hol sie dir. Mach, dass du deinen Scheiß zusammenbekommst.« Alexander spähte aus dem Fenster auf die Einfahrt.

Die Hunde fingen wieder mit ihrem irrsinnigen Gebell an. Ein weiterer Wagen rollte über den Kies. Während

Alexander hinausging, um die neu Angekommenen zu begrüßen, stellte die Frau ihr Glas ab. »Entschuldigung«, sagte sie wegwerfend, und kurz darauf hörte ich sie die Treppe hinauflaufen.

Ein älteres Paar folgte Alexander in den Raum. Sie waren beide beinahe identisch in Jeans und Marinepullover mit Rollkragen gekleidet, hatten dieselbe Größe und den gleichen asketischen Körperbau. Sogar ihre Haare waren zu denselben standardisierten grauen Topffrisuren geschnitten. Allerdings trug die Frau ein Kreuz aus gehämmertem Silber um den Hals.

»Sorry, dass wir zu spät sind.« Sie musterte mich bereits neugierig. »Wir haben die ganze Zeit versucht anzurufen, aber euer Telefon muss tot sein. Die Barrett-Joneses haben es auch versucht. Willow hat ihre üblichen Magenbeschwerden – die beiden lassen sich entschuldigen.«

Alexander wandte sich zu mir, seine Augen waren von eisigem Blau. »Liebling, die Pastorin Wendy Smythe. Wendy ist unsere Pfarrerin hier, und das ist Graeme, ihre bessere Hälfte.«

»Glückwunsch.« Ihr Ton war bitterernst.

Ich öffnete den Mund, aber es kam kein Wort heraus.

Sie nickte. »Es muss wohl alles ein bisschen viel sein für Sie.«

Mit dem Eintreffen der Frau, die jetzt oben war, hatte ich meine erste Zeugin gewonnen – sollte sich herausstellen, dass kein Verlass auf sie war, dann waren hier jetzt zwei weitere, zwischen denen ich wählen konnte. Ich hatte den Eindruck, dass meine Haftzeit de facto um war.

Man entführt nämlich nicht jemanden und plant, ihn laufen zu lassen und im Nationalpark zu Tode zu hetzen – denn *ja*, so weit war meine Fantasie mittlerweile gediehen –, wenn man dann noch eine Handvoll Zuschauer dazu einlädt.

Meinen baldigen Ex-Verlobten anstarrend, merkte ich, dass ich eine Art vom Donner gerührte, feuchtäugige Parodie von Verliebtheit vorspielte. Meine Stimme funktionierte endlich wieder, wenn auch leiser und höher als normal. »Oh, Frau Pastorin, ich habe das Gefühl, das glücklichste Mädchen auf der Erde zu sein!«

Die Pfarrerin setzte sich auf einen dick gepolsterten Herrensessel. »Habt ihr schon ein Datum festgelegt?«

Ich spürte, dass ich wie auf Kommando errötete. »Nein, es ist doch alles so plötzlich gekommen.«

»Wenn ein so hartnäckiger Junggeselle endlich die Richtige findet, darf man keine Zeit verlieren.« Alexander reichte den Gästen Pastete und Kräcker. Er gab mir einen Wink, mich neben ihn aufs Sofa zu setzen, und zerdrückte meine Hand in seiner. »Wenn's nach mir ginge, dann würden wir alle morgen früh in der Kirche stehen. Liese ist da vorsichtiger, aber ich hoffe, ich kann sie noch davon überzeugen, alles ein wenig schneller zu machen.« Er verbarg seine Besorgnis hinter Jovialität. »Wendy, was hast du« – er tat so, als blickte er auf die Uhr – »sagen wir, morgen Nachmittag vor?«

Die Pfarrerin drehte sich zu ihrem Mann mit der stummen Aufforderung, zu lachen. Das Geräusch, das er machte, klang nervös. Wie ein demütiger Diener in einem Theaterstück hatte er die Tendenz, jedes Mal den Kopf einzuziehen, wenn mein Blick ihn traf.

»Genug jetzt von uns«, sagte ich. »Graeme, was machen Sie?«

Es brauchte einen Moment, bis es zu ihm durchgedrungen war, dass man ihm eine Frage gestellt hatte.

»Er spielt Gitarre und singt für unsere Senioren«, erklärte Pastorin Wendy.

»Ein Troubadour!«

Graeme lief rot an. »Ich versuche nur, die Gruppe bei guter Laune zu halten, das ist alles.«

Daraufhin erläuterte seine Frau sein Musikprogramm in allen Details, und ich nickte und lächelte dazu. Ich fand es ziemlich einfach, die keusche Braut zu spielen (umso mehr, als ich sah, wie sehr diese Show meinen Verlobten irritierte). Da meine Exit-Strategie nun in trockenen Tüchern war, konnte ich nicht anders, als ihn ein bisschen zu verarschen. Er hatte für eine Hure bezahlt, nicht für eine sittsame zukünftige Braut. Übertriebene Vornehmheit schien also ganz angebracht – ich hielt meinen Sektkelch mit abgespreiztem kleinem Finger und nahm winzige Eidechsen-Schlückchen, dazu lächelte ich strahlend gegen sein grimmiges Gesicht an, um die Situation einzuschätzen. Ich hätte vor Dankbarkeit dafür heulen können, dass ich andere Menschen sah, aber jedes Mal, wenn die Pastorin redete, verspürte ich eine neue Unruhe. Sie blickte mich so allwissend aus zwei sehr erfahrenen Augen an.

»Haben Sie Ihre Eltern schon angerufen?« fragte Pastorin Wendy.

»Ach, die sind am andern Ende der Welt.«

»Und sie leben in Norfolk …« Das war eine halbe Frage.

»Ja.« Ich erwiderte ihren Blick, während ich den von Alexander auf mir spürte.

»Sie *haben* also noch Kontakt zu ihnen?«

Ich zögerte: Was genau war der Pastorin erzählt worden?

Sie schmierte eine dünne Schicht Pastete auf ihren Kräcker. »Wird es ihnen denn nichts ausmachen, dass Sie so weit entfernt leben werden?«

»Hier ist doch sehr viel Platz. Nachdem ich alles neu eingerichtet, ein paar Wände eingerissen und das Haus aufgefrischt habe«, sagte ich heiser, »würde ich es am liebsten sehen, wenn Mum und Dad einen Teil des Jahres hier mit uns verbringen. Nein, nein, Alexander nimmt Sie auf den Arm, ich kann es kaum erwarten!«

»Nun gut.« Die Pastorin atmete tief durch und beendete ihre Vorspeise. »Wenn Sie sich bereit fühlen, wirklich bereit« – sie schluckte erneut –, »dann will ich versuchen, Ihr Tempo mitzugehen …« Sie wartete, ob einer von uns einen Rückzieher machen würde. »Okay, ich habe eine Liste von Fragen zusammengestellt, fünfundzwanzig Fragen, die ihr beide euch vielleicht einmal anschauen mögt.«

Graeme griff nach der alten Ledertasche seiner Frau und zog zwei fotokopierte Seiten heraus, von denen er eine mir, eine Alexander überreichte.

»DIE GROSSEN FÜNFUNDZWANZIG«
Fragen zur vorehelichen Selbstprüfung

Die Pastorin blieb ernst. »Ich fürchte, ich kann einfach keine Paare verheiraten, ohne zugleich auch meine pastoralen Pflichten zu erfüllen.«

»Das verstehen wir …« begann ich.

»Aber wir möchten gleich damit anfangen«, schnitt mir Alexander das Wort ab.

»Nun ja, normalerweise nehme ich mir ein, zwei Gesprächstermine vor der Zeremonie. Einige der Fragen werden euch ein wenig schlicht vorkommen. Von mir aus könnt ihr herzlich darüber lachen, aber ich hoffe, sie werden uns helfen, zu den ernsteren Teilen zu kommen und alle eventuell nagenden Zweifel zu beseitigen, was die« – sie machte eine Pause – »Vereinbarkeit von euren Charakteren betrifft.« Ein Krümel vom Kräcker hatte sich in einem ihrer herabgezogenen Mundwinkel festgesetzt. »Danach setzen wir uns zusammen – nichts Formelles natürlich, nur eine gemeinsame Tasse Tee – und sprechen über eure Gedanken, Eindrücke und die Punkte, die euch vielleicht besonders schwierig vorgekommen sind.«

Ich warf einen Blick auf die Fragen.

1) Warum möchtest du heiraten?
2) Warum möchtest du mich heiraten?
3) Welche Werte haben wir gemeinsam?
4) Hast du die Absicht, auch nach unserer Heirat zur Kirche zu gehen?
5) Was ist deine Vorstellung von Gott?

Draußen riefen die Brachvögel. Meine Vorstellung von Gott – und der Beweis für seine Existenz – wäre, dieses Haus hier im Rückspiegel immer kleiner werden zu sehen, während ich davonraste.

6) Ist es wichtig, über die geistige/körperliche Krankenakte des anderen informiert zu sein?
7) Bist du vorbestraft?
8) Hast du jemals jemanden geschlagen?

Draußen in der Eingangshalle war ein lautes Gepolter zu hören. Irgendetwas Schweres war zu Boden gefallen. Die Pastorin sah Alexander mit großen alarmierten Augen an.

13) Was sind deine Erwartungen an unsere sexuelle Partnerschaft?
14) Ist es uns unangenehm, gemeinsam über unsere sexuellen Vorlieben und Abneigungen zu sprechen?
15) Sind wir bereit, alle anderen aufzugeben?
16) Erwartest du oder willst du, dass ich mich ändere?

Die Schritte der blonden Frau auf den Fliesen der Eingangshalle waren laut zu hören, ebenso ihre Flüche.

25) Können wir beide vergeben?

Sie kam ins Zimmer herein und stopfte dabei ein metallisches Objekt in eine weiche schwarze Reisetasche.

»Pastorin Wendy, Graeme«, Alexander hatte sich gerade aufgerichtet, »ihr kennt natürlich meine Schwester Annabel.«

Annabels Tasche war ausgebeult von all den eingesammelten Dingen, die, gemessen daran, wie behutsam sie sie auf den Boden stellte, um die Gäste zu begrüßen, ziemlich wertvoll sein mussten. Sie streckte beide Arme in dieser Oberklasse-Mischung aus Herablassung und Vertrautheit aus, die es unmöglich machte zu sagen, ob sie sie mochte oder verachtete. Die Pastorin tätschelte ihr den Rücken auf eine Weise, die so wirkte, als würden hier schon länger Geduld und Langmut geübt.

»Danke«, sagte Annabel und wandte sich ihrem Bruder zu. Ihre Aussprache hatte genau wie seine diesen leicht anzüglichen, gedehnten Ton des Landadels. »Wir würden uns freuen, zum Essen zu bleiben – Lachie sitzt draußen im Auto, ich werd' ihn holen.«

Beim Hinausgehen schlug sie die Eingangstür heftig hinter sich zu.

Ich lächelte Alexander an, aber der starrte zu Boden.

Draußen schrie Annabel, und ebensolches Geschrei antwortete ihr. Schließlich kam sie wieder herein, den schlaksigen, aknebedeckten, latschenden Lachie im Schlepptau. Der, eingesunken und schon ganz kirre von der langen Zeit, die er seiner peinlichen Mutter bereits ausgesetzt war, grüßte verlegen seinen Onkel und antwortete auf die vorhersehbaren Fragen der Pastorin einsilbig und kaum verständlich, weil er den Mund nicht auseinanderbekam.

Müsste ich die letzten Stunden in diesem Haus jetzt

auch noch ein familiäres Abendessen ertragen? Meine Konzentration verlor sich, sodass ich die Staubpartikelchen auf der Oberfläche des Champagners fixierte oder die tausend Knoten des Teppichs, die, durch den Boden des Glases betrachtet, nur sehr unscharf zu sehen waren. Das Gezeter zwischen den Geschwistern ließ meine panische Angst nur noch lächerlich wirken.

»Liebling? Schatz?«

Ich merkte, dass Alexander mich meinte.

»Möchtest du unsere Gäste zu Tisch begleiten?«

Im Kerzenschein hatte das Esszimmer etwas Gruftartiges. Trotz der diversen Elektroheizkörper, die eingeschaltet waren, wehte noch immer ein kalter Zug durch den Raum. Mein übergroßes Blumenarrangement nahm die Mitte des Tisches ein.

Seine Schwester stand in der Tür, den Aschenbecher in der Hand. »Wo sollen wir uns hinsetzen?«

»Annabel, möchten Sie sich zur Rechten von Alexander setzen und Pastorin Wendy auf seiner linken Seite. Graeme und Lachie, bitte auf meine Seite.« Während ich die ideale Verlobte spielte, dachte ich die ganze Zeit: Das ist der Augenblick, um etwas zu sagen, er ist in der Küche, das ist der Moment, in dem du etwas tun musst. Während die Gäste sich rund um den Tisch niederließen, versuchte mein halb offener Mund, die richtigen Worte zu formulieren: *Bitte, Sie müssen mir helfen. Er hält mich hier gegen meinen Willen fest* … Aber hatte Alexander mich hier festgehalten? Ich hätte es jetzt nicht mehr mit Gewissheit sagen können. Im einen Moment schien er so gut wie normal zu sein, pflegte einen Obstgarten, kümmerte sich um seine Tiere, wenn sie ihn brauchten, im nächsten war er ein Wahnsinniger, der ein Handbuch über die besten Wege verfasst hatte, mich zu missbrauchen.

Die Uhr im Korridor schlug neun – ich setzte an und sah mein aufgelöstes Gesicht in den Verandatüren gespiegelt. Außerdem war der Mond gerade in eine ungünstige Phase eingetreten.

»Wirklich, Sie sind eine tapfere Frau.« Seine Schwester.

»Wie das?«

»Ach, wir hätten bloß nie erwartet, dass Alexander je heiratet. Er hat seine Freiheit ziemlich genossen, nichts weiter.« Sie starrte zu Boden, ihre verkratzten Finger schoben das Besteck hin und her. »Jedes Mal, wenn es so aussah, als sei er kurz davor, sich zu vermählen … wir wissen es auch nicht, jedenfalls ist immer etwas passiert.«

»Was denn?«

Sie zuckte kurz die Achseln. »Wie haben Sie sich denn kennengelernt?«

Alle, selbst der Teenager, wirkten, als müssten sie sich gemeinsam zurückhalten, um bei der Vorstellung, wie er an irgendeiner dunklen Straßenecke die Scheibe runtergekurbelt hatte, nicht breit zu grinsen.

»Ich arbeite in der Maklerbranche«, sagte ich abwehrend. »Alexander spielt mit dem Gedanken, in eine Immobilie zu investieren.«

»Na ja, wenigstens *Sie* haben hier eine schöne Immobilie gefunden.« Graeme versuchte es mit Geselligkeit, aber seine Frau warf ihm einen bösen Blick zu.

»Oh ja, er ist ja reich jetzt, wo er seine Schafe in den Mittleren Osten verschifft.« Annabel beugte sich über den Tisch und legte auch das Besteck ihres Sohnes zurecht. »Vorausgesetzt, die Tiere überleben die Reise – obwohl, das ist nicht fair«, gab sie zu, »ich habe gehört, heutzutage sind die Schiffe ganz wunderbar, erst wenn sie ankommen, werden ihnen die Kehlen durchgeschnitten.«

Alexander betrat wieder den Raum, er hatte Topfhandschuhe angezogen, um eine große silberne Platte zu tragen.

»Ich habe Liese gerade von deinen Lebend-Export-Plänen erzählt.«

»Lachlan, würdest du bitte diese Blumen beiseiteräumen?« Mit einem eingefrorenen Grinsen wartete er, bis sein Neffe Platz gemacht hatte, sodass er die Platte abstellen konnte. Darauf lag der große glänzende Vogel, umgeben von einem Gemüsewall. »Ja, investiere in australische Landwirtschaft, da kannst du nichts falsch machen.«

»Und von dem fürchterlich schmerzhaften Tod, den die Tiere sterben.«

Alexander wandte sich an die Pfarrerin: »Wendy, möchtest du wohl das Dankgebet sprechen?«

»Natürlich, gerne.« Sie senkte das Kinn und starrte auf einen der Teller mit Monogramm. »Danke dir, o Herr, dass du uns hier zusammengebracht hast, um diesen besonderen Abend mit unseren guten Freunden Liese und Alexander zu feiern – und mit seiner Familie.«

Annabel schob den Stuhl nach hinten und griff nach ihren Zigaretten.

»Dank sei dir für die Weisheit und Gnade, mit der du

Liese und Alexander geholfen hast, einander kennenzulernen«, fuhr die Pfarrerin fort, »ebenso dafür, dass du Liese ihre Karriere in der Immobilienmaklerei geschenkt hast und Alexander das Bedürfnis nach … Obdach. Dank sei dir, Herr, dafür, dass du ihnen im Spiegel ihrer Liebe füreinander deine ewige Liebe offenbarst …«

Mein Blick senkte sich, ich versuchte zu ignorieren, dass der Brillantring seine kleine Light-Show abzog. Den Tisch überblickend fragte ich mich, wen ich bitten sollte, mich im Auto mitzunehmen. Seine Schwester mochte ihn hassen, aber Blut ist immer noch dicker als Wasser, dachte ich mir, und mein Blick ging zu der Pastorin und zu Graeme. Es waren Gottesleute, das musste doch wohl heißen, dass ihre Barmherzigkeit für eine Fahrt in den nächsten Ort ausreichte. Andererseits konnte ich nicht mit Gewissheit einschätzen, was Alexander ihnen über mich gesagt hatte. Über die Briefe.

»Mögen diese beiden immer eine sichere Zuflucht im andern finden.« Pastorin Wendy hob den Kopf. »Und mögen sie wissen, dass unsere Freundschaft und Unterstützung ihrem Bund sicher sind. Amen.«

»Amen«, murmelte der Ehemann.

Alexander stand auf, schärfte ein Fleischmesser mit Knochengriff und begann, den Vogel zu zerteilen.

Ich wandte mich an die Pfarrerin. »Glauben Sie, dass Jesus Maria Magdalena geliebt hat, weil sie eine Prostituierte war oder dennoch?«

»Also wirklich«, spuckte Alexander aus, »was ist denn das für ein Gesprächsthema?«

»Nein, nein, das stört mich gar nicht.« Pastorin Wendy räusperte sich. Die Schnelligkeit, mit der sie antwortete, deutete darauf hin, dass sie sich mit dem Thema bereits beschäftigt hatte. »Lukas 7 nennt sie eine Sünderin. Ich meine«, fügte sie hinzu, »nach den damals geltenden Standards. *Und siehe, eine Frau war in der Stadt, die war eine Sünderin.* In den Apokryphen dagegen wird Maria Magdalena als eine der gelehrtesten und geschätztesten Jüngerinnen Jesu beschrieben, also« – die Pastorin wiegte den Kopf hin und her, um die Bewegungen einer Waage zu veranschaulichen, »ich tendiere dahin zu glauben, dass sich das Patriarchat hier einen letzten Freistoß erschlichen hat, und zu allem Überfluss hat Hollywood jetzt den Gedanken auch noch verherrlicht.«

»Wendy hat sehr viele Beratungsgespräche geführt«, erklärte Graeme, »in der Gegend von St. Kilda, was, wie Liese vielleicht weiß oder auch nicht, der Rotlichtbezirk von Melbourne ist.«

»Natürlich ist sie sehr diskret«, brachte Annabel hervor, und es klang ein wenig zweideutig. Sie zündete sich eine Zigarette an.

»Manche Sexarbeiterinnen, die Hilfe suchen, breiten ihr Leben ganz aus.« Das Nicken der Pastorin war bedeutungsvoll. »Mädchen, manche sehr, sehr jung, und in den Fängen einer schrecklichen Heroinsucht.«

»*Junkies*?« Alexander spuckte das Wort aus, als könne es ihn beißen. Er war irritiert, ja sogar beleidigt. »Wenn wir unbedingt darüber reden müssen, dann ist das Entscheidende, dass die Frau irgendwie gefallen war und Jesus ihr vergeben hat.« Er blickte sich Hilfe suchend um. »Er hat ihr vergeben. Die ganze Geschichte dreht sich um Toleranz.«

»Vielleicht geht es ja nicht darum, dass *er ihr* vergibt!« Ich schrie beinahe. »Er hätte vielleicht besser denen vergeben, die Lügen über sie verbreiten, all den Heuchlern und Frömmlern, die immer nur die anderen richten können!«

Eine Weile sagte keiner etwas.

Annabel stieß den Rauch in Richtung Decke aus.

»Das hier ist definitiv keine Ente«, sagte Graeme schließlich.

»Aber auch keine Gans«, fügte Pastorin Wendy hinzu, nahm einen Bissen und drehte ihn im Mund hin und her. »Schmeckt beinahe fischig.«

Wir starrten alle wortlos auf unsere Teller.

»Und?« Alexander sah aus wie derjenige, der des Rätsels Lösung in der Hand hatte.

Ich hob das dunkle Fleisch zu meinen Lippen, aber mein Mund wollte sich nicht öffnen.

»Es ist Schwan!« wurde mir klar, während ich es aussprach. »Der, den ich bei unserem Picknick gesehen habe?«

»Warte mal! Du bist einfach los und hast den Vogel geschossen?« Mit großen Augen unter seinem Pony hervorsehend, wirkte Alexanders Neffe mit einem Mal hellwach.

»Ja. Mehr oder minder.«

»Und hast du ihn mit Tarnungsdings und Zielfernrohr und so erwischt?«

Lachlans Mutter drückte ihre Zigarette im Aschenbecher neben ihrem Teller aus. »Wahrscheinlich hat er ihm den Hals umgedreht.«

»Nein, das wäre kein sportlich faires Verhalten«, erwiderte Alexander. »Der Vogel sollte immer fliegen, wenn man ihn schießt.«

»Was für ein Kaliber?«

»Vier.« Er hüstelte. »Ich hab den alten Browning deines Großvaters benutzt.«

»Und hast du ihn mit einem Schuss erledigt?«

»Es ist sehr viel schwieriger, einen Schwan zu schießen, Lachlan, als beispielsweise eine Ente.« Alexander biss sich auf die Unterlippe. »Die bestehen quasi nur aus Hals, und eine Vierer-Patrone hat weniger Schrot. Jedenfalls haben die Hunde den Platz gefunden, wo der Vogel niedergegangen war, aber er war wahnsinnig aggressiv, hat die Hunde zu Tode geängstigt. Nein, ich habe zwei Schüsse gebraucht.«

Galle stieg in meiner Kehle hoch, als ich an das Tier dachte, das ich über den See hatte gleiten sehen ... Dieses Bild würde jetzt abgelöst werden von dem der Hunde, die den Vogel aufgestöbert hatten. Und der Vogel, der wusste, dass er würde sterben müssen, zischte sie an im Versuch, zu kämpfen, breitete die Flügel aus, schlug um sich mit geweiteten Augen und dem Mut der Verzweiflung.

Ich stand schwankend auf und fragte: »Wie konntest du nur?«

Die anderen schienen alle zurückzuprallen.

»Wie konntest du so etwas tun?«

Alexander sah aus wie ein Kind, das in aller Öffentlichkeit ausgeschimpft wird – gekränkt und unverschämt zugleich –, aber auch heimlich zufrieden, mich derart außer mir zu sehen. »Liese, setz dich hin.«

»Nein, das werde ich nicht.«

»Setz dich.«

»Sag du mir nicht noch einmal, was ich zu tun habe.«

»Meinetwegen. Dann bleib eben vor unseren Gästen stehen und schreie herum.« Er gabelte ein Stück Fleisch auf und führte es zum Mund.

Als ich der Tür zustrebte, machte die Pastorin Anstalten, mir zu folgen, aber er hob die Hand. »Keine Sorge«, hörte ich ihn sagen, »das sind nur Launen. Ich dachte, sie würde Schwan mögen.«

Meine Absätze klangen auf den Fliesen, als wären sie nicht im Takt.

Ich ging an der Treppe vorbei und bog in den Flur zur hinteren Seite des Hauses ein. Ich hatte einen sauren, übelkeitserregenden Geschmack nach etwas *Lebendem* in meinem Mund. Ich konnte Federn in meinem Atem riechen und sie auf meiner Zunge spüren.

Ich lehnte meine Schulter fest gegen die Hintertür, und als sie nachgab, stürzte ich fast nach draußen und rang nach frischer Luft. Dort stand ein Zitronenbaum Wache, und ich beugte mich neben ihm nach vorn und versuchte zu erbrechen, aber es kam nichts hoch. Hatte er das getan, nachdem er gesehen hatte, wie beeindruckt ich von dem Vogel war? Meine Lunge brannte von der eisigen Nachtluft, Tränen liefen über mein Gesicht. *Ich hasse dich. Ich hasse dich zutiefst. Ich würde lieber sterben, als dich jemals zu heiraten.* Dass ein Teil von mir, wie winzig dieser feminine Teil auch immer gewesen sein mochte, auf den Gedanken hatte kommen können, diese Möglichkeit ins Kalkül zu ziehen, machte die Übelkeit noch schlimmer. Ich stapfte angeekelt in kleinen Kreisen umher und weinte, holte seufzend Atem. Nachdem ich die letzten zwei Tage kaum etwas gegessen hatte, hatte ich mich auf das Fleisch gestürzt, jetzt brannte mir jeder Bissen, den ich runtergeschluckt hatte, wie Säure im Magen.

Ein Hund ließ ein misstrauisches, lang gezogenes Grollen hören.

Ich blieb stehen.

Erinnert sich wer an das Kinderspiel, bei dem einer der Mitspieler sich umdreht und die anderen direkt dahinter genau in dem Moment zu Statuen erstarren müssen? Zwar war hinter mir niemand, aber die Bäume spielten das Spiel mit, taten ganz ruhig, doch das war vorgetäuscht, denn oben in den Zweigen flatterte etwas. Ich konnte hören, wie die Zweige sich im Wind bewegten, aber wenn ich aufblickte, entdeckte ich nur weit entfernte unscharfe Sterne. Die schneidende Kälte, die im ersten Moment willkommen gewesen war und reinigend gewirkt hatte, ließ jetzt das Zittern in meinem Rückgrat chronisch werden.

Langsam begann ich, um das Haus herumzugehen, die Hand gegen die kalten Blaustein-Mauern gestützt. Die Rückseite dieses Gebäudes erinnerte an die Kulisse einer Theaterbühne. Es lagen Rohre herum und Drahtrollen, und es gab winzige dunkle Fenster.

Ich bog um eine Ecke und trat durch die großen Rechtecke aus Licht, die von den Fenstern des Esszimmers auf die Terrasse fielen. Ich starrte in den Raum hinein, der vor Geld und Perversion hell erstrahlte. Alexander und seine Gäste saßen um den Tisch herum und redeten miteinander, als sei nichts passiert.

Und das ist meine Verlobungsparty, dachte ich.

Ich war verletzt, denn der kranke Teil von mir hatte es beinahe genossen, die zukünftige Braut zu spielen. Es war, wie sich ein uraltes Märchen zu erzählen, in dem Brautjungfern vorkamen, die Sträuße wilder Blumen trugen, ein Schleier, der sich in der Brise hob und senkte, ein Regen aus Konfetti und Rosenblüten. Wie hätte ich denn ahnen sollen, dass alle diese tröstlichen Träume der Mädchenzeit einmal zu Samenkörnern werden würden, die nichts hatten als ein Buschfeuer, um sie zu befruchten?

Aber selbst jetzt noch konnte ich es halb vor mir sehen, wie ich Tische unter die Bäume stellen und sie mit weißen Tüchern überziehen würde, auch die Gedecke wären ganz weiß, nur die Tischkarten in einer Type edwardianischen Stils gedruckt. Wir könnten einen Caterer auftreiben, der auf Slow Food spezialisiert wäre. Dann würde es eine Hochzeitstorte geben mit Zuckerguss und Zuckerblümchen, Gardenien, Rosen, Maiglöckchen – und überall in den Bäumem würde ich Kerzen platzieren, die dann mit weißen Schleifen von den Ästen hingen …

Ich drehte mich um, wieder angeekelt, und entdeckte im Licht aus dem Esszimmer die Umrisse eines Autos, eines Kombis. Ich ging über den Kies darauf zu. Ich konnte gerade so die Aufschrift auf der Seite entziffern, »Colquhoun Edelrosen«, die sich rund um die Zeichnung einer

Knospe schmiegte. Als ich die Tür öffnete, gab sie ein ächzendes Geräusch von sich, wie in die falsche Richtung gezogen: drinnen tiefe Schalensitze mit zerrissener Polsterung und ein erstickender Geruch nach Mist, Blut und Knochen. Ich schlug die Tür sofort zu und schnappte nach Luft.

Ein Stück weiter die Einfahrt runter entdeckte ich ein weiteres Auto, eine silberne Limousine. Von Schüttelfrost gebeutelt, ging ich auf sie zu.

Wenn ich mich einfach hier auf der Rückbank versteckte, wenn ich mich einfach hinlegte und abwartete, dann würden die Pastorin und Graeme mich mitnehmen müssen, weg von diesem Ort. Ich würde verlangen, dass sie mich in ein Krankenhaus oder auf eine Polizeiwache brächten, und dort würde ich warten, bis ein Bus nach Melbourne fuhr.

Der Wagen hatte Zentralverriegelung, und als ich einen Knopf runterdrückte, klickten alle Türen. Ich lehnte meinen Kopf gegen die Nackenstütze und schluckte schwer. Jetzt war ich fast in Sicherheit, jetzt konnte ich es nicht mehr aushalten, bis es so weit war. Ein Duftanhänger baumelte am Rückspiegel, und neben mir auf dem Sitz lagen eine Packung Taschentücher, ein Sicherheitspaket und die Bibel – an der ich mich festhielt.

Auf Schulausflügen hatten wir die Kathedrale von Norwich besucht und einen mit Spiegeln belegten Rollwagen über den unebenen Boden gezogen, um die Holzschnitzereien an der Decke betrachten zu können. All die Geschichten vom Sündenfall bis zur Auferstehung Jesu gingen ineinander über: da war Noah auf seiner Arche, umgeben von Tieren, ein verwundeter ungläubiger Thomas, der Pharao, der im Roten Meer ertrank, und die naiven Gesichter seines Gefolges, die auf den Wellen auftauchten, Adam und Eva, glatt und nackt unter einem Baum mit goldenen Äpfeln kniend, und die Schlange wartete schon …

Wenn Alexander tatsächlich diese Briefe geschrieben hatte, dann konnte ich ehrlich sagen, dass er mich auf eine seltsame Art und Weise kannte. Ich hatte ihm wahre Dinge gesagt, und er hatte extrapoliert. Ich hatte ihm falsche Dinge gesagt, aber teilweise waren seine Briefe dennoch wahr. Das war das Verstörende: Mitten in seinem Wahnsinn besaß er einen gewissen Einblick.

Meine Lust konnte mich dazu bringen, mich selbst obszön zu finden. Sie konnte mich dazu bringen, mich nuttig und außer Kontrolle zu fühlen. Und wie die Briefe verdeutlichten, schien Geld eine Möglichkeit zu sein, dies in den Griff zu kriegen. Es verlieh meinen endlosen und unbeholfenen Sehnsüchten klarere Umrisse und ein strategisches Ziel. Es war dann eine sachliche Scham. Aber natürlich kann man Scham nur eine gewisse Zeit lang einordnen, irgendwann bricht sie aus. Und Scham war schon in das ganze Prinzip, Alexanders Geld zu nehmen, eingebaut gewesen, jedes Mal, wenn ich bezahlt wurde, wurde ich von einem Schwall davon überspült, kurz, aber heftig. Und umso stärker, als das alles im Haus eines anderen passierte. Der Sex selbst drängte dieses Gefühl eine Weile zurück, aber ich nehme an, die Strategie, immer wildere Dinge zu tun, um sich nicht zu schämen, lief darauf hinaus, dass es irgendwann umso dicker kommen würde.

Die Lektüre der Briefe hatte mich in meinen eigenen Kopf geführt. Ich erkannte all die trüben, halb vergessenen Aspekte wieder – das Gefühl, auf eine anstößige Weise anders zu sein, und die alte Sehnsucht, eine andere zu sein. Bei diesen Kathedralen-Ausflügen spielen die anderen Kinder, und ich bin das dicke Mädchen, das in der Ecke steht und beobachtet. Unter den hohen Kalksteinbögen zu stehen ist, wie zugleich in der Muschel und in den Wellen zu sein. Ein Schalter legt sich um, und ich stelle fest, dass ich durch den Tag schlafwandeln kann, während sich in meiner alternativen Geheimwelt magische Verheißungen vor mir auftun ... Ich war von zu Hause fortgegangen und hatte mich so gut ich konnte neu erfunden – aber jetzt, im Auto von fremden Leuten sitzend, hatten all diese Schichten von Erfindung etwas Erschreckendes. Die Briefe gaben mir das profunde Gefühl, dass keine Geheimnisse mehr übrig waren. Selbst die Lügen darin schienen mich als das zu zeigen, was ich wirklich war. Ist es immer so, wenn man jemandem nahekommt, dass man sich als Betrüger entdeckt?

Ein Silberschimmern, das vom Zündschloss baumelte, es waren die Autoschlüssel, die im Mondlicht aufschienen. Ich kroch hinüber auf den Fahrersitz und musste lachen. So endete das also: Ich würde in die dunkle Nacht hineinbrausen! Darum, mein Leben zu ändern, würde ich mich hinterher kümmern. Jetzt schob ich mir erst einmal den Fahrersitz zurecht, drehte den Zündschlüssel herum und strahlte im Glanz meines Sieges! Ich drückte aufs Gaspedal, der Motor heulte auf – nichts passierte. Das Auto hatte ein Schaltgetriebe. Ich wusste nicht, wie man ein Auto mit Gangschaltung fährt. Ich drückte den Schaltknüppel und hörte ein Knirschen. Wenn ich mehr daran rührte, wurde es schlimmer.

»Liese!« Alexanders Stimme, irgendwo in der Ferne.

Ich stieg aus dem Auto und hob einen Stein auf.

»Liese!« Wieder Alexander, dann andere Stimmen, die der Gäste: »Li-iese!«

Hunde bellten. Irgendwer hatte eine Taschenlampe.

Ich ließ den Stein fallen und lenkte meine Schritte durch die Dunkelheit auf die Rückseite des Hauses zu. Jeder Schritt führte über harte Erde, aber die Rufe der Gäste zu hören hatte etwas Traumartiges. War dies schon einmal passiert? Und wenn ja, wem? Wessen Déjà-vu durchlebte ich hier?

Lachlan stand vor der Hintertür und rauchte.

Ich packte seinen dünnen Arm. »Kannst du ein Auto mit Gangschaltung fahren?«

Er trat seine Zigarette aus und hustete: »Klar.«

»Ich geb' dir tausend Dollar, wenn du mich zu einer Bahnstation fährst.«

»Jesus!« Er hörte sich an, als verlockte ihn das Angebot, aber er zögerte.

»Ich sorge dafür, dass du deine Zeit nicht vertust«, hörte ich mich sagen. »*Ganz und gar* nicht vertust.«

Ich trat dichter an ihn ran. Meine Hand fuhr von seinem Arm zu seiner Brust. In der Dunkelheit spürte ich, dass er zitterte.

Als er jetzt sprach, war seine Stimme ein paar Töne höher: »Lass mich Mum fragen, ob ich ihre Autoschlüssel borgen kann.«

»Nicht nötig.« Ich versuchte, so zu tun, als sei ich Herr der Lage. »Im Auto von Pastorin Wendy steckt der Schlüssel.«

Lachlan bückte sich und vergrub seine Kippe, schob dann noch eine Schicht Erde drüber. »Ähm, das Problem ist, ich hab meinen Führerschein nicht dabei.«

Ich drehte mich weg und trat durch die Hintertür ins Haus. Dieser Albtraum passte mir so perfekt, dass ich nicht wusste, wie ich ihn abstreifen konnte, wie ich ihn abschütteln sollte. In Alexanders Büro sah ich nach, ob er die Briefe weggeräumt hatte. Ich wollte jeden Einzelnen davon. Ich musste sie, wenn ich hier fortging, als Beweisstücke mitnehmen. Beweisstücke dafür, wie sehr er den Teil meines Hirns angezapft hatte, der eine Hasskampagne gegen mich selbst fuhr. Ich öffnete eine Schublade seines Schreibtischs nach der andern, zog den Inhalt raus und ließ ihn auf den Boden fallen. Die Briefe waren verschwunden.

Draußen hinter dem Fenster konnte ich Alexander und die anderen immer noch meinen Namen rufen hören.

Ich schlich mich aus dem Arbeitszimmer, durch die Halle und rannte die Treppe hinauf bis zum pinken Schlafzimmer. Ich hatte vorgehabt, den Umschlag mit dem Geld zu nehmen und irgendwo zu verstecken, bevor ich ging. (Wenn schon nicht für etwas anderes, dann konnte es für eine Therapie dienen.) Aber als ich jetzt die Banknoten anstarrte, fing ich an zu bibbern. Diese ganzen Monate über schien das Bargeld, das er mir gab, magische Qualitäten zu haben, eine Art Elixier gegen meine Schulden und alle anderen Probleme zu sein. Aber es war letztlich nichts als Geld. Plastik-Rechtecke in bunten Farben. Hatte Freud es nicht mit Exkrementen verglichen?

Die Tür schwang auf.

Die Pastorin. Ihre Züge spiegelten zunächst meine Angst, bevor ihre leuchtenden Augen strenge Zufriedenheit verrieten.

»Gefunden!« rief sie laut. »In einer Minute sind wir unten!« Und Pastorin Wendy schloss die Tür behutsam, um ihre Beute nicht aufzustören.

Ich begann als Erste zu sprechen: »Helfen Sie mir!«

»Aber natürlich.«

»Ich bin nicht die, für die er mich hält«, brachte ich in dringlichem Ton durch zusammengebissene Zähne hervor. »Für die Sie mich halten.«

Pastorin Wendy sammelte ihre Züge, als habe sie genau verstanden. »Meine Liebe, ich sage nur so viel: Heutzutage haben viele junge Frauen eine Vergangenheit.«

»Was soll das heißen?« In der rechten Hand hielt ich den Umschlag mit dem Geld und drückte ihn fest gegen die Hüfte.

Die Pfarrerin deutete ein Achselzucken an, sie fühlte sich sichtlich unwohl, das aussprechen zu sollen.

»Hören Sie, ich bin keine Prostituierte, okay?«

»Nein, nein.« Sie starrte auf den Umschlag, während ich ihn weiter hinter den Rücken bugsierte. »Niemand behauptet doch, dass Sie das wären, meine Liebe, aber zu Beginn einer Partnerschaft sind fleischliche Kontakte so zentral für das Selbstgefühl der Männer. Später, wissen Sie, mit Kindern und so weiter, wenn alle müde sind …«

Ich starrte sie ungläubig an. »Haben Sie gesehen, was er dem Schwan angetan hat?«

»Sie sollten nicht so zimperlich sein«, sagte sie barsch.

»Er hat ihn mir zur Warnung umgebracht. Er hat das getan, um mir Angst zu machen!«

»Aber woher.« Die Pastorin musste sich jetzt Mühe geben, verständnisvoll zu bleiben. »Schwäne werden hier schon seit Jahrzehnten in aller Diskretion gewildert.« Dann schaltete sie sichtbar zwei Gänge herunter und behandelte mich, als hätte ich soeben einen Nervenzusammenbruch gehabt. »Alexander ernährt sich von seinem Land, zumindest ist das seine Absicht. Er isst gerne gut, und er bemüht sich, regionale Zutaten zu benutzen, und meine persönliche Meinung ist, dass man sich daran ein Beispiel nehmen sollte.«

»Frau Pastorin, Sie verstehen offenbar nicht – ich sitze hier in der *Falle.*«

Sie blickte mich verständnislos an.

Mein Gott, dachte ich, ist es möglich, dass diese Frau in ihn verknallt ist?

»Er lässt mich nicht gehen, er lässt mich nicht fort.«

»Na ja, er ist eben verliebt.« Ein strammes Lächeln.

»Nein.« Ich spuckte jetzt jedes Wort aus. *»Ich sitze hier leibhaftig in der Falle.«*

»Sie sind doch bereits hinausgegangen, Liese.« Völlig

unbeeindruckt klopfte sie sich ab, um ihre Brille zu ertasten, die billigste Art von Nickelbrille, die es zu kaufen gab. Sie hatte mit Junkies und Pennern zu tun gehabt, mit so viel Geziere konnte sie nichts anfangen. »Oberflächlich betrachtet gibt uns die Ehe das Gefühl, wir stünden unter dem Befehl eines anderen, aber in Wahrheit stellt sie eine Art Befreiung dar. Und für manch einen«, fügte sie gezielt hinzu, »kann sie auch die Möglichkeit bieten, ganz neu anzufangen. Ich glaube, ich war auch fürchterlich nervös vor meiner Heirat. Das ist ganz normal.«

Pastorin Wendy fixierte die Reihe von Porzellan-Ponys auf dem Kaminsims. »Du lieber Gott«, sagte sie, »das hier muss Annabels Zimmer gewesen sein.«

Ich legte das Geld zurück in den Koffer, ohne dass ich den geringsten Versuch machte, zu verheimlichen, was ich tat.

Taktvoll beäugte die Pfarrerin weiter die Nippes-Figuren. »Wie auch immer, Ihr Verlobter möchte eine Rede halten. Also kommen Sie jetzt besser mit runter.«

Heißt es nicht, Soziopathen könnten die Rolle, die sie spielen wollen, bis in die allerkleinsten Details ausfüllen? Ihre Mimikry ist derart präzise, dass man am Ende kaum mehr sicher sein kann, ob es wirklich eine Rolle ist. Aus einem bestimmten Blickwinkel war der Mann, der, eine Hand auf meine Schulter gelegt, am Esstisch stand, noch immer attraktiv und sogar gewissermaßen charmant. Wenn man seiner Rede Glauben schenkte, dann wirkte er wie ein mustergültiger Verlobter und seine Zuneigung mir gegenüber tatsächlich, ganz so wie die Pastorin glaubte, geradezu rührend. War man sich jedoch nicht sicher, ob man ihm glauben wollte – und das war ich nicht –, dann war sie schlicht grauenerregend.

Ich starrte auf die Tischplatte aus Mahagoni, die Teller waren abgeräumt und das Knochengerüst des Schwans lag auf dem Sideboard. Alexanders Hand drückte kräftiger in mein Fleisch.

»Was ist romantische Liebe wirklich?« fragte er. Er wurde philosophisch. »Ist sie ein biologischer Befehl? Ein geistiger Zustand? Eine Art Wahnvorstellung? Vielleicht haben sich die Menschen seit Tausenden von Jahren diese Frage gestellt, aber ich muss gestehen, mich hat sie bis vor Kurzem nicht interessiert.

Dieses Konstrukt von »wahrer Liebe«, hatte ich immer geglaubt, ist nichts weiter als ein Märchen, das den Leuten helfen soll zu ertragen, wie vollkommen allein wir in Wirklichkeit sind. Wir sind allein«, sagte er und reckte sich. »Wir sind allein – und die Menschen leben im Allgemeinen auch von der Natur entfremdet. Daher sind sie darauf fixiert, die perfekte, ihnen fehlende menschliche Hälfte zu finden, und beladen diese Suche mit einer Menge mystischer Attribute.« Er stieß einen nachdenklichen Seufzer aus. »Solche Leute können den Gedanken nicht ertragen, dass wir in Wirklichkeit Tiere sind und die gleichen grundlegenden Bedürfnisse und Lüste haben wie die, die hier draußen auf vier Beinen in den Koppeln rumstehen. Ich bin jetzt also …« – hier unterbrach sich Alexander, beugte sich herab, fasste mit den Fingern unter mein Kinn und zog mein Gesicht zu sich. Auf seiner Stirn schimmerte ein dünnes Schweißband, im flackernden Kerzenlicht fielen seine Züge mal in den Schatten, mal leuchteten sie wieder auf. »Ich bin jetzt also lange Zeit ein Junggeselle gewesen, und ich habe immer versucht, den Mädchen auszuweichen, die den Brautstrauß gefangen hatten. Und dennoch bin ich, obwohl es für die Farm ein höchst erfolgreiches Jahr gewesen ist« – und jetzt starrte Alexander mir in die Augen – »viele Abende in dieses Haus zurückgekehrt und wusste, dass irgendetwas Entscheidendes fehlte. Immer trockneten da nur ein Glas und ein Teller und ein Messer und eine Gabel in der Spüle, und niemand war da, mit dem ich meine Gedanken hätte teilen können. Und jedes Jahr fühlten sich all die leeren Zimmer nur noch leerer an. Nun ja«, er senkte demütig den Kopf, und Locken fielen ihm in die Stirn, »in diesem Haus aufzuwachsen war nicht immer die reine Freude. Wendy, ich weiß, dass Annabel mit dir darüber gesprochen hat, ich habe es auch. Es war nicht einfach ... Nichtsdestotrotz erinnere ich mich noch genau, wie meine geliebte Mum mich fast angefleht hat, ein nettes Mädchen zu finden und zur Ruhe zu kommen.«

Bei der Erwähnung ihrer Mutter machte Annabel ein Geräusch, als würde ihr etwas in der Kehle brennen. Die Pfarrerin füllte ihr leeres Weinglas mit Wasser.

»Nicht etwa – ich will ganz ehrlich sein –, nicht etwa, dass ich jedes Mal das Gefühl hatte, Mum hätte die Mädchen für gut befunden, die ich nach Hause brachte ...« Er wartete das Gelächter ab. »Und wo, habe ich sie im Geist gefragt, meinst du, kann ich dieses nette Mädchen wohl finden? Geh nach Melbourne, hörte ich sie mir raten, nimm dir dort ein Haus für den Sommer und hab ein bisschen Spaß. Also fuhr ich runter in die Stadt und machte unterwegs einen Besichtigungstermin für ein *pied-à-terre*. Wer hätte gedacht, dass ihr Rat genau der richtige gewesen war? Von dem Augenblick an, in dem ich Liese getroffen hatte, zeigte ich all die Symptome eines verliebten Tiers. Doch, doch«, er grinste, »in der Brunftzeit verhalten sich alle Arten plötzlich anders, manche erleben sogar, was man ›den Blues‹ nennen könnte. Als es so aussah, als würde Liese meine Gefühle erwidern, da schwang sich mein Herz in die Höhe, und wenn ich mir einmal nicht so sicher war, dann kam ich hierher zurück und vergrub mich tagelang. *Komm zu mir in meinen Träumen, und dann werde ich, wenn der Tag anbricht, wieder gesund sein!*«

Mit jedem dieser liebevollen Worte spürte ich, wie sich der Raum mehr um mich zusammenzog. Ich war jetzt eingeschlossen in seiner Geschichte, beobachtete, wie sein Mund sich bewegte, die vollen Lippen feucht vor Selbstzufriedenheit, und ich fragte mich, ob all diese Monate auch ich im Fokus seines Zielfernrohrs gewesen war, während er darüber nachdachte, welches der beste Moment wäre, um mich runterzuholen.

»Liese, du bist meine Hoffnung, wieder gesund zu werden, meine Hoffnung aufs Glück«, sagte Alexander, und sein Blick fügte noch hinzu: Wenn du kapierst, dass du das Ding bist, das meine Zufriedenheit zu sichern hat, dann wird es dir gut gehen. Er wischte sich die Hände an den Hosenbeinen ab. »Bitte hebt eure Gläser, Ladies und Gentlemen, und stoßt gemeinsam mit mir auf mein neues Leben und meine zukünftige Braut an.«

Sein Räuspern bedeutete den Gästen, sich zu erheben.

Halb betäubt tat ich es ihnen gleich, und dann ergriff Alexander meine Schultern, zog mich zu sich und küsste mich auf den Mund: ein Kuss, als brauchte er eine Auferstehung. Zugleich schmeckte ich den Schwan, und das weckte mich auf und füllte mich mit Schrecken. Wurde ich da gerade von einem Mann geküsst, der schwer in mich verliebt war, oder von einem Teufel, der die perfekte Imitation eines Mannes, der schwer in mich verliebt war, hinlegte?

Nur seine Schwester saß noch immer. »Du bist genauso, wie er war.«

Die Pastorin und Graeme hielten inne, ihre Champagnergläser auf halber Höhe in der Luft festgefroren.

»Sogar deine Ausdrucksweise, und was du sagst.«

»Nicht jetzt, Annabel.«

»Dad hätte nichts lieber getan, als sie endgültig wegzusperren, um sie nicht mehr sehen zu müssen. Er wäre stolz auf dich gewesen, wie gut es dir gelungen ist.«

Alexander wandte sich zu seiner Schwester: »Hast *du* dich um sie kümmern wollen nach dem Unfall?«

»Ist sie denn nicht …?« fing ich ungeschickt an. »Ich dachte, deine Mutter wäre ums Leben gekommen?«

»Hat er Ihnen das erzählt?«

»Jedenfalls ist sie jetzt tot, Annabel.«

»Und zu denken, dass du ihr alles bedeutet hast! Als du ein Kind warst, da hast du geweint, wenn sie zur Tür raus ist, und auf der Treppe gehockt, bis sie wiederkam.« Annabels große Augen, tränenumflort, blickten jetzt auf den eigenen Sohn, der all das augenscheinlich schon öfter gehört hatte. »Aber Lachlan, nachdem dein Grandpa gestorben war, musste deine Grandma noch viele, viele schmerzvolle Jahre mit ihren Verletzungen leben, und dein Onkel hat sie hier rausgeworfen und in eine Einrichtung gesteckt, die man ironischerweise ein … Heim nennt.«

»Da hat man sich gut um sie gekümmert.«

»Er hat sie aus der Umgebung gerissen, in der sie jedes Eckchen kannte und sich sicher fühlte, und sie dahin gesteckt, wo jeder Dorftrottel …«

»Ich kann mich nicht erinnern, dass du freiwillig hierhergekommen wärst, um ihren Schmutz aufzuwischen.«

»Lachlan, bevor du mir je so etwas antust, bring mich lieber um!«

Sie hatte angefangen zu weinen und legte ihr rotes, nasses Gesicht auf den Tisch. In den Kleidern ihrer Mutter sah sie zugleich sehr jung und sehr alt aus.

»Es ist eine schwierige Situation«, versuchte die Pfarrerin dazwischenzugehen, »wenn die eigenen Eltern pflegebedürftig werden …«

»Aber danach«, spuckte Annabel aus, »konnte dein Onkel seine kleinen Huren hierherbringen, ohne dass ihn noch jemand störte.«

Stille. Selbst die nächtlichen Geräusche aus dem Garten setzten aus.

Sie drehte sich zu Alexander, ihr klaffender Mund zuckte: »Du hast sie hierhergebracht, und dann hast du sie abserviert, wie es dir gerade am besten passte.«

Seine Züge leerten sich von jeglichem Ausdruck. »Es ist spät. Ich glaube, es wird Zeit für dich aufzubrechen.«

»Du brauchst Hilfe, kannst du das denn nicht sehen? Du bist nicht in Ordnung, du brauchst Hilfe!«

»Annabel, wir müssen da nicht wieder durch.« Er sagte es fast traurig. Er ging zur Tür und schaltete das Licht an.

Der Raum wurde in grelles Licht getaucht. Jedermann sah plötzlich aus wie ein Kadaver. Selbst das Mobiliar wirkte ausgebleicht und staubig.

»Und Sie?« Annabel griff nach mir, ihr Make-up zeichnete Streifen auf ihre Wangen. »Sehen Sie denn nicht, dass er krank ist? Sie sollten jetzt mit uns kommen. Sie sollten hier weggehen, solange Sie noch können!«

Die Pastorin und Graeme standen links und rechts von ihr und versuchten sie vom Tisch wegzubugsieren. Lachlan, dessen Mund ein schmaler, resignierter Strich war, hob die Tasche seiner Mutter mit all den eingesammelten Gegenständen auf und ging nach draußen.

Annabel entzog sich ihren Wärtern und ergriff meine Hand. »Kommen Sie mit mir!«

Alexander mischte sich ein, um sie loszureißen.

»Komm jetzt!«

Das aufgelöste, nasse Gesicht der Frau war direkt vor meinem, ich bekam ihre losen Haarsträhnen in die Augen, in den Mund. Wir waren jetzt draußen in der Eingangshalle. Für meine eigene Hysterie war hier nirgendwo Platz. Ich würde sie in der ihren verstecken müssen.

»*Komm* jetzt.«

Ich blickte von Schwester zu Bruder.

»Ja, ja, tue ich«, sagte ich und nickte. »Ich komme. Ich komme mit Ihnen.«

Ich legte ihr die Hand auf den Arm und ging mit ihr. Das Geld lag noch oben, aber das war jetzt auch egal. »Ich komme ja mit, keine Angst. Ich komme.«

Sie ging zur Tür, ruhiger jetzt, da sie glaubte, mich zu retten. Und ich wurde auch ruhiger, obwohl meine Retterin so torkelnd ging, dass ich sie behinderte. Ich berührte versehentlich ihre Rippen und spürte, wie dürr sie war. Graeme schritt ein und nahm ihren anderen Arm, und zu dritt bewegten wir uns ein Stückchen über die gemusterten Fliesen voran, von Achteck zu Sechseck, die unter unseren Füßen in rauchigem Blau und Umbra und Beige aufglänzten. Wir näherten uns der Tür. Dann kam ihr Sohn zurück und drängte mich zur Seite, um den freien Arm seiner Mutter zu übernehmen. Die beiden führten sie dann nach draußen.

Die Pastorin stand in der Tür, hinter ihr die dunkle Nacht. »Danke schön«, sagte sie, als hätte ich bei dem Trick mitgeholfen, Annabel ins Auto zu locken. »Von hier ab übernehmen wir jetzt. Graeme kann morgen früh kommen und ihren Wagen holen.«

»Ich glaube, ich sollte trotzdem mit Ihnen kommen«, sagte ich entschlossen.

»Lachlan hat ihre Tabletten. Es wird nicht nötig sein.«

Alexander hatte seine Hand fest um meinen Arm geschlossen.

»Aber ich *will* mit Ihnen fahren.«

Die Pfarrerin warf ihm einen Blick zu. »Es ist kein Platz mehr im Auto.«

»Ich quetsch mich noch irgendwo rein.« Er hielt mich ganz genauso, wie ich eben seine Schwester gehalten hatte. »Bitte!«

Pastorin Wendy räusperte sich, drehte sich auf dem Absatz um und stieg die steinernen Stufen hinunter. Der Garten hinter ihr sah wie ein Schachbrett aus, zwischen den Bäumen lagen mondbeschienene Stücke wie vergebene Chancen.

»Liese, noch mal herzlichen Glückwunsch«, rief sie über die Schulter. »Ich glaube wirklich, dass Sie ein Riesenglück haben, und ich freue mich schon darauf, bald alle Ihre Fragen rund um die Heirat mit Ihnen zu besprechen.«

Und bei diesen Worten schloss Alexander die große Eingangstür. Ich schrie nach draußen. Das Geräusch hallte wider, aber mein Verlobter ignorierte es, während er mich langsam hinter sich her die Treppe hinaufzog in Richtung seines Schlafzimmers.

II

Da waren nur Stille und das Geräusch des tropfenden Wasserhahns: *Tod, Tod, Tod.* Auf dem Frisiertisch wartete sein neuer Umschlag. A4-Format, die übliche Senffarbe, wie man sie in jedem Papiergeschäft und jedem Postamt auf dieser Welt kaufen kann, aber er war nicht verschickt worden. HANDZUSTELLUNG stand da in säuberlichen Großbuchstaben wie ein schlechter Scherz geschrieben, oben rechts, und in derselben Schreibschrift, in der normalerweise Alexander als Adressat genannt war, stand da jetzt mein Name:

Miss Liese Campbell
c/o Warrowill
Marshdale
Victoria

Ich saß in der Wanne im an sein Schlafzimmer anschließenden Badezimmer, in derart braunem Wasser, als sei es aus den Tiefen der Erde hochgepumpt worden. Keiner von uns machte eine Bewegung, um den Wasserhahn fester zuzudrehen. Ich konnte mich ohnehin kaum rühren. Jedes einzelne Körperteil fühlte sich wund und geschwollen an.

Alexander stand vor dem Spiegelschrank und ging alte und neue Kosmetikprodukte durch. Der Raum war so kalt, dass der Spiegel undurchsichtig war, und das Kondenzwasser rann die lila gekachelten Wände hinab. Aber das Morgenlicht, das durchs Fenster hereinkam, bedeutete, dass er trotz des im Badezimmer herrschenden Nebels jede Einzelheit an mir sehen konnte, wenn er sich die Mühe machte, einen Blick auf mich zu werfen: hängende Brüste, einen Rettungsring um die Taille, das Geflecht einer Cellulitis, sichtbare Äderchen unter der Haut.

In der Dunkelheit der vergangenen Nacht hatte er seine Finger unter meine Kleidung gebohrt, zwischen Haut und Fleisch. Dann nicht mehr nur seine Finger, sondern seine Fäuste, um einen besseren Hebel zu haben, und seine Berührung war so rau gewesen, dass es sich anfühlte, als trage er Handschuhe, als beschützte ihn eine Lederschicht vor aller Empfindsamkeit gegenüber einem andern. Es hatte ihn nicht gestört, dass ich nicht reagierte und mich kaum bewegte oder atmete. Und jetzt bedeutete dieser Verkehr – oder wie immer man unseren seltsamen nächtlichen Kampf nennen wollte –, dass ich ihn auf meinem Körper, in meinem Körper spürte, und das löschte jeden eigenen Willen aus. Der Gedanke an bedingungslose Aufgabe meldete sich, und er war süß.

»Versuch einfach, dich zu entspannen«, sagte Alexander.

Er wählte eine Flasche Badeöl aus, deren Hals verkrustet war, und kniete sich auf einer passenden violetten Badematte neben die Wanne, damit seine gute Hose nicht nass wurde. Er hatte die Ärmel aufgekrempelt und schüttete die sämige Flüssigkeit nach vorn gebeugt auf meinen Rücken, meinen zitternden Rücken. Dann schraubte er die Flasche wieder zu und begann, meinen Rücken sehr zart mit einem Flanellhandschuh zu massieren.

»Reicht noch nicht«, sagte er zu sich selbst, schraubte den Deckel erneut ab, um zusätzliches Öl auf seine Handfläche zu gießen. Er wusch meinen Arm, drehte mich so, dass seine Hand unter meine Achsel glitt und die Seite meiner Brust berührte.

»Entspann dich«, befahl er erneut.

Ich rührte mich nicht.

Alexander fasste an meine Schultern und legte mich so, dass mein Nacken auf dem Rand der Wanne ruhte. »So ist es besser.« Sein Gesicht war sehr nah. Ich konnte die Farbe seiner Zähne sehen und roch den nächtlichen Alkohol in seinem Atem. Seine Hände, muskulöse Knoten, wrangen den Flanellhandschuh in dem braunen Wasser aus. Dann wandte er sich meinen Beinen und meinem Hintern zu. Er schien nach den Muskeln zu tasten, nach Knochen und Sehnen, um herauszufinden, welche Teile die besten und zartesten waren – die Filetstücke.

Den Handschuh immer noch zwischen meinen Beinen haltend, spannte seine Hand sich an. »Du hattest mir nicht gesagt, dass diese Person dir auch geschrieben hat.«

»Diese Person hat es nie gegeben.«

»Ist das das erste Mal? Ist es das, was du sagen willst?«

Ich wollte, dass er seine Hand wegnahm. »Ja.«

»Er hat das also geschrieben und den ganzen weiten

Weg hier heraus gebracht?« Alexander wartete. »Und dann noch nicht mal in den Briefkasten, sondern gleich ins Haus und direkt auf meinen Schreibtisch?« Als ich nicht antwortete, nahm er den Handschuh von meiner wunden Haut und reichte ihn mir. »Vielleicht machst du dich besser selbst sauber.«

Er trocknete sich die Hände ab, hob den Umschlag hoch und besah ihn sich mit gespielter Lässigkeit. Er war wütender, als ich gedacht hatte – oder wieder wütend oder immer noch wütend. Sein Gesicht war hager und dunkel, als hätte jemand es mit dem Bleistift gezeichnet und dann vergessen, die Konturlinien wegzuradieren. Er drehte den Umschlag um, untersuchte ihn – und wie er das ausspielte, als wüsste er nicht, woher er komme, als suche er vergeblich zu begreifen, war fast schon manieriert. Offenbar hatte der Besuch seiner Schwester eine Überdosis Realität gebracht und ihn nur noch weiter in seine Spielwelt hineingezwungen.

»Was glaubst du, Liese, wie dieser Brief ins Haus gekommen ist, ohne dass die Hunde aufgeschreckt wurden?«

Ich atmete so flach wie möglich, damit das Badewasser sich nicht bewegte: »Ich habe nicht die geringste Ahnung.«

»Wäre es möglich, dass du ihn dort hingelegt hast, während du meine Schubladen untersucht hast?«

»Nein.«

»Aber du warst in meinem Arbeitszimmer gestern Abend.« Er machte ein zischendes Geräusch beim Ausatmen. »Ich habe überall auf dem Boden Papiere gefunden, das Zimmer war geradezu durchwühlt worden.«

Ich schüttelte den Kopf, bemühte mich, das Wasser ruhig zu halten.

Es stimmte, dass ich nach meinem gescheiterten Fluchtversuch mit dem Auto sein Arbeitszimmer betreten hatte. Ich hatte die Briefe als Beweisstücke an mich nehmen wollen. Beweise für das, was er mir angetan hatte. Alexanders Weigerung zuzugeben, dass sie seine Schöpfungen waren, brachte mich zu dem Schluss, dass er vielleicht nicht log, sondern einen schizophrenen Schub hatte. Es war Alexander, der sich an seinen Schreibtisch setzte, aber es war ein anderer, ein Fremder, der zu schreiben begann – und dieser Fremde schien Alexanders Fantasien besser zu kennen als er selbst. Jedes neue Schreiben war eine immer grässlichere Selbstprovokation. Jede enthüllte verborgene Wünsche, die er logischerweise auf keine andere Art äußern konnte: Etwa, dass ich nur noch eine Auswahl an Körperteilen darstellte, von der sich die Bedürfnisse eines Mannes bedienen, sich etwas abschneiden konnten. Welcher geistig gesunde Mensch könnte denn davon träumen, dass ein anderer zu weniger als einem Tier wird, zu einem Klumpen Fleisch, einem *Ding*?

»Gibt es irgendwelche Anzeichen dafür, dass jemand ins Haus eingebrochen ist?« fragte ich ruhig.

»Keinerlei.«

»Und wenn es einer der Gäste war, der ihn dagelassen hat?«

»Glaube ich nicht.«

»Na dann.« Ich war nahe daran, aufzugeben. »Vielleicht war es ja ein Geist.«

»Werd' nicht sarkastisch.«

»Einer deiner Vorfahren.«

Er sagte nichts.

»Vielleicht dein Vater?«

Sein Vater war oft weg gewesen und hatte seinem Sohn doch niemals geschrieben, nicht einmal eine Postkarte, hatte Alexander erzählt. Vielleicht hatte er sich als Knabe ja manchmal selbst Briefe geschrieben und so getan, als wären sie von seinem Vater? Vielleicht machte er so etwas immer noch? Die Briefe schienen jedenfalls zu einer Stimme in Alexanders Kopf zu gehören, einer Stimme, die Macht über ihn hatte. Und ich fragte mich, ob er ihr gehorchen würde.

Er sagte immer noch nichts.

»Oder sind die Briefe von deiner Mutter?«

Es war eigentlich klar, fast schon zu klar: Schließlich lag ich in ihrer Badewanne, umgeben von ihren Sachen, einer Garnitur Make-up von vor ihrem Unfall, einer von danach. Wenn er sich schuldig fühlte, weil er seine Mutter aus dem Haus entfernt und in ein Heim gesteckt hatte, war es dann seine Abhilfe, mich, die arme Stellvertreterin, hier festzuhalten und nicht mehr fortzulassen? Diese Briefe steckten voll von einer altmodischen Art von Frauenhass. Jener Art von Gedanken, die eine Frau haben könnte, die nicht will, dass ihr Sohn heiratet, Gedanken, von denen ein loyaler Sohn sich vielleicht vorstellen konnte, dass seine Mutter sie ihm anonym schreiben würde.

»Nein, ich glaube, das ist auch nicht die Lösung.«

Dann müssen die Briefe von dir sein, wollte ich sagen. Bloß warum? Zu Beginn dieses Wochenendes hatte Alexander gefordert: »Ich möchte wissen, wer du bist, wer du wirklich bist.« Hatte er all das orchestriert, jede irrsinnige Situation, um zuzusehen, wie ich mich auf jede nur mögliche Weise verhielt, um meine gesamte Bandbreite in Augenschein zu nehmen – und mir dann zu beweisen, wie viel davon er zu kontrollieren vermochte?

Beide starrten wir auf den Umschlag. Und das war das Kranke an der Sache: Trotz meiner Furcht, besser gesagt meiner panischen Angst, war es doch verlockend, ihn aufzureißen.

Er reichte ihn mir.

»Ich will nicht.«

»Es gibt keine Wahl.«

Ich riss ihn mit dem Nagel auf und zog den Inhalt hervor.

Das erste Foto war derart verschwommen, dass es aussah, als würden die beiden Gestalten – der Mann und die Frau – mit zitternden Umrissen im Raum schweben. Wo waren die beiden? Irgendetwas an dem Raum kam mir bekannt vor, das gebe ich zu, vielleicht weil er so beliebig war. Ich betrachtete es genau, daraufhin, ob die dunkleren Teile irgendein Geheimnis preisgeben würden: die Form einer Vase oder ein Möbelstück. Ich konzentrierte mich auf alles, bloß nicht auf das Paar. Der Mann ein Fremder. Und die Frau war auch eine Fremde, nur dass sie meine Züge hatte. Oder die Züge, die ich einmal gehabt hatte.

»Ich« war da in einer Reihe von Posen zu sehen, wie man sie in Jugendpostillen findet, die dicken Arme über dem Kopf verschränkt und das breite Becken zur Seite gedrückt, im Versuch, eine Teenagervorstellung von Hingabe darzustellen. Mein Gesicht, unscharf aufgrund von schlechter Belichtung und Babyspeck, grimassierte auf eine Weise, die fast schon komisch war – es war das Bild von jemandem, der verzweifelt versuchte, sich in Besinnungslosigkeit zu verlieren. Der Mann war trotz der intimen Nähe eher ein Anhängsel.

Wer war er? Es kam nicht mal drauf an. Sein Gesicht war unscharf, und die Bilder hatten eine Reihenfolge, in der jedes von einem gefolgt wurde, auf dem ihre – *unsere* – Positionen immer extremer, immer grotesker wurden.

Der Anblick erschreckte mich weniger, als dass er mich verblüffte. Genauso wie Alexander mich bezahlt hatte, damit ich seine Fantasien möblierte, musste er auch jemanden angestellt haben, der ihm maßgeschneiderte Pornografie lieferte. Und es war ja auch nicht so, dass jeder Bilder so manipulieren konnte. Ob der Computer unten ausreichte, um so etwas herzustellen? Mit dem entsprechenden Programm wahrscheinlich – und dem richtigen Detektiv. Denn irgendwie war ja ein Foto meines jüngeren Gesichts aufgetrieben und auf den Körper dieser Frau gesetzt worden. Es war mein Gesicht, obwohl es auf den meisten hinteren Bildern von grobem lockigem Haar bedeckt war, viel länger, als mein eigenes Haar je gewesen war. Ich nahm an, das Gesicht war digital bearbeitet worden, auf manchen Bildern sehr fein, um den richtigen Ausdruck hinzukriegen … Hatte Alexander diese Aufnahmen ohne mein Wissen gemacht? Hatte er, anstatt in den Zimmern nach einer versteckten Kamera zu suchen, wie er behauptet hatte, selbst eine installiert? Aber selbst dann hätte er zwanzig Jahre verschwinden lassen müssen, um mich zu einer derart unansehnlichen Ausgabe meiner selbst zurückzumodellieren.

Aber ganz gewiss wäre solch ein Vorhaben doch lächerlich? Es wäre extrem teuer und tückisch, und doch konnte ich mir keine andere Erklärung denken. Warum hatte er es getan? Um meine Vergangenheit seinen Wünschen gemäß umzuformen. Um mich an meinem eigenen Gedächtnis zweifeln zu lassen, bis ich mich nur noch an dies hier erinnerte, diese gymnastischen Übungen, die jedermann, der sie versuchte, in Ohnmacht fallen lassen würden – oder Schlimmeres. Dann konnte er mich hier in seinem Haus behalten, als sein Ding, das bis in alle Ewigkeit in seiner Version der Geschichte eingeschlossen bleiben würde.

Mein Gesicht. Der Ausdruck darauf.

»Zeig sie mir«, sagte er.

Ich bewegte mich nicht, ich konnte nicht.

Sich zur Wanne herabbeugend, nahm Alexander mir behutsam die Bilder aus den nassen Händen, ein Fachmann, der seine wertvollsten Exemplare mit Kennermiene begutachtete. Aber als er begann, sie durchzusehen, wirkte er perplex, seine Augen zogen sich in grimmiger Konzentration zusammen, die Gleichung, über die er da nachzudenken hatte, war unmöglich. Diese Fotos – jede Pose auf jedem Foto – durchbohrten ihn, und sein Körper erschlaffte. Er sah aus, als habe er gerade einen Tiefschlag erhalten.

»Das bist du«, sagte er. »Man erkennt dich kaum, aber das bist du.«

Es wirkte, als habe er sie tatsächlich nie zuvor gesehen, und einen Augenblick lang glaubte ich, er würde anfangen zu weinen. Seine Reaktion wirkte vollständig und verstörenderweise ehrlich. Und dieser Anblick seines Gesichts ließ Panik in mir aufkommen: *Gib mir irgendein Zeichen,* wollte ich ihm zurufen, *sag mir, wie ich reagieren soll, was willst du, das ich jetzt spiele?* Ich wäre jeder Regieanweisung gefolgt. In diesem Augenblick hätte ich jede Rolle gespielt, solange er mir nicht wehtat. All das – Briefe und Fotografien – musste letztendlich verfertigt worden sein mit dem Ziel, dass er die Kontrolle verlor. Das war gewiss ihr Sinn. *Also mach schon, schrei!* dachte ich. *Schrei endlich!*

Der Wasserhahn tropfte weiterhin seinen dumpfen Rhythmus: *Tod, Tod, Tod.*

Ich hockte jetzt in lauwarmem Wasser, vornübergebeugt, zitternd, und wartete auf das Schlimmste. Auf das, weswegen er mich hierher gebracht hatte.

Alexander schob die Fotos zurück in den Umschlag. Dann öffnete er die Tür und trug ihn aus dem Badezimmer hinaus.

III

Langsam erhob ich mich aus dem Badewasser. Die Luft war feucht und schraffierte die lila Wände. Auf der Stange hing ein altes Handtuch, es kratzte, als ich mich damit abtrocknete, während ich die ganze Zeit auf ein Geräusch horchte, das mir zeigte, wo im Haus Alexander mich erwartete. Ich legte meine Hand auf den Türknopf und rechnete halb damit, die Tür verschlossen zu finden. Sie öffnete sich problemlos, ich atmete aus und ging ins Schlafzimmer.

Der Blick aus dem Fenster zeigte vollkommene Reglosigkeit. Es hätte eine Fototapete sein können, ein freundliches Landmotiv mit Himmel und endlosem Grün.

Meine Kleidung war entfernt worden. Das Kleid, die Strumpfhose und die Unterwäsche von gestern Abend hatten verstreut auf dem Fußboden gelegen. Jetzt waren sie fort. Ich warf einen Blick auf das Bett, auf dem wir gelegen hatten. Es war sorgfältig gemacht, die Überdecke mit dem Flieder straff gezogen. Die Dinge auf dem Nachttisch standen in der richtigen Ordnung, die Kommode wartete auf die nächste Versehrte. Ich fasste das Handtuch fester und setzte einen Fuß vor den anderen. So schnell es ging, bewegte ich mich durch den eisigen Korridor zum ehemaligen Zimmer seiner Schwester.

Mein Koffer war nicht da.

Ich zog eine Schublade der Kommode auf. Sie war leer. Ich öffnete eine zweite, eine dritte: meine Kleidung war fort. Es gab kein Anzeichen mehr dafür, dass ich mich je in diesem Zimmer befunden hatte. Die Möbel waren gerade gerückt, die Vorhänge aufgezogen. Es war genauso wie in dem Augenblick meiner Ankunft, mit der einen Ausnahme, dass auf dem ordentlich gemachten Bett ein weißes Kleid lag.

Der Anblick ließ mir den Schweiß ausbrechen.

Ich spürte, dass ich es schon zuvor einmal in genau der gleichen Position gesehen hatte – das kalte, weiße Ding, das da lag, leblos, wenn auch nicht vollständig tot. Es war nicht das Kleid von dem Bild seiner Mutter. Es sah billig aus, wie die, die man in Secondhandläden auf Drahtbügeln hängen sieht, ein unnatürliches Weiß und das Etikett welk und grau vom Schweiß fremder Leute. Dieses Kleid hatte einen hohen durchsichtigen Kragen und ein Spitzenmieder, das mit kleinen Plastikperlen besetzt war. Außerdem Puffärmel. Der Satinrock war lang und bauschig. Allein schon das Ding anzufassen, um es hochzuheben, war widerlich, aber er hatte mir nichts anderes zum Anziehen gelassen.

Ich zog den Reißverschluss auf, als könnte das Kleid beißen.

Der Stoff klebte an meiner noch feuchten Haut, als ich mich hineinzwängte, und rasch war ich in Tüll und Korsettstäben gefangen, war in dem ganzen Kleid gefangen wie in einer weißen Woge. *Ich habe mein Zuhause verlas-*

sen, um zu fliehen, und jetzt werde ich hier flach gewalzt. Durch den Stoff sah ich schwaches rosiges Sonnenlicht – und fragte mich plötzlich, ob Soldaten wohl weiße Flaggen einpackten, bevor sie in die Schlacht zogen. Vielleicht in den Saum ihrer Tornister eingenäht oder irgendwo versteckt, so wie Sauerstoffmasken in Flugzeugen – ob sie wohl versuchten, nicht dorthin zu sehen, während ihnen die Kugeln um die Ohren flogen, sich aber doch ganz wohl dabei fühlten, zu wissen, dass sie da waren?

Unten würde Alexander auf mich warten, und ich würde tun müssen, was er sagte, und sein müssen, was er verlangte.

Durch das halb angezogene Kleid atmete ich den Geruch anderer Bräute ein: ihre Freude und Angst und Hoffnung und Reue. Von dieser Nähe, diesem so persönlichen Geruch wurde mir schlecht. *Du hast gewonnen, ich habe verloren. Ich will dich lieben, ehren und dir Gehorsam leisten.* Heirat oder Tod? Das war eine einfache Wahl. Dieses Kleid würde meine weiße Fahne sein. Alle Luft, die aus deiner Lunge entweicht, nur um diese Worte zu sagen: *Ja, ich will, ich ergebe mich.*

Während ich die Treppe hinabging, nahm ich an, dass Alexander mich an ihrem Fuß erwarten würde. Es würde ihm Unglück bringen, mich vor der Hochzeit so zu sehen. Das hieß, wir würden so schnell wie möglich heiraten müssen. Ich würde die Blumen von gestern Abend als Brautstrauß benutzen. Im rechten Winkel der Treppe wandte auch ich mich um und hatte jetzt das große Bogenfenster im Rücken, während ich nach unten schritt.

Aber keine Musik ertönte, und niemand stand da und sah mich an.

Die Eingangshalle war leer. Ich hielt inne und lauschte.

Er hatte Feuer im Salon gemacht, und ich ging dorthin, um etwas von der Wärme der Flammen zu spüren.

Im Kopf fing ich an, eine Erklärung für meine Familie zu formulieren. *Wenn ihr diesen Brief bekommt, werde ich bereits verheiratet sein. Ich weiß, dass das ein bisschen plötzlich kommt, aber ich glaube, ihr werdet damit einverstanden sein.* Die Gummizüge der Rüschen auf den Ärmeln schnitten mir ins Fleisch. *Mein Ehemann, Alexander, ist der Eigentümer eines großen Viehzuchtbetriebs, der seit fünf Generationen in Familienbesitz ist. Ich weiß – ich die Ehefrau eines Farmers?!* ... Das war die Art von Brief, die der Teenager auf diesen Fotos schreiben würde, dachte ich stumpfsinnig, voller atemloser Ausrufezeichen und kleiner Aufschneidereien. *Ihr solltet meinen Verlobungsring sehen, er ist riesig!* Stattdessen sollte ich sie besser beruhigen: *Alexander ist ein harter Arbeiter mit sehr traditionellen Wertvorstellungen. In mancher Hinsicht bin ich, ganz ehrlich, nie glücklicher gewesen.*

Wenn wir uns jetzt beeilten, um zur Kirche von Pastorin Wendy zu kommen, und unser Ehegelübde ablegten, dann war noch Zeit, um eine Party in England zu feiern. Ich setzte mich also aufs Sofa und begann die Leute aufzulisten, die ich gerne zu meiner Hochzeit einladen würde, dann diejenigen, die ich einladen musste. Die zweite Liste war lang und wurde immer länger. Mir war die Idee einer intimen Feier lieber, aber ich würde meine entfernte

Familie dazubitten müssen, meine Tanten und Onkel, meine Cousins und ihre Frauen; die meisten von ihnen würden wir an Tische setzen, die weit entfernt von denen mit Alexanders Bekannten waren. Dann gab es da noch die Freunde meiner Eltern, deren Kinder offenbar erbarmungslos heirateten und die man vor den Kopf stoßen würde, wenn man ihnen nicht eine Gegeneinladung schickte … Zugleich horchte ich auf irgendein Zeichen, das mir sagte, wo im Haus Alexander sich befand.

Es scheint, dass das ganze Leben vor einem abläuft, bevor man heiratet. Ich dachte an die anderen technischen Zeichner im Büro und die Studenten, die ich im College gekannt hatte, und an meine Schulfreunde, sofern ich welche gehabt hatte. An all die Geheimnisse und Verheißungen und die gewundene, dschungelartige Beschaffenheit der Mädchenzeit; wie man Schatzkarten gezeichnet hatte und Hochzeitskleider und »Er liebt mich, er liebt mich nicht« gespielt … *Es tut mir leid, wenn ich euch je Kummer gemacht habe – wenn mir irgendetwas geschieht, denkt bitte daran, dass ihr mir alles auf der Welt bedeutet habt.*

Alexander stand in der Tür. Sein Gesicht war ausdruckslos. Er hatte ein Jackett übergezogen, das zu der dunkelgrauen Hose passte, die er schon die ganze Zeit trug, und plötzlich wurde mir klar, dass dies der Anzug war, den ich oben hatte hängen sehen. Er hatte eine Blume am Revers und trug eine locker gebundene stahlgraue Seidenkrawatte.

Ich sah ihm in die Augen, und er wandte sich ab und

ging langsam zum Kamin, als müsste er irgendwelche schlechten Nachrichten verarbeiten. Dann starrte er lange in die Flammen. Als er sprach, war seine Stimme tonlos. »Liese, du weißt hoffentlich, dass ich dich für einen ganz außergewöhnlichen Menschen halte.«

Hinter meinem Brustbein baute sich ein Druck auf.

Eine Weile lang sagte er nichts weiter, schüttelte nur den Kopf. »Ich hab mir hierüber wirklich den Kopf zerbrochen. Du, du bedeutest mir alles, aber ich kann nicht … ich glaube einfach nicht, dass ich eine Heirat durchziehen kann.« Er warf mir einen Blick schmerzvoller Unschuld zu. »Ich wusste, dass du enttäuscht sein würdest.«

Plötzlich verspürte ich tatsächlich so etwas wie Enttäuschung, und das machte mich durch all meine Angst hindurch wütend, und ich ekelte mich vor mir selbst. »Aber warum?«

»Warum was?«

»Warum bläst du es ab?«

»Das muss ich doch wohl nicht erklären«, sagte er sanft. »Trotzdem fällt es mir nicht leicht.«

»Sag mir den Grund!« hörte ich mich schreien.

Er zögerte.

»Es gibt nicht den einen Grund. Ich glaube nur einfach nicht … ich bin nur einfach nicht überzeugt, dass wir beide einen guten Einfluss aufeinander haben würden, verstehst du?« Er seufzte, als strengte ihn das Atmen über die Maßen an. »Ich würde ja gerne glauben, dass es möglich ist, aber ich bin einfach nicht überzeugt davon.«

»Du meinst, ich würde dich runterziehen.«

Alexanders Leichenbittermiene war Bestätigung genug. »Das habe ich nicht gesagt.« Er seufzte erneut schwer. »Wir wussten immer, dass es hart sein würde, einen Schlusspunkt unter das zu setzen … was wir haben. Du lieber Gott, Liese, bitte nicht weinen!«

Bei diesen Worten fing ich an zu schluchzen – ich weinte, weil ich hier in einem so weißen Kleid saß. Ich hatte nie geglaubt, dass dieser Moment einmal kommen würde, und wahrscheinlich käme er auch nicht wieder. Und dann weinte ich einfach weiter, obwohl ich nach einer Weile nicht mehr recht wusste, warum. War es, weil ich, nach allem, was ich durchgemacht hatte, endlich frei war? Oder weil ich *nicht* frei war? Weinte ich über all das, was ich erlitten hatte, oder weil ich es nicht weiter erleiden würde? Ich war gefangen gesetzt gewesen, gefoltert worden, und jetzt bekam ich den Laufpass. Ich nahm den Ring vom Finger und warf ihn nach ihm.

Er landete auf dem Teppich und rollte unter einen Sessel.

»Ich kann verstehen, warum du verärgert bist«, sagte er ruhig.

Mein Gesicht fiel auseinander. Die Schluchzer kamen von ganz tief drinnen.

In diesem Augenblick schien Alexander mich besser zu kennen als jede lebende Seele auf dieser Erde. Was, wenn ich das Mädchen auf diesen Fotos *war*, das niemand je lieben würde? Was, wenn ich mein Alter Ego gefunden und es zu spät kapiert hatte?

»Es ist alles gut, Liese, alles wird gut.« Alexander

stand neben mir, seine Hand tätschelte mir steif die Schulter. »Du wirst jemanden finden, der dich in all deinen … Facetten schätzen wird und der dir geben kann, was du brauchst.«

Wir verharrten eine Weile so, ich hielt ihn umarmt und lehnte meinen Kopf gegen seine Brust. Als er sich behutsam gelöst und sein weißes Hemd vom Griff meiner Finger befreit hatte, ging Alexander zum Schreibtisch. Er nahm einen Ordner. Darin lag ein säuberlicher Stapel Papier: die Briefe. Durch die Erschöpfung der Niederlage hindurch sagte er: »Ich möchte, dass du weißt, dass deine Geheimnisse bei mir immer in Sicherheit sein werden. Ich werde deine Korrespondenz niemals in die falschen Hände geraten lassen.«

»*Meine* Korrespondenz?«

»Ja.«

Ich wischte mir die Augen am Ärmel des Kleides trocken, hörte auf zu schluchzen und starrte ihn an.

»Du hast mir die ganze Zeit geschrieben, nicht wahr, Liese?«

Ein Frösteln kroch über meine Haut.

»Ich komme mir so blöd vor, dass ich es nicht gesehen habe«, sagte er, »denn natürlich sind das deine Briefe. Es müssen deine Briefe sein.«

»Das ist eine Lüge.«

»Na komm schon.« Er musste fast lachen. »Du brauchst jetzt nicht mehr so zu tun, als ob.«

»Du lügst. Du hast sie dir selbst geschickt.«

Er runzelte die Brauen, als könne er all das hier bereits

aus großer Entfernung sehen: »Und wie sollte ich deine Fotos gefunden haben?«

»Du hast mir selbst gesagt, du würdest sie finden, erinnerst du dich? Als ich keines hatte, um es dir zu geben.«

»Aber wer würde denn so was tun? Höchstens jemand, der völlig verrückt ist.«

Er muss alles von langer Hand so geplant haben, dass es auf diesen Moment hinauslief, dachte ich, und als er jetzt seine Hand ausspielte und die ersten Seiten in die Flammen fallen ließ, sodass ihre Ecken in giftigen Farben aufloderten, konnte ich es nicht glauben.

Wozu seine Version der Geschichte bestreiten? Diese Briefe waren seine Absicherung gewesen. Er konnte schauspielern, dass er heiraten wollte, und dann die Beweise aus dem Hut zaubern, die ihm gestatteten, einen Rückzieher zu machen. Er hatte seine Pastorin ins Spiel gebracht, er hatte ein Hochzeitskleid organisiert. Aber all das war ein ausgeklügeltes Theaterstück, eine große Lachnummer, bloß – um welche Neurosen zu pflegen?

Ich würde sein Haus verlassen und in das Zimmer über der Garage meines Onkels zurückkehren, um meine Sachen fertig zu packen. Dann würde ich ein Flugzeug besteigen, das mich aus diesem Land herausbrachte, und den ganzen Flug über und die Monate und Jahre danach überlegen, was für ein unauflösbares Ding hier zwischen uns abgelaufen war, während er schadlos aus dieser Sache herauskam, nach außen hin ein ehrenwertes Mitglied der Gemeinde.

Alexander beobachtete mich.

»Ich verstehe nicht wirklich, warum du das getan hast«, sagte er. »Hattest du vor, mich damit aufzureizen oder dich selbst?«

Ich hatte Lust, ihn zu schlagen.

»Denn wenn es für deine eigene Lust war, dann hast du wirklich ein Problem. Ich meine, hasst du dich selbst denn so sehr?«

Ich wusste, dass er diese Dinge sagte, damit ich völlig aus dem Gleichgewicht geriet. Aber als er das letzte Blatt Papier in die Flammen hielt, stand ich trotzdem vom Sofa auf und versuchte es ihm wegzureißen. Diese Briefe hatten alles verändert, all die genau definierten und langweiligen Orte meiner Kindheit – die bogenförmigen Straßen, der Spielplatz, die japanischen Kirschen und die Stechpalmen und die Eschen – leuchteten jetzt und würden zumindest vor meinem inneren Auge weiterleuchten. Aber obwohl ich die Orte im Gedächtnis behalten würde, die in den Briefen beschrieben waren, und das, was mein Körper dort angeblich getrieben hatte, wie sollte ich mich an das erinnern, was die Briefe über meine Persönlichkeit sagten, darüber, wer ich war? Das war so, als erwachte man und sehe noch ganz genau die Bilderfolge des Traums, aber nicht, was ihre Bedeutung war. Ich war in meinen eigenen Kopf hinabgestiegen – ich war in meinen Kopf hineingeführt worden –, und während ich jetzt mit ansah, wie diese letzte Seite verbrannte, spürte ich, dass eine lebenswichtige Offenbarung verloren war. Und mit ihr verschwand der Schlüssel für die Frage, wer gewonnen hatte.

»Komm mit mir«, war alles, was Alexander sagte.

An der Hintertür, wo er normalerweise das Gewehr seines Vaters aufbewahrte, wartete mein Koffer. Während ich in der Badewanne saß, hatte er meine Kleider gepackt und den unbeschrifteten Umschlag mit dem Geld hineingelegt.

Er hob den Koffer hoch und erklärte mir umstandslos: »Es gibt einen Zug, der in fünfzig Minuten vom Bahnhof in Marshdale abfährt. Wenn wir uns beeilen, kriegst du ihn noch.«

Er vermochte mir nicht in die Augen zu sehen, und plötzlich war ich zu beklommen, um in seine zu blicken.

»Also, bist du fertig?«

Ich erwartete, dass ich wenigstens noch aus diesem Kleid rauskommen würde. »So wie wir sind?«

»So wie wir sind.«

Ich folgte ihm hinaus in das kalte Licht. Es wirkte absurd, dass die Bäume immer noch wuchsen, dass die Sonne einfach weiterschien. Der Himmel konkurrierte mit dem schmuddeligen Glanz meines Kleids, und alle Farben des Gartens schienen kräftiger zu leuchten als zuvor. In all der weißen Helligkeit brachen Knospen an den Kamelienbüschen auf, als wetteiferten sie um Aufmerksamkeit. Ein gefleckter Vogel hing von einer dicken Blüte und bog den Zweig nach unten. Darunter erzitterte das Gras, als wartete es auf seinen Fall.

Alexander öffnete die Tür des Mercedes und sah an mir vorbei, als ich einstieg.

Der Wagen rollte langsam über das Land. Wir hatten einander nichts mehr zu sagen, während er durch die Pappelallee hindurchsteuerte. Seine Knöchel wirkten bleich gegen das Lenkrad. Wir kamen an den Wegmarken vorüber, die ich vor erst drei Tagen zum ersten Mal erblickt hatte – den knochenfarbenen Weiden, den Schwärmen pinker Vögel, der Bergkette, die in Richtung Sonne am Horizont blau verblasste. Auf der Hügelkuppe konnte ich den dunklen Baldachin des Nationalparks sehen und die Schnellstraße, die in die entgegengesetzte Richtung verlief. Der Blinker begann seinen Sekundenpuls zu schlagen. Ich lehnte mich zurück, um die Aussicht zu betrachten. Die Uhr auf dem Armaturenbrett zeigte in elektrischen roten Zeichen 3.09 Uhr. Unsere Zeit war um.